诗与人格
传统中国的阅读、注解与诠释

〔美〕方泽林 著
赵四方 译

商务印书馆

POETRY AND PERSONALITY: READING, EXEGESIS, AND HERMENEUTICS IN TRADITIONAL CHINA,

by Steven Van Zoeren, published in English by Stanford University Press. Copyright © 1991 by the Board of Trustees of the Leland Stanford Junior University. All rights reserved. This translation is published by arrangement with Stanford University Press, www.sup.org.

本书根据美国斯坦福大学出版社1991年版译出。

"二十世纪人文译丛"
编辑委员会

* 陈　恒（上海师范大学）
  陈　淳（复旦大学）
  陈　新（上海师范大学）
  陈众议（中国社会科学院）
  董少新（复旦大学）
  洪庆明（上海师范大学）
  黄艳红（上海师范大学）
  刘津瑜（美国德堡大学）
  　　　（上海师范大学）
  刘文明（首都师范大学）
  刘耀春（四川大学）
  刘永华（北京大学）
  陆　扬（北京大学）
  孟钟捷（华东师范大学）
  彭　刚（清华大学）
  渠敬东（北京大学）
  宋立宏（南京大学）
  孙向晨（复旦大学）
  杨明天（上海外国语大学）
  岳秀坤（首都师范大学）
  张广翔（吉林大学）

* **执行主编**

〔美〕方泽林

作者简介

方泽林（Steven Van Zoeren），又名范佐仁，1986年博士毕业于哈佛大学东亚语言与文明系，师从著名汉学家史华慈（Benjamin Schwartz）。曾为哈佛学会成员，后任教于斯坦福大学亚洲语言文学系。著有《诗与人格：传统中国的阅读、注解与诠释》等。现居美国德州奥斯汀，近期主要从事杜诗的翻译与研究。

译者简介

赵四方，复旦大学历史学学士、博士，浙江大学历史学博士后，曾于德国图宾根大学访学。现为华东师范大学历史学系讲师（晨晖学者）。研究方向为中国学术思想史。在《史学理论研究》《学术月刊》《新经学》等刊物发表论文、书评十余篇。

总　序

"人文"是人类普遍的自我关怀,表现为对教化、德行、情操的关切,对人的尊严、价值、命运的维护,对理想人格的塑造,对崇高境界的追慕。人文关注人类自身的精神层面,审视自我,认识自我。人之所以是万物之灵,就在于其有人文,有自己特有的智慧风貌。

"时代"孕育"人文","人文"引领"时代"。

古希腊的德尔斐神谕"认识你自己"揭示了人文的核心内涵。一部浩瀚无穷的人类发展史,就是一部人类不断"认识自己"的人文史。不同的时代散发着不同的人文气息。古代以降,人文在同自然与神道的相生相克中,留下了不同的历史发展印痕,并把高蹈而超迈的一面引向二十世纪。

二十世纪是科技昌明的时代,科技是"立世之基",而人文为"处世之本",两者互动互补,相协相生,共同推动着人类文明的发展。科技在实证的基础上,通过计算、测量来研究整个自然界。它揭示一切现象与过程的实质及规律,为人类利用和改造自然(包括人的自然生命)提供工具理性。人文则立足于"人"的视角,思考人无法被工具理性所规范的生命体验和精神超越。它引导人在面对无孔不入的科技时审视内心,保持自身的主体地位,防止科技被滥用,确保精神世界不被侵蚀与物化。

回首二十世纪,战争与革命、和平与发展这两对时代主题深刻地影响了人文领域的发展。两次工业革命所积累的矛盾以两次世界大战的惨烈方式得以缓解。空前的灾难促使西方学者严肃而痛苦地反思工业文明。受第三次科技革命的刺激,科学技术飞速发展,科技与人文之互相渗透也走向了全新的高度,伴随着高速和高效发展而来的,既有欣喜和振奋,也有担忧和悲伤;而这种审视也考问着所有人的心灵,日益尖锐的全球性问题成了人文研究领域的共同课题。在此大背景下，西方学界在人文领域取得了举世瞩目的成就，并以其特有的方式影响和干预了这一时代，进而为新世纪的到来奠定了极具启发性、开创性的契机。

为使读者系统、方便地感受和探究其中的杰出成果，我们精心遴选汇编了这套"二十世纪人文译丛"。如同西方学术界因工业革命、政治革命、帝国主义所带来的巨大影响而提出的"漫长的十八世纪""漫长的十九世纪"等概念，此处所说的"二十世纪"也是一个"漫长的二十世纪"，包含了从十九世纪晚期到二十一世纪早期的漫长岁月。希望以这套丛书为契机，通过借鉴"漫长的二十世纪"的优秀人文学科著作，帮助读者更深刻地理解"人文"本身，并为当今的中国社会注入更多人文气息、滋养更多人文关怀、传扬更多"仁以为己任"的人文精神。

本丛书拟涵盖人文各学科、各领域的理论探讨与实证研究，既注重学术性与专业性，又强调普适性和可读性，意在尽可能多地展现人文领域的多彩魅力。我们的理想是把现代知识人的专业知识和社会责任感紧密结合，不仅为高校师生、社会大众提供深入了解人文的通道，也为人文交流提供重要平台，成为传承人文精神的工具，从而为推动建设一个高度文明与和谐的社会贡献自己的一份力量。因此，我们殷切希望有志于此项事业的学界同行参与其中，同时也希望读者们不吝指正，让我们携手共同努力把这套丛书做好。

"二十世纪人文译丛"编委会
2015年6月26日于光启编译馆

中文版识语

有人说，一本书就像一个孩子。我们给予孩子无微不至的关怀，竭尽所能为他们铺平人生的道路。但总有一天，他们必须离开我们的帮助，独立面对这个世界。三十年后，我的孩子长大成人了，而令人最开心、最有成就感的是，我的孩子结交了一位知己。也许，赵四方比我自己还要了解我的这本书。我希望，这本书能够在经学的故乡参与到有关诠释学的对话中，并推动诠释学的进展。

方泽林于法国欧塞尔

2022年6月12日

房屋安静，世界平静

房屋安静，世界平静。
读书人变成了那本书；而夏夜
就像书清醒地存在。
房屋安静，世界平静。
文字在言说，如同那儿没有书，
除了读书人俯身书页，
他想要俯身，想要尽可能成为
作者的知音，于他，
夏夜就像完美的思想。
房屋安静，因为它不得不如此。
安静是意义的部分，心灵的部分：
是通向书页的完美。
而世界平静。真理就在这平静的世界中，
那里没有别的意义，它自己
就是平静，它自己就是夏日和夜晚，它自己
就是深夜里俯身书页的读书人。

——华莱士·史蒂文斯

（Wallace Stevens）

我会非常认真地阅读那些印迹（或者是尝试去辨认，因为有些已经斑驳，或是用另一种文字书写）。此后我会修改自己的"作品"，以免和前一位狱中人相冲突。新的狱中人自然有更强大的发言权，但这声音不会挑战和批判之前的印迹，它只是一种"注解"。……我的这些作品……会显得简洁、委婉而悲苦，但它们却充满了表露的光芒。它们给我以欢乐，可我在欢乐时，从未虑及下一个狱中人——我留给他的思想遗产，会像一个旧包裹那样，被他随意地丢弃于角落！

　　　　　　　　　　　　　　——伊丽莎白·毕肖普《在狱中》
　　　　　　　　　　　　　　（Elizabeth Bishop, "In Prison"）

　　诗无达诂。

　　　　　　　　　　　　　　　　　　　　　　　　——董仲舒

目 录

致　谢 / 1

第一章　导　论 / 3
第二章　古代中国文本的发现 / 15
第三章　"诗言志" / 41
第四章　《毛诗序》/ 61
第五章　文本的尽善 / 85
第六章　传统的要求 / 109
第七章　主体性与理解 / 135
第八章　朱熹的新综合 / 155

注　释 / 177
参考文献 / 217
索　引 / 233
译后记 / 255

致　谢

有的学问路径会不断地回到早期的文本、权威与先师的问题上。我们在写作这样的内容时，通常会反思自己的想法与关注点从何而来。尽管我希望大部分的想法来源都列在了本书之末，但有一些人的贡献却无法在尾注中进行总结。在哈佛大学的第一年，我得益于海陶玮（James Robert Hightower）、韩南（Patrick Hanan）和艾朗诺（Ronald C. Egan）三位教授的教诲。艾朗诺教授有关《论语》和《左传》的许多见解，让我受用不尽。哈佛大学法学院的罗伯托·曼加贝拉·昂格尔（Roberto Mangabeira Unger）以其睿智和专注为我树立了楷模，鞭策我前进，而且最初是他建议我从事解经传统的研究。史华慈（Benjamin Schwartz）教授引领我进入中国思想的研究，他对我的论文进行了颇有助益和眼光犀利的阅读，而本书就是从那篇论文脱胎而来。宇文所安（Stephen Owen）于我而言，亦师亦友。没有他，我一定完不成这本著作。

艾文荷（Philip J. Ivanhoe）、林理彰（Richard John Lynn）、马克瑞（John McRae）、罗泰（Lothar von Falkenhausen）和斯坦福大学出版社的匿名审阅者通读了全书，并提出了许多有益的修订建议。傅君劢（Michael Fuller）针对我有关欧阳修的讨论提出了令人信服的批评。我还要感谢斯坦福大学出版社的编辑海伦·塔塔（Helen Tartar）和约翰·齐默尔（John Ziemer），他们不仅提出了许多高见，还让我避免了许多令人尴尬的谬误。当然，如果书中仍然存在谬误，全部责任理应由我承担，而与这里提到的任何人无关。

对于本书的撰写而言，有两个机构非常重要。哈佛学会为我提供了时间、办公场所以及良好的互动。斯坦福大学亚洲语言系的同事们，特别是丁爱博（Albert Dien）、王靖宇（John Wang）和庄因（Chuang Yin），不仅在道义上支持我，而且在我质疑问难时总能提供解答。

最后要感谢我的妻子佩珊。感谢她的支持，愿意从自己的忙碌计划中腾出时间来书写汉字，讨论疑义，并且与我携手前行。我也应当感谢我的孩子艾莉（Allie）和尼克（Nick），用列文森（Joseph Levenson）的话来说，他们"延长了写作的时光，也增添了这段时光中的欢乐"。

方泽林（S.V.Z）

第一章 导 论

本书是中国最早的经典——《诗经》的诠释史。它既不是对《诗经》的一种解读,也不是有关《诗经》解释的历史,而是尝试探寻在中国两千多年的历史上主导《诗经》解释的那些原则。本书特别关注与《毛诗》有关的解读风格,毛氏之学在中国早期就成为了正统学说,它为宋代新儒家影响深远的一般诠释学开辟了路径,并且影响了文学、绘画、音乐的理解与创作。这种诠释学具有悠久而复杂的历史,它与西方诠释学的主流传统之间呈现出诸多差异,这些差异不仅非常重要,而且非常耐人寻味。

在有关中国思想的大多数研究中,诠释学的视角在很大程度上是缺位的,但我们不能因此而认为这一视角不重要。中国文化可能比历史上任何其他的文化都要关注解释的问题。最初期的中国思想与宗教是预言性的——世界充满了异象与预兆,最著名的例证就是历代商王的甲骨卜辞。[1] 此外,中国文化在历史上的大部分时间中,关注并推崇对过去经典文本的研究。在中国所有的大的"教派"——儒家、道教和佛教中,信徒们对各种"经""传"进行详密的研究,通过注解这些经典文本来达成具有规范性、政治性以及思辨性的"教"与"思"。从这方面而言,儒家、道教、佛教与西方所谓的哲学并不相似[2],它们更像是"有经者"(the peoples of the Book)——犹太教徒、基督徒、穆斯林——的那种教义文化。倘若离开了诠释学背景,我们往往不能理解它们的关怀与争论。

这种诠释学的特征也塑造了传统中国的政治、社会与文化制度。在儒家、道教和佛教中，研读经典是核心任务之一，确切来说往往就是唯一的核心任务。朝廷对儒家学说（较少对道教、佛教）进行支持，尤其是以科举制度来对士子的经典知识进行考查，就使得有关经典解释的问题在公私领域都变得非常重要。有关正统经典的内容及其正确解释，可以进行朝堂辩论；朝廷为了树立经义正统，不惜推行大规模的学术修纂活动；经义上的革新与政治上的反传统也被认为是彼此相关——这些都证明了诠释学的重要性。儒家把对经典及其权威注解的研究称为"经学"（classics study），这种学问渗透于中国思想与宗教的方方面面，从最公开的国家权力运作，到个人的"内心"活动（默读），皆是如此。[3]

因此，传统中国诠释学的重建有其内在的历史价值，但这一课题之所以引起我们注意，也有其他的一些原因。近年来的文学批评及理论表明，人们已经深刻意识到阅读并非一个简单而被动的过程，读者在其中实际上发挥着积极的与建设性的作用。[4]而且很明显的一点是，读者用来构建意义的那些"密码"就是存在于社会之中的那些习得的现象，尽管这些现象有其明显的必然性，但它们是暂时的以及具有历史特性的。[5]研究中国诠释学可以提供一种视角，让我们能理解中国传统经典被书写和阅读的"密码"，从而更好地理解它们——去除其中的晦涩，让它们自己重新得以言说。此外我们还希望，对传统中国诠释学的理解可以使我们自己有关文本、意义与思想的那些根深蒂固的设想更为鲜明，同时也更为有用。

至此，笔者似乎将诠释学描述成了一种简单而容易识别的现象。但实际上，如同这一领域中许多学者所指出的那样，"诠释学"这一术语在西方传统中得到了广泛运用，而且多少也有些滥用。[6]我们可以区分出它的若干类型。第一种类型，我们可以称之为"文本"诠释学。此处的"诠释学"可能是该术语的最早意涵，它指的是主导文本解释的那些惯例或原则（与注解本身相对）。这种诠释学在西方古代与中世纪时神圣文本和世俗文本的解释中就早已存在，而中国的情况也是如此。[7]尽管这种不言自明的惯例与原则很少被明确指出，但我们可以对其进行重建；在接下来的大部分内容中，笔者实际上提出了一种《诗经》诠释学的重建方案。

"诠释学"可以指有关解释的那些学说的理论或载体，它可以是描述性的，也可以是规范性的（这种情况更为常见）。尽管中国与西方都在相对较早的时期产生了有关解释的"附注"，但是直到晚近时期，中国与西方才对主导阅读的那种原则进行系统而全面的检视。在西方世界，天主教会曾主张对《圣经》的理解应当由教会所垄断，宗教改革时期的神学家奋起反对，其中弗拉西乌斯（Flacius）及其同道明确提出，任何读者都可以解释和理解《圣经》经文——诠释学的理论就渊源于此。[8]这在中国也是一样，由宋代新儒家所发展出的一般诠释学，对于解经权威的崩溃而言，既是一种反应也是一种刺激。本书后半部分的主题就是详述这种宋代的一般诠释学。

"诠释学"的另一种意涵是人文科学中的方法论、程式或路径。这种"程式化"（programmatic）诠释学有各种各样的形式，已经被奉为文史哲以及社会科学研究的优先方法。[9]虽然在不同的"程式化"诠释学之间缺乏一套共同的标准，但我们仍可找到一些共通之处——它们都强调要探寻文学文本与其他本文背后的鲜活意图；它们都认为这种探寻的可能性建立在诠释者与原作者共同的经验与情感之上；而对于那些不能对人类经验复杂性做出合理判断的方法与进路，它们都秉持一种科学方法论的热情加以抗拒或贬斥。[10]

最后，在最一般的层面上，我们可以对马丁·海德格尔（Martin Heidegger）和汉斯-格奥尔格·伽达默尔（Hans-Georg Gadamer）的哲学诠释学稍做讨论。保罗·利科（Paul Ricouer）曾经指出，诠释学的概念如何逐渐在运用中走向一般与普遍。[11]这种倾向在海德格尔的思想中走到了极致。对于这位德国思想家而言，人类的"此在"（*Dasein*）是诠释学的，因为它始终拥有并试图扩展海德尔格对"存在"的那种"前存在论"的理解。[12]而且，由于这种"前存在论"的理解不能简单移于存在论上，所以此在的现象学本身一定是诠释学的，因为它试图恢复和扩展此在的"前存在论"理解。[13]因此，对于海德格尔而言，哲学的内容与方法都是诠释学的。

在伽达默尔的思想中，诠释学再次关注历史的理解。从这一方面来说，伽达默尔的著作处于威廉·狄尔泰（Wilhelm Dilthey）等"程式化"诠释学家的学脉之中。但伽达默尔与弗里德里希·施莱尔马赫（Friedrich Schleiermacher）展现出了重要不同，后者希望通过理解来克服或超越历史距离，而前者则指出了理解有着不可避免的历史性。对于伽达默尔而言，解释者及其所研究的文本同样都是所谓"效果历史"（*Wirkungsgeschichte*）的产物，因而解释者也必然始终处于诠释学视域之中。"效果历史"所导致的诸多"成见"实际上恰恰不是理解的不幸障碍，反而是其先决条件。与此同时，解释者在这些视野中并未完全与世隔绝，而是通过伽达默尔所谓与研究对象的"融合"，具有了扩展和转变自身视野的可能性。[14] 尽管伽达默尔的著作采取了"欧洲中心论"的视角，但我们在研究那些文化距离和历史距离都非常遥远的著作时，也可以得到极大的启发。本书就受到了伽达默尔思想的影响，而且在一定程度上还获得了启迪。

本书中"诠释学"的意涵相较上述几种都要窄。我们可以说，在某些文本获得文化中的权威与优先价值时诠释学才正式开启。这些文本成了该传统中的核心，它们为该传统中的规范性争论提供终极意义上的理由与基石。在经过学习、记忆与解读之后，有关这些文本的理解和解释不仅具有工具性和历史性的吸引力，而且对解释者和社会而言都至关重要。[15] 文本以这种方式获得了权威性，而就是在此时，笔者称之为"诠释学"的那种极为严肃而审慎的理解出现了。

如此明确界定的诠释学是中国传统文化的一个重要特质。我们的西方文化在何种程度上也是诠释学的，也是同样以文本为中心的，这一点可能不太明显，也可能太过明显以至于受到了普遍忽视。那种曾为神圣文本所独享的权威与声望在当代世界中并未消失，而是在文学和艺术上重现，对许多现代人来说，文学和艺术已经成为一种世俗的经文。在大学之中，对文本的深入研究仍然是人文教育的优先方法，而且解构主义理论家及其保守派反对者能够达成的少数共识之一，就在于确信某些文本能够对世界、社会和语言的本质做出权威的判断。[16] 即使是正统经典的评论者也会将精读文本作为首选方法，不管他们要对那些文本进行批判还是宣扬。因此，研究像传统中国那样的诠释学文化，不仅意味着对遥远的事物进行探索，而且也意味着了解我们自身。

《诗》

近现代大多数的著作都将《诗》（也就是后来为人们所熟知的《诗经》①）描述为一种早期诗歌集，它可能呈现了公元前7或前6世纪周王室乐师的曲目。它在很早时就已成为儒学传统的中心之一，而且至迟在荀子的时代（公元前3世纪）就被冠以"经"名。[17]虽然我们不能确知其中的大部分篇章作于何时，但大多数学者认为有些诗篇须追溯至周代早期（约公元前12世纪），而其他诗篇可能作于合集编定前的数十年间。[18]由《论语》和其他早期文献中的征引可知，这一诗歌合集在孔子时代就已经开始经典化，那些诗篇在"赋诗"活动（参见第三章）中的运用也发生在春秋时期（前722—前481）。因而，将《诗经》大致编定为现在的形式，最可能的时期就是公元前6世纪。

《诗经》所收内容丰富多样。通行本《诗经》中四个主要部分的最后一部分——《颂》，主要是宫廷颂诗和礼仪性质的乐章，它们可能与周王室、鲁国、宋国的祖先祀典有关，即使并未在祀典中有过实际表演。[19]第二与第三部分——《小雅》与《大雅》，包含更多的王室乐章，也包括田猎、燕飨时的乐歌以及政治上的一些控诉和讽喻。[20]这些诗篇很可能作于周代王廷。[21]

《诗经》第一部分《国风》中的诗篇，对于诠释学史和文学史而言都极具吸引力。它们大约共有160篇，其源头可追溯至中国早期的民谣、祷语和预言，内容涵盖群体生活、农耕、燕飨以及最重要的情爱。[22]尽管这些诗篇经过了周王室的修改，但它们依旧保存了一种非同寻常、美艳动人的新鲜

---

① 笔者以"the Odes"指称《诗经》整部书，在讨论其中的诗篇本身时则称其为"the Odes"。当然，在中国传统文献中并未做出这种区分，在实际行文中也很难确定某段文献中的"诗"所指是诗篇本身还是整部经典。

感——如人们常言，它们是来自世界之初的诗。²³

《风》的历史魅力多源于它们保存了当时社会中的一些事物，而那时的社会在很大程度上是一个"前儒家"（如果可以以此概称的话）的社会。它们展现出的是一个充满时令节日、幽会和爱恋的世界，即使我们不能说那个世界未受后来融入"儒家"价值体系的关注和责难的影响，那么至少可以说尚未被它完全控制。²⁴ 例如，亚瑟·韦利（Arthur Waley）1937年译本的《诗经》第一篇，传统称之为《野有蔓草》（《毛诗》第94篇①），该诗云：

> 野有蔓草，
> 零露漙兮。
> 有美一人，
> 清扬婉兮。
> 邂逅相遇，
> 适我愿兮。
>
> 野有蔓草，
> 零露瀼瀼。
> 有美一人，
> 婉如清扬。
> 邂逅相遇，
> 与子偕臧。²⁵

两节诗文结构对称，诗句内容和句式也有重复，这些共同表明了该诗起源于歌谣。正如高本汉（Bernhard Karlgren）在他的译本注释中所评论的那样，我们很难（如果说并非不可能）断定第三行诗句中的"人"以及吟诗者

---

① 学界以通行本《毛诗》中的次序对305篇诗进行编号。

"我"的性别。[26] 然而无论如何，尽管诗中的诉说在我们看来似乎是田园的、纯真的，但它却给后世的解释者带来了一个棘手的问题，那就是它所展现出的态度和背景，与传统的儒家道德不相符合甚至有些背道而驰。这样的诗篇就像《圣经》中的《雅歌》，在一部充满古代神圣光环的著作中似乎显得格格不入，对于后世解释者而言，如何运用巧思来解释它们与著作的关系就成了一种挑战。[27] 传统的《诗经》诠释学就是在对这些诗篇进行辩护的过程中发展出来的。

在后面的章节里，笔者将会在其他主题中探寻后世注释者是如何解释这些诗篇的。尽管如此，考虑到它们的"颠覆性"，我们可能会疑惑它们是如何被采集的，它们又何以出现在周王室乐师的曲目之中。笔者认为有以下三种可能。第一种可能是，尽管后世的儒家采取了一种更为刻板与严苛的道德观，甚至偶尔也将它施诸君主，但如果将这种道德主义追加至春秋时期，也许是一种错误。事实上，周天子以及整个中国历史上的君主都试图于乐舞之中寻求乐趣，那种乐趣与相对严峻的儒学精神并不相容。我们如果认为《诗经》呈现的是公元前7或前6世纪周王室乐师的曲目"概貌"，那么就不会惊异于其中的唱词似乎偏离了后人所赋予《诗经》的神圣性。[28]

第二种可能是，周王室最重视的是诗的音乐，而非诗的文本。事实上，笔者在第二章中论证，只要我们以《论语》来重构孔子的学说，就会发现历史上的孔子主要关心的仍是作为礼的辅乐的诗，而不是作为文本的诗。[29] 当时的情况可能是，诗的文辞在音乐表演中相对并不重要，甚至只是作为一种助记手段被保存了下来。只有在旧乐被更具吸引力的新乐大量取代时，诗的文辞才开始变得重要，负责传授文辞的礼学家也因此感到了为难。

最后一种可能是，今本《诗经》中的某些诗篇表明，它们在创作与修订之时，就已经存在一种调和性的诠释学在发挥作用，这种诠释学旨在使诗篇中最具颠覆性的寓意得到化解与平息。《雅》中的某些诗篇似乎明显预示了这种诠释学，这在后来的诵诗实践中可以得到反映。例如《谷风》（《毛诗》第201篇），从形式上来看就是一位弃妇的幽怨，但它被置于其他更明显的

"政治性"控诉诗篇之中,就表明它也应当被如此理解。《风》的其他诗篇也同样运用了闺怨的语言和意象,它们可能由周王室的臣民所作,也可能是他们借以委婉地表达怨刺或谏言。[30] 当时很可能是这样一种情况,诗在周王室那里已经开始产生了诸多关联,这些关联在《毛诗》解释中最终被经典化与神圣化。

实际上,上述这些原因并非不可共存。文本的说教性质可以用来维护或认可阅读的乐趣,这在后来的中国文学史上有大量例证。例如,海陶玮(James Robert Hightower)曾提出,汉代的《韩诗外传》之所以能够流传下来,是因为"它是一种被认可的早期文献选本",它所"渗透的道德基调,以及与经典名义上的关联,使人们不会对其轻加怀疑"。[31] 而康达维(David Knechtges)在他的汉赋研究中也表明,感官之美与说教之旨如何在一种不稳定的状态中相伴而生。[32] 早期对诗的"理解"完全可能存在两种情况——一种是恰当而辩护的,另一种则是秘密、愉悦且危险的。

无论如何,不管是因为诗的文辞被认为与音乐功能无关,还是因为它们作为宫廷乐曲时就已经有否定(以及允许)危险愉悦的解释惯例,这些诗篇最终都保留在了经典之内。它们作为诗歌被逐字逐句记录,这一事实保证了它们不会被反复阐述,那种反复阐述在前文本时代塑造和重塑了大部分的经义材料。[33] 这些诗篇因此而幸存了下来,它们独特而令人不安的特质让后世读者充满向往,同时也备受煎熬。这在中国文学史和思想史上是一个重要事件,同时在笔者看来也是一个近乎独一无二的事件。[34] 人们渴望理解《诗经》,这为反思中国的研究、诠释以及诠释学提供了第一次机缘。

诗篇的诠释

毫无疑问,中国早期存在很多不同的读诗方式。但对中国诠释学的历史产生持久影响力的一种理解方式,则可以被归结为"诗言志"一语。尽管下文的大量内容旨在梳理"诗言志"的复杂历史(以及史前史),但在此处以一种非历史的方式展现该语的多种含义，或许是有必要的。

"诗言志"是一种双关的定义，这类定义在中国早期的经义学说中非常普遍。在这一句式中，"诗"是通过分析组合元素"言"与"志"来定义的——"诗言志"。其中的关键要素——"志"，出现于早期文献的各种语境中，是一个复杂的术语。"志"可以翻译为"aim"（志向）、"intention"（意图）、"will"（意志）或"purpose"（目的），但最初的含义也许是"goal"或"target"（目标）。[35] 在《左传》等早期文本中，它有"志向"（ambition）的意思；而在《论语》中，"志"是一个指导性的先见或取向，类似海德格尔所谓的"筹划"（projection）。[36] 在稍晚的文献如《孟子》中，"志"成了今天哲学人类学中的一种要素，代表着意志之类的东西。

在处理这样一个含义多变的词语时，应当注意中国解释者经常提出的警告，即词语的核心意义未必适用于所有语境。[37] 但是，如果我们仍然坚持"志"的那种无所不包的意涵，我们或许可以转向另一个双关的定义，并根据它的构成要素——"心"与"之"来解释"志"。"志"是"心之所之"——心在向一个未实现的目标前进。[38]

"志"的原初含义是双重的。如同我们用来翻译"志"的"ambition""intention"等许多英文词汇那样，"志"首先指的是世间事物的一种未实现但已然决定了的状态，同时也可以指作为一个人人格特征的决心——既指"志"的内容，又指"立志"本身。我们可以运用这样的区分去展开论述有关"志"的诠释学的复杂性。一方面，在《论语》有关"言志"的故事中，以及在《左传》所提到的赋诗活动中，对"志"的关注都很突出。这一传统关注的是"志"的内部维度，"言"之所以重要是因为它展现了"言志者"的某些东西。在这种转喻诠释学中，诗所呈现或言说的"志"与作者的人格相关联，或者说它就是作者人格的体现。（晚周的一些文献，尤其是《孟子》，对"志"与整个人格相"关联"的观念给出了非常具体的表达。）[39] 探寻"志"，就是探寻一个人最深层、最不可遏制的那些愿望与理想。就定义来看，这些理想（"志"）并未实现，因而在一个人公开的行为或社会角色中就体现得不那么明显。对"志"的揭示则是一种判断,判断一个人具有不可测度的深沉、尚未实现的抱负,以及尚未被察觉和承认的价值、能力与复杂性。

另外,也有一些解诗的路径强调"志"的外部维度。在这一视角下,诗的创作与吟诵往往被理解为一位在下者向一位在上者的陈述——弃妇向其丈夫、臣子向其君主。在这种理解中,作诗者通过言"志"表达了意愿,而不顾这种做法将导致两个情人之间或君主与"道"之间不再和谐。出于不直陈意愿的得体或谨慎,这些"志"只能通过诗来间接表达。更概括地来说,诗就是"劝"统治者的"谏",或者"美",或者更为普遍的"刺"。作诗与诵诗(二者通常没有明确分界)的功能就在于劝说——通过对固有事物进行批评,或通过展示重塑了的社会样貌,诗可以感动和改变他人。

以这种方式来看待作诗与诵诗的功能,有着深远的历史。在最初的运用中,诗通常与文字的神秘性——祷语、咒文和预言——紧密相连。在春秋与战国(前480—前222)时期,人们相信诗可以辅助"言"。这一观点不仅涉及诗的优美文句,而且涉及中国古人在音乐和诗歌中所发现的那种强大的劝说力量,在这一点上他们并不亚于古希腊人。(《左传》对诵诗与引诗的明显效用有大量的记述。)至迟在汉代,诗可以用来劝谏的观念又出现了一种新的转折——诗的广泛流传被认为是帝国道德实现转变的优先手段之一。而且,诗不仅可以用来劝说他人,同时也用于说服自己。对它们的细密研究,尤其是记忆、吟诵、内化等,成为了儒者个人道德修养的核心要素。就像与它们相关联的音乐一样,诗在读诗者那里以一种特别直接的方式,感召最初作诗时的情感与冲动。因此,它们为感召情感的事业提供了一种优先手段,从而服务于儒家规范。诗成为了能够克服儒家传统中最棘手的难题的一种"超文本"(super-texts)。

尽管"诗言志"的观念可以有不同的侧重,并由此导致了理解《诗经》意思和意义的不同,但上述两种维度实际上是彼此关联的,它们之间的差异也多被人们淡化,而并非强化。自我表露(Self-revelation)从来不是客观无情的,它总是在向一个人或一群人诉说,而不计会遭到多么强烈的否定。而且,在作诗或诵诗过程中所阐明的特定观点,总是被理解为具有社会和政治的后果。另外,人们认为恰恰是自我表露以及它在诗中留下的印迹,赋予了诗以特有的力量。

这一描述及与之相关的诠释学,在中国传统研究中发挥出极大的影响力。公元11、12世纪,宋代新儒家形成了有关经典的新的一般诠释学,而为其提供结构(如果不是词汇)的恰是诗的诠释学。而且,这种解释方法的影响并不限于经学领域。我们可以列举一些假定,这些假定首先与诗有关,在"抒情诗"(lyric)的诗学中有所体现,它在公元1至3世纪时成为一种文学体裁。[40] 诗偶尔也出现——它产生于某些具体的、通常可指定的情形下,并且确实与那种情形"相关"。这也是自我表露,即诗人通过这种方法向同辈与后代子孙展现自己的人格特征,同时也展现自己并未与社会现实妥协的道德立场。因此,诗的理解通常是在了解诗人作为一个人的过程中达成的。最后,诗人的关怀通常被认为代表了整个社会的关怀,他是以道德权威在言说。尽管这些假定在整个抒情诗传统中并不是统一的,但它们确实提供了作诗和读诗的基本语境。[41] 经过多次修改后,它们在视觉艺术和音乐的修辞方面也发挥了重要作用。[42]

因此,诗的解释史为我们考察中国的诠释学史提供了一种独特的优势。在下文中,笔者将试图探究这一历史,或至少探究其中一部分。本书由两部分构成。接下来的四章内容探究了笔者所谓诗的"中古"理解的兴起与发展,它在《诗经》毛氏学尤其是《大序》中有具体展现。第二章为这种诠释学提供了汉代以前的背景,通过孔子的《论语》描述了诗的状况变化。第三章讨论与诗相关的特殊诠释学的起源。第四章重点关注《毛诗序》,尤其是《大序》。第五章探讨中古传统最具统摄力的硕果——《五经正义》。

在本书的第二部分,笔者转入了对宋代经学革新的讨论。第六章的主旨人物——欧阳修(1007—1072),在旧有注疏传统的批判史上是一位关键人物。第七章探讨11世纪伟大的新儒家程颐(1033—1107),新的一般诠释学在他的思想中约略呈现。在最后的第八章中，笔者讨论了朱熹（1130—1200）的集大成，他为注疏传统的批判和新的一般诠释学带来宏大的理论构想，对此后的中国历史产生了深刻影响。

在诠释学上提出问题，意味着提出一种特殊的问题，因为它询问了它所涉及的活动。我们在诠释学的兴趣驱动下来研究中国，希望可以在有关人类、文本或历史的假定中获得惊喜乃至震撼，同时也努力研究那些属于我们自身的、曾经是遥不可及或不可理解的东西。为了不让我们自己的假定与类别未经批判地强加于所研究的文本，同时又不让那些文本和文本中的问题完全超出我们的理解范围，我们总是要面临诠释学问题的实践维度——我们为了实现真正的理解，应当如何进行阅读？这种理解又会产生何种后果？本书所讨论的这些文本就试图解答上述问题。

第二章 古代中国文本的发现

> 在人类读写能力的发展过程中,最困难的原初问题在于重视它产生之前的事情。
>
> ——M. T. 克兰奇《从记忆到记述》
> (M. T. Clanchy, *From Memory to Written Record*)

诗从民间歌谣、宫廷乐曲适时地转变为一部经典,其文本因圣典化而备受尊崇,也吸引了人们进行最细密的研究与反思。在大多数的记载中,促成这一转变的人是伟大的礼学先师孔子(即孔丘,传统认为其生卒年为前551—前479)。孔子应当对经典进行了编订,至少倡导了有关经典的深度研究,而特别需要指出的是,孔子应当推动或开启了对诗的理解,而这些理解后来由毛氏学正统记载了下来。这一观察主要基于孔子及其弟子言行的传统记录——《论语》。

然而,正如学者们长期以来所注意到的,作为一部多层次的文本,《论语》与历史上孔子的学说与实践有着复杂而不甚明朗的关系。考虑到《论语》的这一性质,一种多少更为复杂的想法就会出现。不仅《论语》中所描述的读诗方式与后来正统的解读有着重要不同,而且如果认真阅读还会发现,历史上的孔子可能生活于一种在很大程度上是口耳相传、前文本(pretextual)的经义文化之中,而不仅仅是提倡对《诗经》和其他经典进行细密的研究。

早期儒学的前文本经义文化

尽管与那些关注并产生文本的文化形态相比，前文本的经义文化因其性质而留存下来的记录偏少，但它们是许多传统都经历过的一个重要阶段。从后来的修订文本中发现前文本教义传统的存在，这方面声名最显赫、成果最丰硕的案例也许是最终形成基督教《新约》中符类福音（synoptic gospels）的材料史。所谓"符类福音"，指的是《马太福音》《马可福音》和《路加福音》，它们提供了不同版本的拿撒勒人耶稣的生平与事业。

19世纪末《圣经》学者关心的一个问题是，究竟是哪一部符类福音最精准地描述了耶稣。他们对这些文本进行了仔细研究，比较它们的异同，以确定其相对优先级。虽然这一争论迄今仍未结束，但这些致力于后来所谓"来源批判"（source criticism）的研究者[1]，成功地将《福音书》分解为他们所推定的来源。例如，在众所周知的一种版本中，他们认为《马太福音》和《路加福音》都依托于《马可福音》以及它们所共享的某些材料（德文为"Quelle"，意为"来源"，通常简称为"Q"），同时也各自依托于其他不同的材料。[2] 在《旧约》研究领域，卡尔·格拉夫（Karl Graf）和朱利乌斯·威尔豪森（Julius Wellhausen）得出了类似的结果，他们认为《摩西五经》来自两种文本的混合，其中一种常以"耶和华"（Yahweh）指称希伯来神，另一种则以"以罗欣"（Elohim）称之。[3]

《圣经》历史批判的下一个阶段，采用了所谓"形式批判"（form criticism，德文为"*Formgeschichte*"）的方法，它也许是20世纪《圣经》批判学中最具影响力的一种运动。[4] 在马丁·狄比流（Martin Dibelius）和鲁道夫·布尔特曼（Rudolf Bultmann）的引领下，"形式批判"试图恢复《圣经》经卷作者所合并的各类文献来源，以开辟"来源批判"之外的新领域。"形式批判者"在寻找文献来源的过程中，并未发现其他更原始的资料，反而发现了一种源于"教义文化"的口头传统，而在这种教义文化中，关于耶稣生平与教导的经文记载仅发挥了非常有限的作用。这些解释者认为，早期的基督教团体被耶稣即将再临的盼望所鼓舞，并且时常经历预言和异象的恩赐，因此并不需要一本固定而权威的《圣经》。更确切地说，在早期教会关于耶稣的布道和宣讲（kerygma）中，教义是在实践语境或生活状况中得以发展的。他们认为，早期教会以一种循环的方式开展工作（布尔特曼是诠释学循环论者海德格尔的早期同事，此点并非巧合），以《福音书》为主体，旁采外部资料，建构了《福音书》成型时早期教会的关切与活动场景，然后带着这种眼光去理解《福音书》。[5]

"形式批判"的贡献在于，它可以说明那些构成《福音书》的材料的一般特征。通过展现那些材料如何在实际活动过程中（特别是在布道中）的整理与发展，"形式批判"指明了那些材料在任何意义上都不属于某种类型的历史或历史记忆，而是普遍受到了早期教会关切点的塑造与驱动。同样地，笔者相信，一旦我们承认《论语》等文本有可能是在一种实践的"教义"活动中发展而来的，那么我们将会看到，它是被那些实践活动的利益和性质塑造（决定）的，同时我们也会看到，它与历史上孔子之间的关系若即若离，令人难以确信。

早期儒家传统发展的实践背景是何种样态？毫无疑问，儒家学说阐述和发展的背景有许多，但我们至少可以区分出三种。学术纷争无疑是学说发展的一种重要推动力。晚周时期，思想世界以活力和多元著称，加之学派林立，为争鸣和论辩提供了许多契机。[6]例如《孟子》中的许多文献，明显是在论争背景下产生的，其中包含与许行等儒家批判者的分歧[7]，同时也包含对儒家学说和神话中特定观点的讨论，这些观点可能反映了儒家学派内部的异见。

经义解说与经义争论关系密切，实际上有时还以程式化的论辩形式出现。经义解说可以发生在各种场合，但我们最了解的一种情况是，像孟子那样在宫廷之上所进行的论述。这种情况在历史记录中保存得最为完整，同时在经义著作中也体现得最为明显。其形式可以是一位杰出的先师进行讲说，而更为普遍的一种形式是，先师与诸侯（他的潜在支持者）进行对谈。早期的这些著作不断回到统治者的立场与关注点上，表明这些著作中的许多材料，如果不是在诸侯面前进行经义解说的过程中发展起来的，那么它至少也会关注这种用途。

最后，也是最重要的一点是，传授过程使得这些学说得以发展。在我们所讨论的中国传统中，最重要的著作——《论语》便是从讲学这一母体中脱胎而来的。不仅孔子本人在讲学过程中表达自己的思想，而且《论语》本身也是在儒门之中才得以记录形成的。讲学也许是儒家学说活动的独特特征（这与基督教教义和《福音书》形成过程中的传教与福音派活动大致相当）。因而，讲学也向经筵等其他活动进行渗透（例如，南北朝皇帝接受"讲授"儒家经典），同时也为其提供修辞形式。[8] 不论是在朝廷资助的学术机构中，还是在私家教育内部，都有讲学存在。不仅那些以儒术润身、日后可资仕进的精英孩童需要接受教育，那些业已成年、师从某位先生的职业弟子同样也要接受教育。正是在这一宏大的传播媒介之中，儒家学说才得以发展与延续。

在早期儒家学派中，经义文化的一个普遍面向就是"传统主义"（traditionalism）。笔者此处所用"传统主义"，指的是在一种经义传统之中，最受重视的是所接受的内容——那些与权威经师相关联，同时又接受自权威经师的内容（实际上是集中关注权威）。然而，儒家的"传统主义"绝不要求这样崇拜文本。一些儒家先师发展了学说，最终形成《论语》和《左传》，他们抱有无比的自信，参与到了自己老师的原初经解之中。这些儒家先师和汉代以后的儒者不同，他们不担心自己缺乏孔子的实质思想，也不担心自己与孔子并不在同一个话语世界。他们以一种极其非历史的方式，自由地阐述自己参与其中、适合于自己处境的真理，并且根据自己的需要来修正和扩展被教导的内容。他们并不在意形式，但在意自身所理解的思想实质。我们可以说，他们对自身所接受的教育内容进行了化用，而非直接照搬。

通过口头形式的讲授，而不是书写文本的传播，学说得以反复阐述。当然，在春秋晚期和战国前期，书写文本已然存在。此前的数百年间，人们都书写在甲骨与青铜上,而且"文"一词表明了阅读和写作之间的关系。但总的来说,只有在必须记录事情时——因为有失传之虞,它们才会被书写下来。有的学者认为,传统中那些崇高而鲜活的真理,除非书写下来才可能流传下来,但笔者相信这种观念是相对后起的。如果我们要解释这些著作的通行本,那就不得不承认,《左传》和《论语》中有一些内容是以某种形式被随时增补的。但即使如此,那些修订也并未对后期文本的经义解说加以限制性力量——它们不具备权威。

　　笔者此前已经讨论到,在口耳相传的阶段,解释者对参与整编传统文献充满信心,那么在这种背景下所传承的那些文献,通常具有某些特征。首先,这类文献的叙述性通常在传播过程中变得更为具体。在"符类福音"的案例中,学界普遍认可只有耶稣言语的汇编才是最古老的文献,《福音书》的叙述围绕这些文献展开,而这些文献也间或保存在《福音书》的叙述之中。这些文献先经过叙述性和解释性语境的扩充,再经过连接性文本的扩充——连接相关逸事和相对连贯的叙述的那些文本。同样地,《论语》中叙述性的细节同语言文脉上的后起印迹之间有很强的相关性。那些通常被认为最早的《论语》篇章,其特点就在于根本没有叙述背景,或者背景相对简单。但在那些通常被认为属于后起的篇章中,我们却发现了复杂繁密的叙述。[9]《左传》里存在相对简单,有时甚至显得零散的章节,也存在无论叙事还是经义解说都经过大量润色的章节,如果对此二者进行区分,也是可以做到的。在那些经过润色的章节中,会频繁地出现一些不合时宜的预言,以及明显是相对较晚的"动机性"(motivated)特征。[10]

　　这类文本所具有的不稳定性,也导致了这些传统里后期文献的另一个突出特征,即引入和融合了一些后世的关怀,尽管那些关怀绝不仅仅属于传承这些文献的学派。因此,在《福音书》的记载中,耶稣会处理早期教会与同时代犹太教的关系、与当时政治权威的关系,还有耶稣自己的殉难问题。事实上,伴随着后世的关注,对文献的修改或创造相当普遍,因而"形式批判者"就常常认为不协调或相异性就是为数不多的标记之一,而这些标记可以保证耶稣的真实说法得以保留。如果被认为是耶稣作的一句陈述与早期教会的关注不一致，那么它就具有表面上的真实性诉求，因为如果不是这样的话，它就不能被解释，而且事实上如果它没有一些特殊的权威光环，可能已被删除或篡改。[11]

同样地，我们看到《论语》中的内容也有后世儒家的印迹。事实上，就像"符类福音"中的文献一样，这部分文献包含了最丰富的史料，让我们得以了解那些学派及其关怀所在。这些文献一般是对某些争论的回应。我们可以将《论语》的内容区分为两种类型。一种来自其他传统，如道家及其追随者对儒家的批评，另一种则是儒家内部的争论。儒家内部尤为重要的一个争论是，孔子的弟子及其后学都宣称自己拥有真实而权威的孔子学说。我们将会看到，这方面一个特殊的争论焦点就是《诗》。

这种前文本时期的经义文化，与以文本为中心的文化形成了鲜明对比。在前文本的经义文化中，学派的核心学说相对不固定，因为它们在传承过程中已经不知不觉地对自身有所修正。但在以文本为基础的学说文化中，这一过程必须停止——根据定义，文本是可复制的，是固定不变的。面对这样一个事物，如果后世需要将经义与新的问题及关注点进行调和，那么必须抛弃扩充和重塑，取而代之的只有解释。在思想要不断塑造世界时，文本会进行某种固执的抵抗，而随着时间的流逝，它们开始获得一种多面性，而这正是它们难读的原因，也是其魅力所在。

在一种口耳相传的经义文化中，文本是如何出现的？首先也是最常见的一点是，早期文本是对迄当时为止口头传统的修订，然后可能会进行广泛的"文学"改造。这是《新约》中的《福音书》和《论语》《左传》产生的过程。虽然权威学说的成型有许多原因，然而最重要的就是经义论争。当有关创始者思想的内容出现分歧时，他的弟子后学就会发现，必须以一种可重复、可辩护的方式来阐明他真正想说的内容。在孔子身后的几代人中，弟子们纷纷成为各种学派的引领者，他们都声称代表了孔门传统的权威和正统，但每一种学说都展现出了孔子学说的一种样貌，有些强调和扩展了一些内容,有些则是诋斥和忽视了一些内容。随着不同学派在儒学正统这一问题上的竞争愈演愈烈,他们必须阐释孔子的学说究竟在说什么(另外更为重要的是,通过排斥对方的无理诉求,说明孔子没说什么)。也许正是为了消除儒家学派间的相互竞争,才导致了口耳相传的学说大量转成固定的文本。

诗篇的历史代表了文本产生的另一种过程。在上述所说的修订情况中,具有权威性却是"非文本"的学说被固定为一种文本——它"成为了文本"。然而,对于诗篇而言,情况却是此前并不具有权威性的文本被赋予了权威性。为了解释这一过程,笔者将对"柔性文本"(text in the weak sense)与"刚性文本"(text in the strong sense)做一区分。前者是稳定、可重复的话语,虽然它通常并未被书写;后者是一种稳定文本,已经成为了经义文化的中心,并因此成为了经义解说与研究的对象。正是在后者强烈的、通常是热忱的参与中,我们最先看到一种可以被恰当地称为"诠释学"的态度,而且正是在和这种研究的关联中,诠释学理论才得以发展。《诗》的圣典化过程,就是一种"柔性文本"如何成为中国诠释学关注和反思的第一个对象的过程,也即是如何成为第一个"刚性文本"的过程。[12]

《论语》中的诗

作为孔子及其弟子言行的一种汇编,《论语》是儒学传统的核心之一,其中阐述了诗的早期历史。《论语》并不是由某位作者写定的文献,更不是对所涉及事件的一种转录或呈现,而是战国后期不同传统的修订本,而且它的后期内容可能在公元前3世纪左右才大体上呈现出今本的形式。[13]也许更准确一点说,《论语》是这些或早或晚的修订本的一种汇编。《论语》的这种异质性使得我们可以将它作为一种资源——一种有难度而且有问题的资源,而对于诗的阅读史来说,它也是一种与"刚性文本"相同的资源。

《论语》研究者普遍认为,今天的通行本《论语》融会了多种早期文本,并且认为可以对其中单独的"章"区分出不同层次。正如清代大学问家崔述

（1740—1816）所说，《论语》的二十"篇"（字面意思是"丝帛的卷"，《论语》译本通常称之为"books"），有些编定较早，有些则相对较晚。[14]我们可以将它们区分为四个层次。首先，第3至7篇这五篇"核心篇章"可能是最早的资料[15]；其次，第1、2、8、9这四篇有可能是在"核心篇章"之后稍晚增补的，但是也包含了许多早期史料。第10至15篇似乎是更晚的一组，而第16至20篇这最后的五篇，从语言学上来看应当是全书中最晚的。

尽管学者们可以说某些篇章为"早期"或"晚期"，但我们必须意识到，即使是最早的篇章也可能是孔子去世好多年之后才编定的，所以其中的单章并非都是同一时代的，而且"晚期"文本也可能包含相对较早的材料。另外，位于每篇篇末的几章（位于篇首的几章也有这种情况，但相对不多）通常晚于其他章节（对编订者而言，"卷"的末尾处可以用来增补新的或不同的说法）。

当我们根据所推定的年代对这些不同章节进行考察时，就会发现有些形式特征、思想特征与时间的早晚明显紧密相关。最早的章节（早期篇目中的核心部分）往往叙述简单，最常见的就是由"子曰"引导出简短的评论。如《论语·八佾》的第20章："子曰：'《关雎》乐而不淫，哀而不伤。'"

然而与之相对的是，晚期文本的叙述往往就比较复杂。《论语·宪问》第39章就是位于晚期篇目末尾的一个显例：

> 子击磬于卫，有荷蒉而过孔氏之门者，曰："有心哉，击磬乎！"既而曰："鄙哉，硁硁乎，莫己知也，斯已而已矣。
> 深则厉，
> 浅则揭。"
> 子曰："果哉！末之难矣。"[16]

笔者相信，这则故事的原始内核是一个反儒家的故事，它流传于道家或追随道家的批评者之中。在早期版本中，这则故事可能在荷蒉者引诗之前或引诗之后马上就结束了。[17] 这种故事必定会使孔门后学感到汗颜和愤怒，所以他们会尽力平息与驳斥。最有效的方法当然不是否认这个已经流传的故事，而是要提出一个修正的版本——所谓"真实的故事"。在这一章中，孔子说出了最后一句话，以一种讽刺性的语言缓解了原来的批评。不难想象，儒家学者重新讲述了一遍这则故事，成功驳斥了那种可恶的说法。[18]

然而，《论语·八佾》的第20章并未以任何明显的方式来处理儒家学派的关切点，也并未服务于他们的辩护利益。实际上，该章稍显异常，因为它强调了诗的音乐性，而不是诗的诠释意义（见下文）。这些章节除了满足早期语境和相对简单的形式等条件之外，还符合"相异性标准"（criterion of dissimilarity），所以我们有最充分的理由认为它们产生于较早的时期，而且与孔子的实际学说相对接近。

笔者并不认为这是在降低这一方法的难度，也不认为它可以"证明"某一章就一定比另一章更早。例如这种相异性标准，往往会系统地、可能也不公平地贬斥一种传统中的连续性。我们关于文本的制度性背景的想法，大部分只是基于文本本身的推论。而且我们也要意识到，即使成功地将传统中最早的元素剥离出来，也未必就能直接得到孔子本人的言行。最后，我们必须承认，在系年问题上，形式批判的分析必须让步于语言、文本和考古的证据。但如果我们不满足于对这些文本做简单的解读，那么以上这种分析仍然是必要的。正如笔者在下文中所展示的那样，这些观点的内在一致性是具有一定说服力的。

早期篇目：合乐之诗

我们一般将那些以相礼为业的智士称为"儒"，他们在当时因致力于诗的合乐表演而闻名于世。如《墨子》所记，"诵诗三百，弦诗三百，歌诗三百，舞诗三百"[19]。在《论语》第3至7篇，有四章与诗相关的内容，大多数研究者公认它们相对较早。此即《八佾》篇的第2、8、20章以及《述而》篇的第18章。笔者认为，在这四章中，《八佾》篇第8章可能反映了晚期儒家学派的观点;而另外三章如果说未能反映孔子本人的学说,那么也至少能反映相对早期的与孔子有关的传统。在这似乎是较早的三章中,有两章涉及了典礼上的合乐之诗,而稍晚一个层次中可能较早的几章也是如此。

以《论语·八佾》的如下一章为例:"三家者以《雍》彻。子曰:'相维辟公,天子穆穆'[20],奚取于三家之堂?"

在孔子所生活的时代,鲁君的权力在很大程度上被"三桓"(仲孙氏、叔孙氏和季孙氏)攫取。他们不仅控制整个鲁国,而且公然僭越礼制,以致在家祭时使用了最初属于周王室礼制的《雍》诗(《毛诗》第282篇)。孔子对这种僭越深恶痛绝,不仅因为它象征着政治权力的下移,而且也因为它代表了孔子所"念兹在兹"的"礼"的崩坠,而"礼"正是孔子相信能够重建社会秩序的所在。

这一章中所呈现的孔子,反对《雍》诗的非礼滥用。尽管他提到了这首诗的文本,但他很明显并非想要解释文本,也没有暗示诗是讲学的一种资源。相反,问题的焦点全部在于,大家族的祭祀中出现《雍》诗的合乐表演是否合适。当孔子看到"三桓"之一用了周天子之礼时,也产生了同样的困苦。[21]

《论语》中还有一章,虽然属于第二个层次,却可能反映了早期的传统:"子曰:吾自卫反鲁,然后乐正,《雅》、《颂》各得其所。"(《论语·子罕》)在这一章中,对礼的关注也有所反映。

这一著名的章节可能是"孔子删诗"说的史源——当然是《论语》中可做如此解释的唯一例证。[22]但正如何定生所指出的,孔子所谓"《雅》、《颂》各得其所",并非是将诗进行选择、编排而成为一种文本。只有孔子在讲学过程中明确指出在何时何地进行"礼"的表演时,《雅》《颂》才能够"得其所"。[23]孔子对乐的"正",与对诗之"所"的阐明,并非两种完全不同的东西,而是同一事物的不同面向。

尽管孔子对诗的关注,明显与他保存和维护周礼的那种更为普遍的关注有关,但并非完全如此。他似乎也能以一种我们称之为"美学"的方式来欣赏合乐之诗。在最早层次的材料中，有一章（上文已有提及）可以明显反映此点："子曰：《关雎》乐而不淫，哀而不伤。"它包含了孔子对《关雎》（《毛诗》第1篇）的评价，在后世的诗的阅读史上相当重要。

如果笔者对这一章的理解无误，那么孔子关注的是《关雎》的音乐，而不是《关雎》的言辞。但这一章的措辞稍显模棱两可——因为孔子的评论也可以说是指向《关雎》的文字，当然，《毛诗》传统中后来的许多注解都是以这样的方式来理解该章的。[24] 然而，笔者之所以不那么认为，有两层原因。第一层原因是，《论语》在提及一首诗的名称时，或是指该诗的合乐表演，或是指该诗的音乐性质——在任何情况下都是如此，包括提到《关雎》时亦是如此。《八佾》第2章是其中一例，另外《泰伯》中还有一例："子曰：师挚之始，《关雎》之乱，洋洋乎盈耳哉！"这一章可以认为是第二层次中的早期章节。[25]

在《论语·子罕》第15章中，孔子提到了《雅》和《颂》，我们可以看到该章也是在讨论合乐之诗。在可能是《论语》（《卫灵公》第11章、《阳货》第18章）对《郑风》的引证中，同样也是如此。[26] 然而，孔子或其他人在引用一首诗或引用其注解时，则不会提到诗的名称。[27]

第二层原因是，在《八佾》第20章中，孔子评论《关雎》时所采用的那种强调人格与道德修养的语言，通常与音乐相关而并非与作为文本的诗相关。《八佾》第25章就是一例："子谓《韶》，'尽美矣，又尽善也'。谓《武》，'尽美矣，未尽善也'。"

在《论语》中，人格尽善的理想与音乐之间确实存在一种紧密的关系，尤其是尽善人格被认为是情感教化的产物。[28] 由《毛诗序》可知，诗可以重塑情感本质，这种强大且引人注目的潜能在汉代重新得以彰显。对于汉代而言，恰是诗的语言——诗的文本——具有这种力量。然而，对我们在《论语》最早层次的那些篇章中看到的孔子而言，笔者相信，诗是作为合乐之诗而出现于礼制背景中的。

还有两个可能的例外。《论语·述而》第18章："子所雅言，《诗》、

《书》、执礼,皆雅言也。"这一章尽管是对孔子的一种描述而不是孔子所说的话,但可以很好地反映出有关孔子的真实面貌。正如亚瑟·韦利所说,此处的"雅"必须理解为"夏"(对华族的通称,与"夷"相对)。[29]因此,孔子在讨论诗的时候采用标准而古老的发音,而不是用鲁国的方言。但那是一些什么时候呢?是孔子在诵诗之时(同时提到《书》,可能暗示讽诵),还是在演诗(与礼相关)之时?抑或二者兼而有之?但无论是何种情况,都不表示孔子正在进行有关诗的解释。

《论语·八佾》中还有一章,所描述的孔子确实与诗的文本有关。在该章中,孔子最著名的学生之一子夏,对第57篇诗有疑:

> 子夏问曰:"巧笑倩兮,美目盼兮,素以为绚兮[30],何谓也?"
> 子曰:"绘事后素。"曰:"礼后乎?"子曰:"起予者商也!始可与言《诗》已矣。"[31]

这一章向称难解。要理解孔子的第一句话稍有困难,因为它似乎是以一种隐喻和具体的术语在表达一种抽象的德性真理。子夏为了理解那句话,不得不引入一个实际问题——"礼后乎?"但根据孔子的整体思想来看,对这一问题的回答仍然是不清晰的。而且,无论孔子的解释是何种意思,都似乎与《毛诗》传统的那种诠释学鲜有共通之处。根据相异性标准,这一章的特异、粗疏与晦涩,都似乎说明它产生于相对较早的时期。[32]

然而,从后来儒家学派的角度而言,这一章也可以解释。孔子去世后,包括子夏在内的弟子纷纷建立了各自的学派,也都聚集了一批追随者。而也许更为重要的是,后来的学派都希望对孔子的某位弟子表达认同。在这些学派之间,竞争是不可避免的,而且哪一学派拥有并传授孔子的真义,一定是争论中的关键问题。[33]如下文所述,如果这些学派愈来愈多地强调对诗的研究与阐述,那么一个辩难激烈且亟待解决的问题是:哪位弟子对诗的解释曾经得到过孔子的认可?不难发现,这一章可能反映了子夏弟子们的诉求——

能够将诗的真实意义传授给弟子的,正是子夏。[34]

这则故事还有另一种作用。有关孔子及其弟子的很多故事都有一种说明性的特征。在这些故事中,弟子代表了孔子所评论的言行态度或人格特征(如许多故事反映出子路的鲁莽与直率)。在这一章中,子夏是一个堪称典范的读者,他不仅懂得该诗的意思,而且还理解孔子的评论。这样的故事会集中描述一种环境,而在这种环境中,文本的解释变得至关重要。

后来的学派较为关注如何提升创始者或楷模弟子的地位,《论语·八佾》第8章就源起于此。这一观点可以得到另一章的支持。位于第二层次篇章中的《学而》第15章,展现了这则故事的另一个版本。该章中,孔子在与另一个弟子子贡交谈:

> 子贡曰:"贫而无谄,富而无骄,何如?"子曰:"可也。未若贫而乐,富而好礼者也。"子贡曰:"《诗》云:'如切如磋,如琢如磨。'[35]其斯之谓与?"子曰:"赐也!始可与言《诗》已矣,告诸往而知来者。"

相较《八佾》第8章的晦涩难解,这一章可谓平易。孔子和子贡以一种富于涵养、温文尔雅的方式在讨论诗篇及其理解的问题,孔子最后称赞了子贡,而且在前一章"始可与言《诗》"之后,对子贡的理解能力做了进一步肯定。

这两则故事之间有何种关系?孔子的两次谈话在结构和措辞上如此接近,本非不可能之事,但也有可能是这样一种情况:《八佾》第8章是这则故事的原初版本,而《学而》第15章则是一种模仿。实际上,《八佾》第8章在时间上很可能较《学而》第15章为早,它的语境和相对质朴的形式可以说明这一点。然而,笔者最终还是相信这样的认识——不能将这两章看作一个是历史的核心,一个是后来的模仿,而是要把它们看作同一种动力的两种可以互换的结果。此处的同一种动力是指,通过展现弟子掌握孔子学说的示范能力,来巩固一个学派的权威。它们所重现的不可能都是历史真实。《八佾》

第8章相对粗疏简单,这可能反映出这一传统主题发展过程中的相对早期阶段,但笔者认为它不是历史上孔子所说的话。相反,它也是一种驱动力的产物,这种驱动力在《学而》第15章中得到了更高水平的展现,而正是因此也变得更为明显。

中期篇目:作为前文本的诗

在《论语》最早的章节中,《八佾》第8章的引诗显得有点异常。但它与《论语》第二、三层次诠释学的背景却颇为相合,即第1、2、8、9四篇,以及第10至15这六篇。在这些篇目中,孔子及其弟子通常都不关注诗的音乐性,或者它们在典礼过程中合乐的作用,而是关注它们的文本,这些文本被用来润饰礼貌的谈话或引出论学观点。[36] 在这一实践过程中,诗并未被赋予由历史所限定的稳固意思,或本来的道德意涵;相反,诗句可以被抽离出原诗,用以阐释与原来整首诗意思相差甚远的内容——实际上也正是如此运用的。虽然关注的焦点已从诗的音乐性转移到了言辞,但诗还并不是"刚性文本",我们只能称之为"前文本"(pretexts)。[37]

我们已经讨论了很多这样的章节。例如,《学而》第15章中子贡与孔子的对话,还有《宪问》第39章中孔子与"荷蒉者"的逸闻。在《学而》第15章中,子贡表示已经理解了孔子的话,他引述了第55篇诗的两句:

如切如磋,
如琢如磨。

在原诗中,这两句指的是一位贵族情人的美丽与教养,它们与子贡所理解的孔子要求一个人持续进行道德修养毫无关系。尽管孔子说"始可与言《诗》矣",但孔子之所以如此赞赏恰恰是由于子贡恰当地引诗,而不是解诗。

《宪问》第39章中的"荷蒉者"也以类似的方式引述《诗经》第34篇中的诗句:

深则厉，

浅则揭。

在原诗中，这两句诗意在敦促渡河者不要犹疑，要坚决果敢。但在《宪问》第39章的故事中，它们被用来建议孔子"与世偕行"。[38] 孔子的反讽回答再一次表明他并不关心这首诗的意思，他只是在这种特殊场合下引用这首诗来表达感受而已。

这种引诗方式所反映出的德性教育与德性真理的问题，在《论语》"中期"篇章两章著名的内容中都有所体现。在《论语》中，最早论述诗在德性教育中的作用的篇章之一，是《泰伯》第8章："子曰：兴于诗，立于礼，成于乐。"

这一章中的"兴"，在后来的历史中长期沿用，因而要确定它的意思是一个颇为复杂的问题。"兴"在《论语·阳货》第9章和《毛诗传》中再次出现，似乎是诗的特殊修辞的一种技术性术语。[39] 后来有关"兴"的解释之所以未恰，皆因试图将这种技术性用法与《论语》中的用法相关联。实际上，考虑到"兴于诗"有可能是与"诗言志"类型相同的一种双关定义，那么上述那种关联可能并不直接。孔子在阐述对诗的功能的认识时，可能已经强调了与诗相关联的一种技术性术语——"兴"。

然而在这一章中，与《论语》的其他章节一样，"兴"似乎意味着"激发"或"兴起"。[40] 之所以要突出、恰当地引用诗句，目的在于感召听者，从而开启德性教育的过程，进而"立于礼，成于乐"。正如我们刚刚所讨论的，孔子此处一定是以诗（诗本身并不隐含德性教育）来促进理解。《论语》中还有另外一章（《阳货》第9章）也提到了"兴"与诗的关系，表明这是诗的诸多用法之一。

在《论语》的这一层次篇目中，另一"理论化"的章节是《为政》第2章："子曰：'《诗》三百，一言以蔽之，曰思无邪。'"

在这一章里，孔子以《诗经》中的一句诗来概括诗教。该句出自《鲁颂》（鲁国是孔子的父母之邦）的第一首——《駉》（《毛诗》第297篇）。该诗称赞了鲁侯的良驹，诗中此句的第一个字"思"，近现代学者一般认为是一个无意义的虚词或语气词，然而这个虚词在《论语》和其他典籍中也经常表示"思考"。至于孔子所引该句的后两个字——"无邪"，意指马匹奔驰"平坦笔直"，此点并不存在争议。

因而，问题就在于这句诗的第一个字。孔子以之描述《诗经》整体，或者更确切地说，是"涵盖"其整体。一种可能是，孔子引述这句诗是在表达原意。如果这么解读，"思"就是无意义的，我们应当理解为，孔子认为《诗经》可以被概括为"不离于道"。另一种可能就是，将孔子的意思理解为"思想无邪"，这是许多传统经学家所认为的。持这种观点的学者，在"思想"属于诗作者还是属于读者上也有分歧。如果是后者，那么正如埃兹拉·庞德（Ezra Pound）所说的，是否意味着读者可以无"邪念"地接近诗（尤其是那些所谓的"淫诗"），或者诗是否会在读者中产生这种效应。[41]

然而，对于笔者而言，第三种可能性似乎最能反映这一章的原意。皇侃（488—544）对《论语》的注释中保存有这一解释。在这种观点下，孔子所说的"思"确实是指"思想"或"思考"，但并不是在说诗的性质。更确切地说，孔子是以《诗经》中的一句诗来"涵盖"人们可以选择引用的其他诗句（就如同说："诗篇中最好的诗句是……"）。不论它的意思是"总是无邪地思"，还是"使思之内容无邪"，"思无邪"这一短语更像是在说"思：无邪"。这一解释的优势在于，可以与《论语》中的"思"字的其他用法相协，如亚瑟·韦利指出的那样，《论语》中的"思"更与注意力集中相关，而不是"反思"或"认知"等。[42]无论孔子赋予了该语何种细微差别，在笔者看来都与《诗经》作者的想法无关（如汉代的理解，所有的诗都在言"规范性的"志），与《诗经》也无关。相反，孔子只是以该语作为一种"兴"，借以阐明德性真理（按照《八佾》第8章中"礼后"的顺序），但并没有认为或者暗示《诗经》本身体现了这种特质。[43]

通过考察另一种文献，可以厘清《论语》中"兴"的前提假设，这种文献就是《左传》中与"赋诗"相关的叙述。[44]在《左传》中，不同的人群——

王公、大臣、宫女都通过赋诗来优雅而有效地表达自己的想法。这些活动通常与筵宴、出使相关，它的功能则大致类似于我们今天外交职能中的祝酒与演说。与一般的祝酒和演说一样，赋诗所传达出的信息往往是礼貌的称赞以及友好、团结，但也会包含一些潜在的威胁。一般而言，《左传》中与赋诗相关的叙述，其形成与结构是为了展示儒家德性在人们生活和行为中的运作方式。这类叙述的一些特征表明，它们不能作为公元前7至前5世纪完全准确的现实写照，但我们仍然有理由相信，这些故事确实以一种间接的方式反映了春秋时期《诗经》的作用。

以下是《左传》中有关赋诗的一则显例。年轻时的公子重耳（即后来的晋文公）因家族内部的一场权力争夺而被迫流亡。此后多年，他在随从的忠心护卫下，游历于诸多小国之间，这些小国于公元前7世纪在中国北方和中原地区争相逐鹿。经历了重重险阻，重耳最后来到秦国，他后来在秦国的帮助下重新获得了晋国的统治权。

> 他日，公享之。子犯曰："吾不如衰之文也，请使衰从。"公子赋《河水》，公赋《六月》。赵衰曰："重耳拜赐！"公子降，拜，稽首。公降一级而辞焉。衰曰："君称所以佐天子者命重耳，重耳敢不拜？"[45]

这段叙述中的筵宴很有代表性。也许赋诗的传统源于筵宴或其他礼仪中的诗乐表演，或者多少与之相关。但是赋诗与吟诗或合乐之诗不同，后者通常由在场的乐师来完成，而赋诗则似乎须由参加筵宴的宾主自己进行。赋诗并不以日常语言形式进行，而是以一种充满节奏和起伏的方式来低声吟诵。[46]

这段叙述中的诗篇名称，大部分都能在通行本《诗经》中找到。人们吟诵的通常不是整首诗，而只是其中的一两章。《左传》对所诵诗句的章节偶有指明，如果没有指明，那么所指似乎就是首章。重耳所吟诵的《河水》，其首章如下：

> 沔彼流水，朝宗于海。鴥彼飞隼，载飞载止。
> 嗟我兄弟，邦人诸友。莫肯念乱，谁无父母？[47]

有关"赋诗"的详细诠释并没有保存下来，并不能帮助我们解读《左传》此节。然而，从当时在场的人的反应与评论中，我们可以看到他们是如何理解这些诗的，而且我们从中可以重建一种间接的诠释。诗句有时必须被视为直接指向当时的情形，通过这种方式可以理解重耳所诵的该章中的一些要素。例如在最后四句中，"乱"会被理解为指的是晋国的情形，而提及兄弟与母亲，则会使听众想起重耳所遭逢的艰难都源自家族内乱。

然而，前两句诗却不能直接运用于当时的场景。后来的经学家将诗的某些理解方式称为"比"，而这两句诗则须如此理解：大海之于流向它的河水，正如大君霸主之于小国国君——重耳所指大君霸主为秦国君主。这种形象与意义之间的联系，在当时恐怕是相当普遍的。例如在早期的文本中，大海与河水的形象也经常出现，它们是真正的霸主与小诸侯国君关系的一种类比。[48] 与此同时，这种联系也并非是绝对的，在对诗的选择和解释上也都存在创造性的元素，正如《左传》故事告诉我们的那样，一些鄙俗粗疏之人就无法识别一首诗的主旨。[49]

通过吟诵这首特殊的诗，重耳提出了一些看法——由于家族内部的阴谋，他作为晋国统治者的正当地位被无端剥夺，并由此导致了晋国的内乱。而秦国国君是伟大的君主，他人可以向其求助。然而，重耳并非只是简单地描述自己的设想，因为他在定义自身及其处境的同时，也在表达对未来的希望。实际上，他要表达的内容非常类似于后来论诗时所说的"志"。

秦穆公吟诵了《诗经》中的第177篇《六月》，借此表达施以援手的意愿。该诗首章云：

> 六月栖栖，戎车既饬。四牡骙骙，载是常服。
> 狁孔炽，我是用急。王于出征，以匡王国。[50]

秦穆公的这一陈述回应了重耳的请求。他对诗的选择也可以被理解为"言志",但是他的"志"无论在内容还是在形式上都不同于重耳。秦穆公并未对自己的概况和目标做出陈述,只是表达了决定帮助重耳,因为一位听者(或读者)倘若具备诠释能力,那么就会从他的引述中获得准备征伐的信息。尽管诗中的"玁狁"(被周王室驱逐的一支游牧民族)与地名清晰地反映出这首诗最初指的是完全不同的历史情境,但是对这些诗句做上述理解是非常重要的。[51]《左传》中赋诗所引述的诗句,通常并不受限于原始意涵或历史情境,这一点与《论语》引诗是一致的。

在这种活动中,诗所传达出的意思是原本所没有的,这一点可以在《左传》的另一段文字中得到证实。鲁襄公二十八年,卢蒲癸为了迎娶同姓女子(同族结婚在今天的中国仍是一种禁忌),自我辩护说:"宗不余辟,余独焉辟之?赋诗断章,余取所求焉,恶识宗?"[52]

这段话之所以重要,是因为它意味着人们在春秋时期已经清楚意识到,赋诗时可以将诗句从其"恰切"从属的重要背景中抽离出来,正如卢蒲癸的未婚妻可以因婚姻而离开她所在的宗族。在卢蒲癸的辩白中,对妻子的社会"意义"的无视(此为禁忌)可以类比于赋诗时对整首诗意义的无视。在一个与赋诗相去甚远的语境中,卢蒲癸以"赋诗断章"的原则来支持自己的看法——正如人们通常所做的那样,以无争议之事来论证有争议之事,这就表明"赋诗断章"是一个无须论证的共同信念。因而,在人们基本都能理解但多为默认的原则下,将诗句抽离出原始语境并赋予新的意涵是可以的,而且这种做法并不需要与诗句的原始意涵有关。

《左传》中所描述的诵诗活动,与《论语》中期文本所描述的引诗活动,有很多的共同之处。它们都体现出,真正重要的并非诗的音乐性,而是诗的言辞。诗作为一种优良、有用的修辞和资源,可以用来对一种观点进行润饰,也可以用来将一种观点予以简洁表达。无论是哪种情况,诗的原意都似乎并没有限制它的用法。尽管现代有些研究者对这种利用诗的方式感到震惊[有研究者称之为孔子的"强行附会法"(method of ruthless misinterpretation)][53],但他们的不满未免施错了方向。如果笔者对这些活动的解释是正确的，那么孔子及其同时代者对诗的原意的理解可能不亚于我们，他们并没有对诗的原意提出见解，而只是在利用自己的语言来进行间接或优雅的表达。正如《论语》告诉我们的那样，诗可以帮助一个人"言"。如果一个人在谈论道德训诫，那么诗也可以帮助他，但是诗本身并未被认为包含道德训诫。它们仍不是研究与解释的对象所在。

晚期篇目：作为"刚性文本"的诗

在《论语》中期层次篇目中的诗，尚非完全的文本，而是一种"前文本"，只是一种作为优雅表达和经义解说的载体。它们并不被认为包含了道德训诫，或者需要认真而持续地进行研究。至少在现存史料中也并没有与它们相关的诠释学理论。然而，在《论语》的最后一个层次的篇目中，有三章内容涉及诗在儒家教育中的角色，表明已经有了习诗主张。在这些章节中，至少《阳货》第9章暗含了对诗的研究应该追求转变效果，而《季氏》第3章则似乎预示了《毛诗》诠释学，另外还有《阳货》第10章。这些章节都积极而明确地提倡对诗进行研究。事实上，人们在论证孔子提倡对诗进行研究时，通常引证的正是这些章节（包括《泰伯》第8章）。但是，这些章节大部分（如果不能说全部）是晚期层次的章节，这一事实提醒我们，即使在这些经义与历史上的孔子之间建立最微弱的联系时，也不应掉以轻心。相反，儒门后学致力于孔门经义的阐述，而这些章节详细地反映出了他们的关怀所在，笔者相信这些章节是可以追溯至此的。

在展现孔子倡导研究的《诗》的章节中，《论语·阳货》第9章也许是最重要的一章：

> 子曰："小子，何莫学夫《诗》？《诗》可以兴，可以观，可以群，可以怨；迩之事父，远之事君；多识于鸟兽草木之名。"

该章预设并促进了诗篇研究的制度化实践。首先，孔子列举了诗的四大功能，此后便引来了注释与猜测。笔者上文已有论述，诗作为一种德性教育与交谈的要素，经过人们恰当、有指向性的称引而激发德性，此即"兴"。诗的另外三个功能，则涉及了与《左传》赋诗内容相关的"神话"。在这些神话中，赋诗可以加强群体意识（"群"），可以表达愤怒的失望和怨恨（"怨"），还可以观察（"观"）在"群""怨"之中的目的、关怀与品质。[54]因而，"群"与"怨"都与"诗可以言"这一用途有关，而"兴"与"观"则指的是从他人对诗的运用中获得教育意义。

《诗经》之所以重要，不仅在于它是礼制的一种要素，或者是一种良好的修辞，还在于它是一种需要研究的文本，人们从中可以学到"鸟兽草木之名"。后世《诗》学的一个重要方面就是对诗篇中众多的动植物名称进行辨认，这是博学氛围中文本注释的自然产物。最后，学诗者还可以学到如何"事父"与"事君"。虽然我们不太清楚，这是否意味着此时的诗已经像在汉代那样被作为德性教育的手段，但可能的一种情况是，此时的诗只是为研读者提供了一套优良的辞令。无论如何，这一章显然是在为《诗经》的研究制造声誉，提供存在的合理性，而且它可能反映出，在该章所产生的制度性环境中，诗的地位越来越重要。尽管诗本身尚未被赋予道德上的重要性，但这种趋向的条件已然成熟了。

及至下面这章流行开来的时候，《诗》学的制度化进程已经有了明显的长足进步：

> 陈亢问于伯鱼曰："子亦有异闻乎？"
>
> 对曰："未也。尝独立，鲤趋而过庭。曰：'学《诗》乎？'对曰：'未也。''不学《诗》，无以言。'鲤退而学《诗》。
>
> 他日，又独立，鲤趋而过庭。曰：'学礼乎？'对曰：'未也。''不学礼，无以立。'鲤退而学礼。闻斯二者。"
>
> 陈亢退而喜曰："问一得三。闻《诗》，闻礼，又闻君子之远其子也。"（《论语·季氏》第13章）

这一章之所以吸引人，存在许多原因。首先，它清晰地反映出，学《诗》已经成为儒家教育的一个核心而公认的要素，与学礼可以相提并论。在《论语》的第一和第二层次的章节中，几乎没有证据表明孔子去世后的几代人中，有与之类似的学《诗》情形。其次，这一章让我们得以瞥见后来《诗》学（至少在所谓正统的《毛诗》传统中）的特殊进路——关注文本与话语背后的动机。

这一章原本的核心可能在于对学《诗》的鼓励，就像《阳货》第19章以及今本《论语》中紧接其后的如下一章（《阳货》第20章）："子谓伯鱼曰：'女为《周南》、《召南》矣乎？人而不为《周南》、《召南》，其犹正墙面而立也与？'"[55]

然而，陈亢与伯鱼的对话较《阳货》第19、20章都要复杂。正如《论语》中的其他晚期章节（尤其是《先进》第26章，参见下文）一样，它的文学性质是比较突出的。在该章中，孔子的一位弟子问孔子之子伯鱼，是否从父亲那里得到过秘传。[56]伯鱼答以没有，并提出了两点建议——学《诗》与学礼。在该章形成之时，这两点建议一定有一种近乎诙谐的意味。

陈亢善会其意，知道这些耳熟能详的说法一定未尽孔子之义。因而他努力寻求隐藏其中的真实意图，那就是孔子决心与自己的儿子保持一定距离，并检视自己是否有宠爱甚至溺爱子女的自然冲动。然而该章的重点既不在于"君子远其子"，也不在于"学《诗》"。更确切地说，这一章与陈亢聪敏的解读有关，陈亢不满足于孔子之言的显而易见之义，而是努力探寻孔子之言在特定场合——孔子与其子的谈话——中的动机与意义。[57]我们也应当从陈亢对这段叙述所做的评论的表面文本看得更为深远，它旨在展现与强调陈亢的认真"理解"。这种将言外之意置于首位的理解方式将成为《诗》学诠释传统的核心。

因而，对文本的理解与反思才是上述这章的主旨所在。实际上，这一章可能是为了被阅读、被反思才被"记下"的——延展的对话、详细的叙述，以及最重要的诠释学关注，都表明这一章是文学想象的产物，只不过这种文学想象植根于文本以及对文本的解释。正如《阳货》第9、10章那样，这则故事反映出儒门后学对文本的精密研究（即诠释）越来越重视了。

总之，《论语》中有关《诗经》的章节可以分成三种类型。第一类篇章基本将诗作为礼的辅乐，最能代表《论语》中有关孔子的早期传统。第二类篇章描写了孔子或其他人引述诗句，这种引述方式能够呼应《左传》中的赋诗传统，但是在该类文本中基本没有道德化的强解。这些篇章是《论语》中第二层次文本的典型。第三类篇章是《论语》中的晚期篇章，包含三章内容，它们描述了孔子引导他的弟子学诗。

因而，根据《论语》中的描述，人们对于诗的态度似乎有一种清晰的时间历程。从合乐之诗到作为辞令之诗，再到作为学习文本之诗。我们如要理解这一转变，必须理解与之相关的两种发展。中国北方音乐或许在孔子的时代（不会太晚于此）已经发生变化，变化的原因可能是受到南方音乐的影响。这种"新乐"的出现意味着更为古朴的诗乐会遭到摒弃乃至永久佚失，所以它引起了儒门礼学家与经师的恐惧与鄙视，而这些礼学家和经师的思想则奠定了《论语》和《孟子》等著作出现的背景。

中国北方的诗乐主要是以钟鼓演奏，相对质朴而节奏分明。南方的新乐则是以丝竹演奏，可能在节奏和韵律上较古乐更为复杂。[58]较之诗乐，新乐总体上是一种更具诱惑力和吸引力的艺术，这一点可以在下述文字中看到：

> 魏文侯问于子夏曰："吾端冕而听古乐，则唯恐卧；听郑卫之音，则不知倦。敢问古乐之如彼何也？新乐之如此何也？"[59]

南方新乐的特征在于，运用了令人兴奋的某些半音符或者"变调"。[60]这一特征遭到了古乐捍卫者的最强烈批判。因而，《论语·阳货》第18章载："子曰：恶紫之夺朱也，恶郑声之乱雅乐也，恶利口之覆邦家者。"[61]

正如杜志豪（Kenneth J. DeWoskin）所指出的，"紫"与"郑声"是可以类比的，它们都是混合体，前者淆乱并损害纯粹的原色，后者则淆乱并损害纯正的"雅乐"。[62]后来《诗》学理论中的"变风"与"变雅"可能就与这种"变调"有关。

因而,就在《诗》学教育在儒家学派中走向制度化之时,曾作为诗篇存在基础的音乐逐渐丧失了用途,诗只作为文本遗留了下来。尽管在教育中,音乐在礼制方面的功用仍在持续,但这些教育由于越来越弱的实践运用而逐渐变得具有推测性和抽象性。然而,诗主要作为一套辞令用于礼貌的交谈之中,或者作为经义解说的载体——"前文本"。实际上,从诗中引述数句或数章的传统可能相当久远,也许可以追溯至《左传》中的赋诗。但是此后,它成为了儒家的核心观念。然而,在《论语》第二层次章节中的引诗,与赋诗时(在其他方式中)对诗的运用有所不同,《论语》中的引诗必须与儒家教育要点的阐释或"兴"有关,而不是《左传》中春秋时期的武士、君子和贵族的那种更为实际的目标。

毫无疑问,这种向道德领域的转变,与《诗经》以及其他文献在战国时期儒家学派中的新地位有关。一方面,由于学派纷争的压力,学说渐趋固定化——我们也可以称之为"文本化"(textualizing),从而获得了稳定性与权威性。(经由这一过程而产生的文本,可能包括对孔子学说的最初修订。《论语》中所保存的材料当然也在其中。)另一方面我们发现,像《诗经》这样曾作为"柔性文本"的文献,可以通过这样的一种方式进行解释,以便为经义解说提供富有成效的机会。这两种发展共同导致了,对文本的阅读与研习将占据儒家经义中的核心地位,直至今天依然如此。

正是伴随着对这种文本的研习,阅读与诠释的问题首次成为了主题。在《左传》的相关叙述中,赋诗活动暗含并预设了一种成熟的诠释学,用以解释诗的表面内容,并将其运用至当时的处境。"兴"是如此,诗本身也是如此。这种早期的诠释学为后来的《毛诗》学提供了基本结构。但这只是一种默会的东西,没有任何与这些活动相关的诠释学"理论",理由其实也很充分——在"赋诗"与"兴"等早期运用诗的活动中所"解码"的文本,并非"学"的对象,并非那种认真而持续的、能够完全表明诠释学态度的理解的对象。人们用这种文本来表明一种观点，随后就将它弃置一旁。从研习者的角度来说，它们并不值得深入研究。然而，在《论语》最后一个层次的文本以及战国中晚期的其他文本中，像《诗经》这样的文本并不只是为了经义解说而存在，其本身同时也体现了一种道德意义。正是伴随着对文本内在道德意义的发现与反思，诠释学应运而生。

在上述这一时期的几百年之后，《毛诗》及其诠释才获得决定性的优势。但是，可以肯定地说，至少有两种（也许更多）诠释学与《诗经》有关。孔子与子夏的对话（《论语·八佾》第8章）代表了其中一种重要的类型。我们从该章中隐约读到的那种相对抽象的原则，可能更接近于西方的传统诠释学，而和汉代以后与《诗经》有关的"以人为导向"（person-oriented）的诠释学相去较远。另一种理解的类型则是本书的主题所在，它将诗篇视为语言和文字的运用，其意义与诵诗的特定场景紧密相关——更多的是关注它们说了什么，而不是它们被理解说了什么。我们在上文所讨论的某些章节中（最佳例证是《论语·卫灵公》第13章），也许可以辨别出这种诠释的蛛丝马迹。在那些章节的描述中，孔子弟子专注于孔子教导的细微差别，尤其是要以孔子自身的动机和关注点来理解那些教导。尽管如此，令人惊讶的是，后来《诗经》的"毛氏"解读在《论语》中几乎是找不到的。"毛氏"解读的全面发展将有赖于诗篇的历史化，这一点在孟子（可能还有荀子）的思想中可以看到。另外，"毛氏"解读还会采纳下一章中所讨论的其他问题，而这些问题与我们所称儒家的人格诠释学有关。

第三章 "诗言志"

> 子曰:"视其所以,观其所由,察其所安。人焉廋哉?人焉廋哉?"
> ——《论语·为政》

我们在上一章看到,孔子去世后的一二百年间,由于孔门诸子多方面的需要,《诗经》中的诗从礼的辅乐逐渐被赋予了道德意涵而走向圣典化。但是,在某种程度上而言,这种制度性的力量并不具有意义——它虽然确保了诗的这种诠释得以形成,但不能确定诠释的具体形式。我们可以把诗的主要诠释形式,想象成孔子与子夏在《论语·八佾》第8章中所做的那种,将诗视为一种较为抽象的道德规范的来源。但是,最终在毛氏学传统中出现的诠释学却是另一种样貌,它认为诗的道德意涵在于保存了作者那种具有典范意义的规范性的"志"。虽然这种观点的源头可以在诗本身以及第二章所讨论的赋诗活动中找到,但是它之所以吸引后世,则在于它与某些典型的儒家要义有关,而这些要义关涉葛瑞汉(A. C. Graham)所谓公元前4世纪的"形而上学危机"[1]。

公元前4世纪,儒学受到来自两方面的深入攻讦。一方面,墨家从实用角度对儒家的存在根基——儒家所推崇的礼乐——进行衡估,认为它们奢侈靡费。另一方面,"原始道家"杨朱(卒于约前350年)对儒学中的道德与礼制学说进行攻击。杨朱与其同道认为,礼学以及整个儒家学说都与那种由"天"所赋予的人"性"要求背道而驰。因而,他们向儒学捍卫者施压,要求其必须论证儒家道德可以与其他方向的性情并行不悖。

原始道家的攻击,尤其给儒家的话语阵地带来一系列问题,这些问题都以某种方式与我们所称的"人格的隐晦性"问题交织在一起。儒家思想开始意识到了一种潜在的对立,同时实际上也专注于这种对立,那就是一方是"性"与"情",另一方则是儒学所表明的规范性行为准则。这一问题存在两种相互关联并可以离析的形式,一是情感的兴发服务于儒家的规范,二是关注如何区分出这些行动的真实原因,即关注儒家的人格诠释学。对于这两个问题而言,诗都是举足轻重的。

情感的兴发

与"诚"相关的问题似乎一直是儒家思想的一部分。[2] 在《论语》早期层次中,这一问题主要表现在"礼"的情感真实性上。《论语·八佾》云:"子曰:'吾不与祭,如不祭。'"在孔子的时代,他所热衷的礼似乎已经崩坠。这一现象无疑与当时的社会变化有关,但此处则可能是由于行礼之人缺乏"诚"所致。

也许是由于杨朱与其他(原始)道家的批评,这一问题成为了后来儒家思想的核心。一种新的理想出现了——不论性情最初有何倾向,它都可以通过培养、重塑,与儒家的道德要求相协。例如,孔子在著名的精神自述中这样说:"子曰:'吾十有五而志于学,三十而立,四十而不惑,五十而知天命,六十而耳顺,七十而从心所欲不逾矩。'"(《论语·为政》第4章)

这一章不太可能反映真实的孔子,但它确实表明了一种对重塑自我的关注,经过重塑后的自我可以自然而然地"不逾矩"。需要注意的是,这里所描绘的最高德性修养并非指涉道德评判的能力,而是道德实践的能力;或者更确切地说,是以一种自发而和谐的方式来兴发情感。核心问题并不在于如何确定善(因为道德规范已知,或至少通过学习可以获知),而在于如何成善。儒家后来的大部分历史都可以理解为对这一问题的一系列回答。我们下文将会看到，诗作为文本的特殊吸引力，就在于它们似乎提供了一种实现这种目标的优先方案。

儒家的人格诠释

　　与兴发情感这一问题紧密相关的是儒家对人格的诠释。儒家思想一直对人格评价抱有浓厚的兴趣，如《论语》许多章节所示，孔子经常与其他人论及历史或当代人物，他也经常评价自己的弟子。在孔子的交游圈中，"知人"是一个具有吸引力的话题，因为在朝野内外都由"主客"（patron-client）关系所主导的时代中，它是一种有用的技能。此外还有一个原因，这种对人格的兴趣可以看到"为人"的不同类型与方式，如《论语·里仁》第7章所说："人之过也，各于其党。观过，斯知仁矣。"[3]

　　从中国诠释学中最具特色的比喻形式之一——提喻来看，一个人的过错与人格相关。一个人的过错隐含其整个人格，这就如同在后来的宇宙论中微观世界隐含宏观世界。因而，这些过错就类似于后来孟子所说的可以表露人格的其他"重要部分"——"言"（《孟子·公孙丑上》第2章）与"眸子"（《孟子·离娄上》第15章）。

　　公元前4世纪的形而上学危机引发了对人格隐晦性的新认识，这似乎也使这个问题复杂化了。道家和原始道家对儒家的批判有力地推动了这样一种可能性，那就是儒家君子的德行并不反映真实的意图与倾向，而只反映压抑、虚伪与自欺欺人。也许正是因此，儒家学说开始意识并关注到，一个人的人格也许不能由明显行为完整地反映出来。人与人格开始变得复杂和晦暗不清，而有关理解（诠释）的问题也变得日益重要，这一问题尤其反映在道德诠释家那里，这些诠释学家能够洞察他人的逃避与欺骗。

志

　　理解他人这一问题产生了新的复杂性，而"志"可以说明此点。该词的历史比较复杂。它不属于某一个传统，而是出现于各种各样的语境中，且含义也有不同。在现存文献中，"志"也许最早出现于《尚书·盘庚》篇："予告汝于难，若射之有志。"⁴这里的"志"，意思为"确立目标"。

在《左传》中，"志"是一个名词，含义接近"志向"。这些"志向"通常是希望获取权力或取得现世的成功。例如"吾不得志于汉东也，我则使然"，再如"逞其志"（桓公六年、十七年）。①

在《论语》中，"志"随着儒家所关注的问题，变成了求道者的一种道德事业与志向。因而，我们在《论语》中见到了"志于道"（《述而》第6章）、"志于仁"（《里仁》第4章）的完整表述。《左传》中的"志"未有明确定义，我们可以将它理解为获取现世成功的一种志向，与此类似，《论语》中的"志"虽然未经定义，但我们可以将它理解成对道德的坚守——《卫灵公》第9章中的"志士"便是投身于这种儒家事业的人。

在《孟子》《荀子》等战国晚期的文献中，"志"成为了今天所谓"哲学人类学"的一个要素。⁵例如，孟子在一段著名的文字中讨论了"言""心""志"以及有争议的实体"气"之间的关系（《孟子·公孙丑上》第2章）。在孟子看来，"志"是人格的组成部分，与情感相关并"统率"情感。⁶

因而，无论从道德还是从俗世而言，"志"都是一种有组织性、引导性的先存之见。虽然笔者将其译为"志向"（aim），但它也有"目的"（intention）、"雄心"（ambition）、"意向"（disposition）等含义，甚至也包含了海德格尔所谓的"筹划"之意（参见第一章）。"志"象征着一个人存在的全部要义，也能证明一个人存在的全部要义，因为它以一种尤为直接且重要的方式联系着人格，同时也表现着人格。如果知道一个人的"志"，那么就意味着知道他是什么样的人。但是，"志"与《孟子》中的"眸子"不同，与孔子所观察到的"过错"也不同，因为它不会自动显露，必须从言行中推测出来。"志"的显露可能是不自觉的——在精于诠释学的观察者眼

---

① "逞其志"未见于桓公十七年，见于宣公十七年。——译者

中，一个不经意间的言行可能彻底暴露出一个人主导性的志向，也彻底展现出他的人格与未来。然而"志"也可以直接说出，在这种情况下，这一过程就是一个自我表露的过程。对后来的诠释学而言，"志"在语言中的自我表露——直陈其志或诵诗（作诗）——才是特别值得关注的。

自我表露是一种复杂而充满疑义的活动，它让我们有所见也有所不见。这种特殊的复杂性可以通过《论语》中的两章来说明，这两章只在"志"上有所差别。第一章属于《论语》的早期层次："子曰：'三年无改于父之道，可谓孝矣。'"（《里仁》第20章）这一章是在说孝的标准。当一个人的父亲还在世时，他只能服从于父亲之"道"，因为他还不是一家之主。在这种情况下，他对父亲之"道"的顺应是必需的，因而并不重要。但在父亲过世后，他成为一家之主，可以按照自己的意愿行事，对于父亲之"道"可遵从也可不遵从，而在这一决定中，他是否真的忠于其父——是否真的孝——才得以展现。我们在这一章中看到，早期儒家不仅特别关注如何确定和说明一个人的人格，而且还坚信一个人的人格毫无疑问地表露于可见行为之中——《论语》的早期层次尤其如此。

该章的另一版本出自《论语》下一个层次，提供了一种新的视角："子曰：'父在观其志，父没观其行。三年无改于父之道，可谓孝矣。'"（《学而》第11章）[7]与前引章节不同的是，这一更完整版本的开头多出了一句孔子的评论。对于这种增补，有两种理解方式。一种观点认为，"志"的意义在于，它提供了一种在无限制的行为之前判断一个人人格的方法——在该章中添加与"志"有关的内容，代表了对诠释学才能的补充。从这个角度来看，"志"类似于上文提到的其他诠释学对象（如"眸子"），它为观察一个人的人格打开了一扇窗，提供了一种在公开文本（或者应该说"行为"文本）缺失的情况下，判断人格及预测未来的标准。以这样的观点推测和解释"志"也许是一种技能——它们可能需要诠释学的专业知识——但它没有说明"志"的表露一定是自我表露。

这段文字还有另外一种理解，那就是关注父亲去世前后儿子"志"与

"行"之间的对比。倘若依照这种解读,这段文字的关注点就在于,"志"是否会在实践中被遵循与证实,即"志"是否为真。这是亚瑟·韦利的译文所暗示的,其译文为:"孔子说,一个人的父亲还活着时,你只能看到他的志向;当他的父亲去世后,你才会发现他是否会将这些志向实行。"[8] 因此,该段落的主要关注点就成了伪善问题。儿子真的打算实现那些在他父亲还活着时立下的目标吗?儿子在父亲在世时并无其他选择,对那些规则自然不会表达不满,但当父亲不再能强迫其意愿时,他会如何表现呢?一个人的既定目标与真实目标间的分离就可能出现了。在这种理解中,"志"由于自我表露而通常可以获知,但它需要解释或认定。在这种早期的语境中,"志"似乎提供了一种理解人格的优先方法,但与此同时也引来了诠释学上的问题。

以上这种理解,预设"志"的表达或表现是公开的,它可以被观察和引证,也可以被拿来与儿子后来的行为做比较。事实上,只有在一个容易达成理解的社会背景中,只有在儿子的"志"可以被知晓的情况下,这样的问题才会出现。有两个相关的段落可能会对这种社会背景有所展现,它们都涉及了"言志"。

言 志

在《论语》中,有两个紧密相关的章节涉及"志"的"直接"表达。第一章是《论语·公冶长》第26章。

> 颜渊、季路侍。子曰:"盍各言尔志?"
> 子路曰:"愿车马,衣轻裘,与朋友共。敝之而无憾。"
> 颜渊曰:"愿无伐善,无施劳。"
> 子路曰:"愿闻子之志。"
> 子曰:"老者安之,朋友信之,少者怀之。"

这一章很简短,孔子让他的两个学生"言志"。崇尚武力、素乏雅度的子路最先开口，而孔子在最后才说出了自己的志向。几乎可以肯定，这是一个"文学"（即非历史）文本，但这个故事却相当质朴。叙事的功能仅仅是为了表达道德修养的等级，与《论语》中所常见的情况一样，子路作为一种陪衬，与颜渊、孔子越来越完满的"志"构成了对比。虽然这段文字似乎预设了如何表露和评价"志"的通行惯例，但子路和颜渊却表现出一种天真的态度，使得他们的"志"从诠释学而言非常清晰。特别是子路，似乎想不到孔子所希望的那种答案。

在这类文本的另一个章节中，情况要复杂得多，这就是《论语·先进》第26章（有些版本作第24或25章）。

> 子路、曾晳、冉有、公西华侍坐。子曰："以吾一日长乎尔，毋吾以也。居则曰：'不吾知也！'如或知尔，则何以哉？"
>
> 子路率尔而对曰："千乘之国，摄乎大国之间，加之以师旅，因之以饥馑；由也为之，比及三年，可使有勇，且知方也。"
>
> 夫子哂之。"求，尔何如？"
>
> 对曰："方六七十，如五六十，求也为之，比及三年，可使足民。如其礼乐，以俟君子。"
>
> "赤，尔何如？"
>
> 对曰："非曰能之，愿学焉。宗庙之事，如会同，端章甫，愿为小相焉。"
>
> "点，尔何如？"
>
> 鼓瑟希，铿尔，舍瑟而作，对曰："异乎三子者之撰。"
>
> 子曰："何伤乎？亦各言其志也！"
>
> 曰："莫春者，春服既成，冠者五六人，童子六七人，浴乎沂，风乎舞雩，咏而归。"
>
> 夫子喟然叹曰："吾与点也！"
>
> 三子者出，曾晳后。曾晳曰："夫三子者之言何如？"

子曰:"亦各言其志也已矣!"

曰:"夫子何哂由也?"

曰:"为国以礼,其言不让,是故哂之。"

"唯求则非邦也与?"

"安见方六七十如五六十而非邦也者?"

"唯赤则非邦也与?"

"宗庙会同,非诸侯而何?赤也为之小,孰能为之大?"

这是《论语》中篇幅最长的一章,也是最具叙述性的章节之一,可能属于最晚的部分。[9] 它显然基于《公冶长》第26章(及同篇第8章),对自我表露和理解他人的复杂性有了深刻认识。

这一章与《公冶长》第26章类似,也是孔子让几位弟子各言其志。这两章都有一个渐进的过程,从子路相对粗鲁的志向逐步过渡到孔子的终极希望,只不过在这一章中,孔子的终极希望由曾皙明确道出。在《公冶长》第26章中,最开始是子路希望能够适度自控,后来才是孔子更丰富充实的理想。但这一章与之相反,从子路相对宏大的志向逐渐转入一系列(看似)更为温和的希望,它始于子路的军事、政治和道德上的艰巨目标,终于曾皙的那种远离政治的平和心愿。

就这则故事而言,叙述比较复杂,主题也同样复杂。在《公冶长》第26章中,叙述的要点与所言的"志"相关,叙事只是提供了一个方便的结构,以达成这些"志"的对比。但在《先进》第26章中,重点不仅仅在于前三位弟子的"志",而且还在于他们的诠释学地位。正如《季氏》第13章中陈亢与伯鱼的故事,这则故事的关注点不再是解释的对象,而是解释本身。解释本身成为了问题与主旨所在。

有关这一章的讨论,往往集中于曾皙之"志"的意义上。传统经学家曾给出多种解释,这说明了该章的困难性与启发性。[10] 曾皙没有提及任何明显的政治活动,也没有提及任何的道德律令,这导致了一些经学家认为该章有道家倾向。似乎由它所促成的审美情趣也反映在了细致而巧妙的叙事细节中，这构成了整段文字的特征。

然而，曾皙之"志"的意义必须结合其他三位弟子才能获得理解。正如阐释性的尾声所示，虽然冉有、公西华声称言志，但他们实际上并没有那样去做。无论是出于言不由衷还是自我认识的缺乏，他们都没有说出他们真正想要的东西。相反，他们只是尽力说出孔子希望听到的内容。他们的"志"都有一种"弦外之音"，而孔子要对它们进行"解码"。最后曾皙说的"志"避免了这种难题——它并无"弦外之音"，孔子对它没有解释，而只有赞许。实际上，曾皙的"志"可能恰恰代表了这一章的高潮，因为它避开了解释，尽管它被置于一种经常需要解释的框架之中。

曾皙之"志"位于最后，不仅因为其所蕴含的希望，而且因为其"真"——它是曾皙真正想要的。我们深信这种叙述——沉浸于鼓瑟之中的曾皙一开始并不愿意言志，同时我们也深信他所说的那种希望。"风乎舞雩，咏而归"的欢乐，似乎并未象征着其他事情，而是具体真实的一种吸引人的场景的强烈特征。[11] 正是在这种联系中，笔者认为，我们必须理解该章的奇异特质，孔子通过曾皙的志来表达自己，而不是说出自己的志向，如他在《公冶长》第26章中的那样。孔子对曾皙的赞许反映出战国晚期或汉代早期儒学在制度与思想领域的变化。[12] 然而，《论语》中最具文学性章节的展开方式，确实与孔子对曾皙志向的自发选择（因而也是令人信服的选择）有关——曾皙志向对孔子的吸引，恰如"浴乎沂"对曾皙的吸引。明确话语的自我表露，总有可能沦为冉有与公西华所体现的那种失败，因为他们所说的那种激励人的东西，一定源于与此不同的动机。然而，那种朝向希望的自发性行动，却可以展现一个人的全部。[13]

道德诠释家

通过自我表露可以观察人格，这在《先进》第26章中引起了强烈的疑问。这一章以及它所提出的问题，开启了一个悠久的诠释学传统。其中的一条脉络存在于"抒情诗"的传统中,吟诗者借以表达他们的真诚与真实志向。[14] 还有一种传统与诠释学历史以及《诗经》的阅读史有着更为直接的关联,它从相反的方向切入这一问题,会问我们如何才能判断自我表露的内容与真实性。正是伴随着对理解与解释的不确定性——人格的隐晦性——有了更为深入的认识,我们才在战国晚期与汉初的史料中,发现了笔者称之为"道德诠释家"(moral-hermeneutical adept)的一批人。

在《先进》第26章中,孔子这位有德之人——实际上是圣人——能理解弟子之"志"的真实意涵。战国晚期的文献中有一种普遍观念,那就是解释本身是困难而不确定的,因而只能由至善之人来完成。这类人群中最好也最著名的例子就是孔子。另一个绝佳例证来自《左传》襄公二十七年①中的一段赋诗。公元前545年,晋国的执政赵孟与叔向来到郑国。当时的中国北方四分五裂,动辄相争,晋国虽是名义上的盟主,实际上却逐渐受制于南方半华化的楚国。赵孟是这则故事中的主角之一,是一个能够延缓晋国衰落的理想屏障。在下面的故事中,赵孟与叔向刚从一场诸侯盟会中回来,他们在盟会上应对了楚国的一系列非分要求。

> 郑伯享赵孟于垂陇,子展、伯有、子西、子产、子大叔、二子石从。赵孟曰:"七子从君,以宠武也。请皆赋,以卒君贶,武亦以观七子之志。"

此后,郑国"七子"逐一赋诗。除伯有之外,每人都选择了一首热情洋溢而恭敬有体的诗。例如著名的大夫子产,赋《隰桑》(《毛诗》第288篇)。该诗首章如下:

> 隰桑有阿,

---

① 襄公二十七年当公元前546年。——译者

其叶有难。
既见君子，
其乐如何。[15]

这一章的第三句也可以理解为"既见夫子"，所指即赵孟。对于这些赋诗，赵孟谦恭有礼地逐一回应。

只有第二位赋诗的郑国大夫伯有，并未向赵孟表达欢迎之意，而是赋《鹑之奔奔》（《毛诗》第49篇）：

鹑之奔奔，
鹊之彊彊。
人之无良，
我以为兄！

鹊之彊彊，
鹑之奔奔。
人之无良，
我以为君！[16]

最后两句也可以直接译为"Evil is the man/ Whom I must call 'lord'"（此人无良，我以为君）。我们需要注意到，伯有心怀不满，并有计划篡夺郑伯之位。赵孟有礼地避开了伯有之言，但当他后来与叔向独处之时，讨论了伯有赋诗的弦外之音。

文子（即赵孟。——作者注）告叔向曰："伯有将为戮矣！诗以言志，志诬其上，而公怨之，以为宾荣，其能久乎？幸而后亡。"[17]
叔向曰："然。已侈！所谓不及五稔者，夫子之谓矣。"

此后，二人概述了郑国其他大夫的人格与前景，预言在他们之中，"子展其后亡者也"。

这段叙述之所以重要，是因为它包含了可以说是最早的一种"诗言志"说法。而且，它展现了《论语·阳货》第9章中诗的可能用途的其中之三。[18]尽管在笔者看来，它所反映的问题更可能属于公元前4世纪（即《左传》成书的时期），而不是公元前6世纪（即所述事件的发生时间），但它是《诗经》诠释史上的一个重要文献。

这段叙述最突出的特征之一是，它与《论语·先进》第26章有关孔子及其弟子志向的叙述，在结构上非常相似。两段叙述都始于一人请数人"言志"。这就意味着在道德上、诠释学上有成就的人会去判断其他人，而且有权力、有资格去这样做。那些受邀之人则各言其志——在《论语·先进》第26章中较为直接，在《左传》上述引文中则间接通过赋诗。最后，两段叙述都有一个阐释性的结尾，主角及其密友会以对话的形式来对所听到的内容进行解码和讨论。

两则故事有一个共同点，即都围绕"道德诠释家"展开。在孔子与赵孟身上，我们都能看到这种"诠释家"的特征，他集道德的完满与诠释学的敏锐于一身。在《论语·先进》第26章中，孔子能理解每个自我表露背后的动机与关怀，又能将这种自我表露理解为每位弟子人格（"为人"之道）的体现。赵孟与之类似，通过一种典范的方式展现出他的诠释学敏锐性。首先，他观察到激发每位大夫赋诗的那种志向。从这些志向中，他能够推断出郑国多位大夫的人格与性情，进而（准确地）预测他们的命运。诗、志、人格、人际关系的相互关联，为《毛诗序》的诠释提供了基本的架构（除了危急时刻的作诗，而非赋诗）。

诠释学的造诣与道德修养有关。孔子自不必论——在我们讨论的范围内，"孔子"就是人类潜能充分实现的一种象征。在《孟子》中，诠释学的技艺同样与道德修养有关。这种统一的观念有可能是"得其全体"的——孟子在与他人争辩中所意识到的错误，似乎与"得其一体"有关。[19]同样地，曾晳之"志"的解释性力量，也可能与他反映出来的道德修养有关——曾晳（即孔子）能够统摄其他弟子，因而能够理解他们，但其他弟子并不能理解曾晳。

　　赵孟尽管不能与"至善"的孔子相提并论——他的道德修养必须通过叙述来证明，但他同样是一位道德英雄与楷模。实际上，这是垂陇之会的功能之一——赵孟在诠释学上的敏锐是一种更高贵、更确定的特质，有助于展现《左传》所试图刻画的赵孟全貌。他对郑国大夫的邀请与命令，对他人人格的"观"，以及在结尾时所展现出的洞察力——所有这一切都是道德权威的标志。如果我们认识到赵孟与《论语·先进》第26章所描绘的孔子形象是一致的（不论《论语》此章形成时，《左传》此节是否为现在这样），那么自然可以形成上述观点。

　　因而，问题的重点是，在这种叙述得以形成的经义背景中，诠释学技艺——解读他人的能力——已成为一种受到高度认可的优秀品质，以至于可以用来（事实上也被用来）树立一种良好形象。[20] 道德诠释家已经成为了一类可供识别和崇敬的人。这类人在晚期史料中的出现，反映出解释与诠释在中国这段历史上有了越来越重要的地位，而这种重要地位源于人们对自己的复杂、迂曲和隐晦——不仅对他人，而且对自己——有了更深刻的认识。作为一种要实现的特殊允诺，"诗言志"是一个疑义丛生的表达，因为正如《论语·先进》第26章所示，这一活动总是具有诱人的吸引力，但同时也处处面临困难。后来的《诗经》诠释史以及抒情诗诠释史，大都涉及如何克服、规避或排斥这些困难。文本的诠释与人格的诠释，在同步走向深化。

历史性的"志"：孟子与《诗经》的第一次明确诠释

　　如果要对《论语·先进》第26章、前述《左传》那段文字，以及它们的组成要素进行编年，会颇为不便，也会带来更多问题。尽管如此，这两段文字可能都来自各自传统中的后期阶段。以《左传》为例，我们也许可以认为，它大概是在公元前4世纪前后编定成书。这些材料与孟子（孟轲，前372—前289）的学说大致同时，而在孟子的学说中，我们发现了对《诗经》的第一次明确诠释。

前文谈到，正是在《论语》和《左传》的最后一个层次中，我们发现了一种对文本研究和解释的浓厚兴趣，这种兴趣不仅体现在对文本研究的推崇，而且还体现在有些故事与史料似乎在预设和期待文本研究。文本之所以获得这种新的重要性，有很多方面的因素。不同学派的学说在不断走向常规化，而文本解释也提供了富有成效的经义解说方式，与此同时，不同学派需要对各自所信仰的内容（他们相信那是孔子和圣人所说）做出具体解释，以应对竞争者的挑战。这些因素也以另一种方式促成了文本研究的制度化以及诠释学的清晰化——正是在同时代经义冲突的背景下，《诗经》与《尚书》才作为历史性和规范性真理的权威来源而被引用。而且，正是为了在诸多经义中做出裁决，有关《诗经》以及一般阅读的第一次明确诠释才应运而生。

在《孟子·万章上》第4章中有一段著名对话，我们从中可以看到经义论争的背景以及由它所引起的诠释学：

咸丘蒙曰："舜之不臣尧，则吾既得闻命矣。《诗》（《毛诗》第205篇）云：
'普天之下，
莫非王土；
率土之滨，
莫非王臣。'[21]
而舜既为天子矣，敢问瞽瞍之非臣，如何？"

曰："是诗也，非是之谓也，劳于王事而不得养父母也。曰：'此莫非王事，我独贤劳也。'

故说诗者，不以文害辞，不以辞害志；以意逆志，是为得之。如以辞而已矣，《云汉》之诗（《毛诗》第258篇）曰：

'周余黎民,
靡有孑遗。'²²
信斯言也,是周无遗民也。"

东汉学者赵岐认为,这段对话中的咸丘蒙是孟子的弟子(事实上可能正是如此),传统经学家有时会把不怀好意的发问者也都认为是孟子的弟子。²³ 然而,咸丘蒙的问题反映了孟子时代对儒家学说与神话的严格审视。此处所讨论的内容与统治者的地位有关,因为它将一位"盛德"统治者和他的父亲对立起来。咸丘蒙首先提出,孟子所推崇的"盛德"典范——舜,是从尧那里接受了天下,这是孟子所拒斥的一种观点。在上述引文中,咸丘蒙又引据《北山》来证明,普天之下都必须臣服于舜,包括舜的父亲。

然而,正如孟子所指出的,咸丘蒙所引之诗句,在整篇诗的语境中有着截然不同的含义。而且孟子提出,咸丘蒙忽视了这一章的最后两句:

大夫不均,
我从事独贤。²⁴

亚瑟·韦利在翻译这首诗时加了一条注释,他认为咸丘蒙所引诗句有可能是一句谚语;如果是这样的话,那么这一谚语的意思有可能与咸丘蒙的理解相符。²⁵ 但无论这句谚语的原意如何,在这首诗的语境下,咸丘蒙所引诗句的意思确如孟子所说。这些诗句不能仅从字面上理解,而是要考虑到它们的用处,孟子在后面一例中明确指出了此点。

这段文字之所以重要,是因为在这一背景和潮流中,咸丘蒙对该诗的引用清楚地反映出《诗经》中的诗具有一种稳定的含义,可以用于支撑历史性或规范性的争论。不论是作为礼乐表演的诗,还是在"兴""赋诗"等活动中的诗,都与这一观点有着重要不同。它们既没有提出也没有预设任何关于诗的历史意涵的主张,只是试图以一种恰当和机智的方式引用诗句。无论出现什么样的争议,都与诗篇运用的当或不当有关(如我们所看到的,孔子对滥用《雍》诗进行评论,伯有诵诗时选择了不当的诗篇)。它们很少涉及意涵的问题,因为在这些活动中,诗的原始历史意涵与其语言的运用无关。即使诗被用于注释的场合(如在"兴"的实践中),也只是被"借用"作一种开篇语,并没有就其实际的历史意涵提出任何观点。

然而,咸丘蒙理所当然地认为,《北山》中的诗句具有一种规范性的力量,它们也具有经义的地位。在孟子生活的时代,这种对诗的看法甚为流行,而且我们很容易发现,原来只是拿一两句诗充当争论的门面,以显得优雅而有说服力,后来则是把诗句当成了一种证据。孟子本人尤其喜爱把前十余篇《大雅》作为周王室早期历史文献加以引用,而且他还引用《风》作为道德教育的资源。[26] 这种观点隐含的是,所引用的诗确实有着稳定的、可指明的含义,因此可以用来做规范性或历史性的论证。诗的这一用法最终引导出了《毛诗》解释(在第4章中会讨论),也引导出了孟子对中国历史上第一次明确诠释学的阐述。

然而,尽管咸丘蒙对诗的引用代表了与那种隐含于"兴""赋诗"活动中的诠释学的断裂(或者更确切地说是一种演变),但它确实与那些活动有着一脉相承之处。咸丘蒙仍然是"断章取义"——从只言片语中推断出的意思,如从全诗着眼则未必。正如我们在上文例证(或上文所讨论的任何一个"兴"和"赋诗"的实践)中看到的那样,脱离语境的引诗可以为诗赋予意义,但这些意义往往与整首诗任何合理的解读都相去甚远。

在这段文字中,孟子所反对的正是咸丘蒙对诗的那种引用。孟子在回应中警示了两种阅读方式——"以文害辞"与"以辞害志"。孟子虽然未对"以文害辞"举出具体例证,但他指的可能是以文本的一些"字面"特征("文")来损害这段文字的平易意涵——这是一种轻重倒置、舍本逐末的做法。[27]

孟子所提醒的第二种解释,是为满足当下需要而做的"断章取义",如《论语》《左传》以及此处的咸丘蒙。宋代人对这段文字往往会从部分与整体的关系来理解,其中"文"代表单独的字词,"辞"代表句或节,而"志"

则代表为整个篇章赋予生机的那种意图（参见第七章）。尽管笔者认为这种解释——至少有关"文"的意思——并不确切，但认为最后的这个具有统摄性的概念"志"，只有通观整首诗才能确定。因而，孟子以这首诗的整体语境反驳了咸丘蒙有关其中几句的解读。

尽管"志"只能从整首诗中推测出来，但我们要达成对"志"的理解，却远非理解整首诗那么简单。尽管在这一时期的其他文献中，"志"似乎只指一般意义上的"意思"[28]，但至少在《孟子》以及这一时期关注诗与"志"关系的大部分文献中，这一概念仍然与人格的观念紧密相关。因而在我们所讨论的这章中，孟子说"以意逆志"。其中"意"这一词语，我们在这里第一次遇到，它在战国文献有关"意"与"言"的讨论中具有重要地位。"意"在公元3世纪王弼著名的《周易注》中再次出现，其后在11世纪新儒家有关"意"与"义"的讨论中也发挥了重要作用。① 在后来的文献中，"意"通常与"志"互换或结合使用，但在这一章中，孟子似乎将其作为"志"的同义词在使用，建议读诗者须在精神上重新恢复诗的生机与意图。如果将孟子的用词翻译成现代语汇，那么我们可以理解为，在阅读中必须假设文本是与自己一样的人的言语和产物，并试图以自己的存在状态来理解它。在这个意义上，文本与人是一样的，必须置于一个人自身的人格与经验中才能获得理解。

规范性的"志"：荀子

对于经学的制度化而言，荀子（荀卿，前310—约前211）的影响或许无人可及。[29] 在中国早期历史上，就影响而言，孔子是唯一可以与荀子相提并论的，但笔者上文已尝试论述，孔子的影响在历史上颇有疑问。[30] 若论战国时期另一位儒学大师孟子，其现存的学说从未出现经典意义上的"经"字。尽管他经常引用《诗经》，但他对《尚书》的价值抱有一种怀疑态度，

---

① "义"，笔者译为"significance"，它在拼音系统中通常作"yi"，但笔者为了与"意"（yi）相区分，特将"义"记作"yii"。有关二者区分的重要性，参见第六、七章。

认为"尽信《书》不如无《书》"[31]。然而,在荀子的著作中,我们不仅可以见到他频繁征引被称为"经"的那些经典,而且还可以读到他有关经典研究的教导。另外,荀子的弟子们显然遵循了他的主张——在此后以至汉代的经注流传史上(尤其是《诗经》),荀子的影响皆有迹可循。西汉以降,荀子思想的影响逐渐式微,在此后的时代中缺乏有影响力的推崇者,因而他对经学的贡献被忽视了。[32]然而,对于我们所说的经学话语传统的形成,荀子的贡献功不可没。

在荀子那里,"经"包括《诗经》《尚书》《礼》《乐》,以及传统上归于孔子所作的《春秋》。[33]这些著作(尤其是前两种)对于荀子而言都至关重要。荀子频繁地征引它们,较孟子有过之而无不及[34],但与孟子不同的是,他以《诗经》来论证一种经义观点,而不是将其视为有关历史先例的资料。荀子的这些用法预设了一种背景,即《诗经》的道德权威与经义权威是不言而喻的(《尚书》的权威略低于《诗经》)。此外,荀子还经常提到"经"在儒家教育中的重要性。他说:"学恶乎始?恶乎终?曰:其数则始乎诵经,终乎读《礼》。"[35]

在荀子看来,研究"经"是儒家教育的组成部分,也是将人格重塑为荀子所提倡的那种类型的优先方法之一。对一般意义上的"经"的倡导,特别是对经的理想的主题化,代表了经学制度化趋势的高潮,这在《论语》的最后一个层次中可以见到。这些趋势为经的阅读与研究提供了一种范式,极大地影响了后来的汉代学术。

如果要判断哪部经典对荀子最重要,那么从他自己的论证方式来看,毫无疑问是《诗经》——提及《诗经》之处最多。[36]《诗经》中的诗对荀子而言之所以那么重要,是因为它们"言"作者之"志",这一点与孟子、《左传》的早期阐述类似。荀子的重要贡献在于明确阐述了一个观点(这一观点在孟子的学说中即使确实存在,也并未得到明确表达),那就是作诗者无论在任何情况下都是儒学神话中的道德完人("圣"或"圣人"),因此之故,诗背后的动机——所言之志——无论在何种情况下都具有典范意义上的规范性:

"圣人也者,道之管也。天下之道管是矣,百王之道一是矣……《诗》言是,其志也。"[37] 诗中之志在任何情况下都正确无误,在任何情况下都具有典范性作用,这种观念对于荀子的《诗经》观以及《诗经》在德教方面的地位而言至关重要。它在由《毛诗序》所开示、由唐代《毛诗正义》所发展的中古《诗经》学观念中,也是一种居于核心的观念。

对于荀子的这种观点,我们应该理解为诗向"刚性文本"的方向有了自然发展——它逐渐成为研究的恰当对象,也成为了经义解说的场所。当然,在"兴"的实践中,诗已被用来作为经义解说的开篇语(即"前文本"),但就诗的使用方式而言,既没有提出也没有预设关于文本的原始和历史意涵,因而没有必要对作诗者的人格进行推测。但是,一旦认为有必要通过推测其历史上的作者来限定诗的各种用途(如孟子那样),那么,只有声称它们来自至善的作者(圣人),源于至善的冲动(志),它们的权威性才能够得以保证。[38]

然而这一说法还有另外一面。在最早的用法中,某些诗篇与春秋时期的礼制有关,因而被赋予了一种庄严肃穆的氛围。而其他诗篇可能只限于娱乐,至少在周王室乐师的曲目中如此。尽管孔子否认《关雎》体现并包蕴了那些对儒家道德不利甚至危险的情感,但其他文献似乎表明,某些诗中可能会存在这种情感。实际上,孔子对《关雎》的否认、对"郑卫之音"的批评,恰恰可以反映出他同样承认了这点。[39] 但是,《诗经》的早期倡导者如孔子等人,并不认为必须坚持整部经典的规范性,而在赋诗与"兴"的活动中也认为没有这种必要。

然而,随着《诗经》在儒家教育中日益占据重要的地位,特别是随着它成为笔者所谓"诠释学"的详密研究的对象时,儒家经师就会感到尴尬与困惑,因为有些诗表达或隐含了似乎与儒家道德不相符的情感,尤其是那些关于情爱和因情涉险的诗更是如此。这些作为记忆文本的诗篇,与口头传统那种平和自然的影响无关,以一个熟悉而恰当的比喻来说,这些诗篇宛如外来沙砾一般,刺激着牡蛎孕育珍珠。此处的珍珠就是一个精心设计的《诗经》的神话,它以一种最强烈的态度捍卫那些与诗篇本身看似极为矛盾的观点——它们表达的不是浓烈的激情或令人萎靡的忧伤，而是一种温润平和而具有典范性的有节和克制。

《诗经》中的诗并未表达过度的情感，在这种否定性的力量之下，荀子有关《诗经》（尤其是《风》）规范性特征的用语形成了。例如他在上述引文之后，就说明了《风》《雅》《颂》各自的特点。有关《风》，他说："《风》之所以为不逐者，取是以节之也。"[40] 易言之，《风》的特殊优点在于控制情欲的潜在危险与泛滥（即"节之"）。荀子在《大略》篇中也持同样的观点："《国风》之好色也，传曰：盈其欲而不愆其止。"[41] 虽然《诗经》（尤其是《风》）关注了情欲以及其他具有潜在危险性与破坏力的情感，但它们的表达方式具有典范意义上的正确性和规范性。正是由于这一原因，《诗经》才在儒家信徒的道德教育中占据一席之地。

当然，荀子在《诗经》及其规范性特点上的关注并不是抽象的，它牵涉到荀子对《诗经》在儒家教育中的功能的认识。荀子有时似乎会称道《诗经》的教育功能与《论语》相合，会提到《诗》《书》之"博"。[42] 唐代的杨倞曾为《荀子》作注，他在注释此段文字时，恰当指出《论语·阳货》第9章里的著名观点——读《诗经》可以"多识于鸟兽草木之名"[43]。然而，更常见也更重要的是，荀子坚持认为《诗经》可以调节读诗者的情感与内心。

> 故人不能不乐，乐则不能无形，形而不为道，则不能无乱。先王恶其乱也，故制雅、颂之声以道之，使其声足以乐而不流，使其文足以辨而不諰，使其曲直、繁省、廉肉、节奏，足以感动人之善心，使夫邪污之气无由得接焉。是先王立乐之方也。[44]

音乐可以调节和改变听者的情感。这种节制情感的语言在早期与诗乐有关，但据笔者上文所论，与《诗经》文本无关。然而，荀子让弟子与后人致力研究的恰是《诗经》文本。如果说此时人们尚未指出诗乐有利于文本研究，那么迅速迈出这一步的就是深受荀子影响的汉儒。

第四章 《毛诗序》

学《诗》而不求《序》，犹欲入室而不由户也。

——程颐

《诗序》……皆是村野妄人所作。

——郑樵

公元前213年，秦始皇对儒学实施了禁令，并焚毁了多部儒家典籍，其中《诗经》《尚书》与礼学文献遭焚最甚。这一事件在中国历史上具有非常重要的意义。[1] 它所隐含的传统的断裂，对后世而言象征着经典中的语言、思想以及所设定的社会背景从此日益远去，而对这一诠释学难题与"距离"的克服，则往往被设想为对文本和解经传统裂痕的修复。公元前2世纪，那种旧籍圣典已成历史陈迹的观念催生了两种彼此相关的现象。一种现象是以文本和历史为导向的学术日益兴起，这种学术与所谓的古文经相关。它使得大部分的古文经典获得了权威性，包括经典本身以及与之相关的注解。与这种新的文本兴趣紧密相关的是第二种现象，它不仅对经学中一些有问题的特质有了新认识，而且还密切关注经典诠释学。

这种新兴趣的最重要产物之一就是《毛诗序》，今天普遍称之为《大序》。这一文本不仅代表了前一章所讨论的诸多主题的高潮，而且对于后来的《诗经》、诗词、经典以及一般阅读的许多诠释学而言，也是一种起点。

正如阿尔弗雷德·诺斯·怀特海（Alfred North Whitehead）所言，假如整个西方哲学都可以被视为柏拉图的注脚，那么我们也可以同样说，中国大部分诠释思想都是《大序》的注脚。然而，《大序》是一个内容艰深甚至有问题的文本，过去如此，现在也如此。它既激励了许多解释者，也困扰了许多解释者。如要理解《毛诗序》，我们必须理解这一文本形成的制度性背景，而这正是笔者首先要讨论的问题。

西汉时期的经典

汉代肇兴初期的五十年间，并非儒学生存的沃土。开国皇帝刘邦（前206—前195年在位）对儒者甚为反感，最著名的例证就是他朝着一位喋喋不休的谋士的儒冠小溺。[2] 这一时期，在宫廷上最重要也最具影响力的学说也许是"黄老之学"，这一"道法家"（Legalistic Daoism）渊源于著名的齐国稷下学宫。[3] 直到文帝（前179—前157年在位）和景帝（前156—前141年在位）时期，儒家学者才开始获得皇帝的青睐，对于汉代儒学发展至关重要的朝廷机构也才得以建立。在这些机构之中，最重要的是博士官的设立，博士即专攻某一经和某一家的经义的学者。[4] 许多博士官都专精于儒家经典，包括三家《诗》（参见下文）。汉武帝在位时期（前140—前87），博士官只限于研究五经（《周易》《诗经》《尚书》《仪礼》及《公羊春秋》）。公元前125年，太学建立，及至前2世纪末，已有三千生徒。[5]

尽管宫廷儒学并非是统一而自觉的运动或学派，但我们大体可以观察到它在朝廷机构中走向兴盛的一些特征。公元前2世纪中后期，宫廷儒学获得主导权，其中最著名的代表和推动者就是"士人之首"[6]、《公羊》经师董仲舒（约前175—约前105）。他的学说具有综合性、一致性与积极性，以一种纷繁有序的网状结构将人生域与宇宙域连接在一起。他认为，仪式、音乐和某些文本都具有统一和塑造社会的力量。他还将宇宙视为一种明白易懂、如其所是的标志，它时时处处表明宇宙原则在发挥作用，尤其可以映照出帝王沟通天人的成败。

从诠释学上来看，宫廷儒学就其所谓的理想主义而言是一种革新——它相信世界可以获得全部理解，同时也相信象征行为的功效。但在另一种意义上，它延续了先秦诠释学的某些关键要素。与孟子、荀子以及战国时期其他儒家先师一样，董仲舒及其今文经学同道都坚信自己掌握了真理，他们认为自己的任务就是重述真理，以满足时代的需要和解答时代的问题。实际上，他们正是由于坚信自己掌握了文本及学说的含义，才创造出纷繁复杂的思辨体系，尽管这一体系在我们看来似乎与经典原义相去甚远。

不论在制度还是主题上，董仲舒的思想都依托宫廷而占据主导地位，但它并非西汉唯一的儒学。在宫廷范围之外，在私家讲学尤其是某些藩国中，另一种学说也吸引了大批生徒。这种松散的运动以历史、训诂尤其是文本为导向，我们可以称之为"古文学派"，因为它们不仅研究太学中正在使用的不同版本的经典，而且还研究历经秦火而幸存的其他非经典文本。[7]（宫廷儒学通称"今文学派"，这一称呼最初是古文学派对他们的蔑称。）古文学派最主要的中心之一是河间献王刘德（约前155—前130年在位）。在这位汉武帝异母兄的支持和推动下，《左传》《周礼》《乐记》以及与《诗经》毛氏学相关的多种文献都得到了整理与编定。[8]

与今文经学一样，古文经学的解经方式与其说是一种统一和自觉的学派，不如说是一种学术风格。幸存经注如《毛诗传》的特点是以训诂为导向，关注文本的历史背景而不做推测性的阐述。实际上，西汉以降的古文经学似乎呈现出一种自觉的自律态度，在那种特意显得朴实无华的注释中，经学家都将自己的解读让位于文本本身。我们可以进一步认为，与自信而乐观的今文经学相比，古文经学建立在历史与现实发生断裂的观念之上。这种与圣贤相去日远的观念，在这种学派的根本性特征以及存在理由上突出地表现出来，那就是特别关注如何获得并诠释经典的精当文本。汉代很多故事讲述的都是黄金时代（或另一个世界）的奥妙如何保存在神秘文本之中[9]，然而古文学派所追求的并非作战或冶金的锦囊，而是真实、历史的经典文本。所以古文学派的追随者特别关注搜集、编校那些最完善、最古老的经典版本。正是因此,不仅当时留存的文本得以汇集,那种截至当时仍大多以口传形式存在的经义也得到了修缮与写定。《毛诗传》与《毛诗序》就是这样的文本。

西汉的《诗经》

在《诗经》研究中,今文经学的代表是公元前2世纪中叶太学中的三个学派。[10]这三个学派后来被称为"三家",它们有各自的《诗经》文本,也有各自的解经传统。这些注解在唐代时大多已亡佚,后来的诸多辑本虽然不无缺陷,但也多少展现出了它们的概貌。[11]

三家之中,《鲁诗》学派最先出现。学派中的经师是申培公,他大约在公元前178年之前完成了一部《诗经》学著作,并在文帝时期出任博士。[12]虽然鲁学可能是西汉时期最具影响力的《诗经》学派,但它的著作并未留传下来,目前所见只有一些辑本。就这些辑本而言,《鲁诗》的解释似乎与《毛诗》相近,都比较关注诗的历史背景。

传授《齐诗》的是翼奉,以及景帝时期的博士辕固生。这一学派的经义也是只有辑本,它可能专长于命理学和宇宙论,在这一点上与今文学派相近。[13]

《鲁诗》《齐诗》的名号都冠以起源之地,但是《韩诗》却以创立者韩婴的姓氏命名。《韩诗外传》是三家诗中唯一完整留存下来的著作。[14]它有点儿像修辞指南,解释如何恰当地引用《诗经》中的诗句,从而"辅助论述或解决争端"[15]。

作为《诗经》古文学的代表,《毛诗》是汉代传统中唯一完整留存至今的著作。这一学派有三种文献。第一种是毛氏学派的《诗经》经文,也就是所谓的《毛诗》。它是郑玄(127—200)合编本《诗经》的基础,而郑本又是现在通行本《诗经》的基础。此外,还有与《毛诗》经文相关的两种注解——《毛诗传》[16]与《毛诗序》。有关《毛诗序》——尤其是其中的《大序》——的时间与作者,历来争论不休,难有定见。但《毛诗传》为公元前2世纪中叶之作,或可得到一些证据的支持。因而,这也就为我们提供了一个好的切入点,我们就从此点开始,来讨论为《大序》诠释学理论奠基的解释传统。

《毛诗传》

《毛诗传》可能在公元前2世纪中叶编定于河间献王处,它是现存有关西汉古文经学的最重要的史料。据《汉书》(公元1世纪)记载,其作者是河间献王的博士"毛公"。[17]而据公元2世纪的郑玄所说,《毛诗传》是"大毛公"所作,曾为河间献王博士的是"小毛公"。[18]陆机(公元3世纪)指出大、小毛公的名字分别是毛亨、毛苌,并且还说大毛公是荀子的弟子。[19]

与古文经学的大部分文本一样,《毛诗传》的真实性也受到了质疑。但是高本汉颇有理据地指出,该作产生时间为公元前150年左右,这与传统说法吻合。[20]最近的两次考古发现也辅助论证了《毛诗传》的真实性。在20世纪70年代中期安徽阜阳的一次发掘中,发现了《诗经》残片,且包含数行经注。这一经注的埋藏时间最迟不会晚于公元前165年,其形式接近《毛诗序》,内容则与《毛诗》或各辑本的三家《诗》都有出入。这一现象表明,西汉初期的《诗经》传授可能在各地区之间存在区别。[21]另一次考古发现可能更为重要,那就是在中国中南部地区发现的著名的马王堆帛书。在《老子》甲本所附的《五行》篇中,不仅存在许多《诗经》注,而且还有一些简单的评论,这些评论预示了一种诠释学理论,它与《毛诗序》的理论有一些有趣而重要的不同。[22]这一重要的文献尚待进一步研究。

《毛诗传》是现存最早的解释,这种解释后来成为了《诗经》毛氏学的典型形式。正如我们所预期的那样,《毛诗传》的解释较之《毛诗序》多少有些简洁,历史性的特征也不太明显,很可能代表了这一传统的晚期发展。此处以《毛诗》的第一首诗《关雎》为例,对《毛诗传》的注释风格稍做展示。[23]

关关雎鸠，在河之洲。

【传】兴也。关关，和声也。雎鸠，王雎也，鸟挚而有别。水中可居者曰洲。后妃说乐君子之德，无不和谐，又不淫其色，慎固幽深，若关雎之有别焉，然后可以风化天下。夫妇有别则父子亲，父子亲则君臣敬，君臣敬则朝廷正，朝廷正则王化成。

窈窕淑女，君子好逑。

【传】窈窕，幽闲也。淑，善；逑，匹也。言后妃有关雎之德，是幽闲贞专之善女，宜为君子之好匹。

参差荇菜，左右流之。【传】荇，接余也。流，求也。后妃有关雎之德，乃能共荇菜，备庶物，以事宗庙也。

窈窕淑女，寤寐求之。【传】寤，觉；寐，寝也。

求之不得，寤寐思服。【传】服，思之也。

悠哉悠哉，辗转反侧。【传】悠，思也。

参差荇菜，左右采之。窈窕淑女，琴瑟友之。【传】宜以琴瑟友乐之。

参差荇菜，左右芼之。【传】芼，择也。

窈窕淑女，钟鼓乐之。【传】德盛者宜有钟鼓之乐。

这首诗本是一首婚礼颂歌，此处解为赞颂"后妃"之德。《毛诗传》以两种策略引导读者走向这种理解。第一种是对某些词语进行专断性的重新定义。因而在第二句中将"窈窕"解释为"幽闲"，将"淑"解为"善"。对于"荇菜""关雎""寐"等冷僻字词的解释，在形式上（似乎在精神上）也采取了相同的定义。第二种方法是将第一章视为"兴"，这样就使得这首诗自然化了。《毛诗传》隐含着要将雎鸠与王室夫妇做"比"。[24] 与远离伴侣的雎鸠一样，后妃也要远离她的"君子"（意思是既不介入政务，又不使君子忘却政务）。而雎鸠所在的"洲"，正如后妃幽居之地。因而，雎鸠的关系可以与后妃与君王的关系做比，象征着一种融洽与和谐。

因而，在传统儒家看来，只有从君子自己的和谐家庭生活开始，社会道德的转型才有可能实现。在《毛诗》后来的发展中，"后妃"被认为是周文王（约公元前12世纪）的正妃太姒。这一说法在《毛诗传》中并不明确，但第一章的注释却似乎指向周文王帝国转型中的"历史性"事件，而周文王帝国的转型在儒家神话中是一种道德和政治成就的崇高标志。这一转变始于周文王的个人和家庭生活，后来扩展到整个帝国的改革，它既代表了一种历史事件，也代表了现在的一种可能性。同时需要强调的是，《毛诗序》的典型观点以及它后来的发展——《诗经》可以引导完成上述过程——在其中并未出现。

《关雎》代表文王后妃之德的说法，并不是流行于西汉的唯一观点。《史记》以及其他文献都认为《关雎》与周室之衰有关。[25]这似乎意味着"三家"之中至少有一家认为，《诗经》中排序靠前的诗篇并非是年代最早的，因而也并非黄金时代的产物（还有一种情况就是它们的经文与《毛诗》不同，但这种情况的可能性较低）。[26]另一方面，《毛诗》（尤其是《毛诗序》）往往将以下三者混为一谈——《诗经》排序优先性、年代优先性以及道德性。因而，它认为各部分中排序靠前的诗篇，产生年代相对较早，并且可以反映美德和善政的黄金时代，而那些排序靠后的诗篇则代表了政治与道德的衰落。

这两种解释似乎都未提到孔子的如下著名评论："《关雎》乐而不淫，哀而不伤。"（《论语·八佾》第20章）但《毛诗传》在说后妃"说乐君子之德""又不淫其色"时，显然又考虑到了那句话。笔者在第三章已经指出，孔子这句话在原始语境中主要是指《关雎》的音乐特征。但这里很明显，《诗经》文本（以及《论语》该章）的经义解说已经将这句话导向了文字解释。而这种将解释建基于权威文本的做法，正是《毛诗》与古文学派的典型特征。

《毛诗序》

与《毛诗》相关的另一种文献是《毛诗序》，通常简称为《诗序》。尽管学界一般认为《毛诗传》是真正的西汉文献，但在《诗序》作者的问题上却正如《四库》馆臣所说——"纷如聚讼"[27]。

在东汉大学者郑玄的《诗谱》中,有一个观点广受认同,而且在唐朝成为了一种正统观念。据郑玄说,《诗序》为子夏——《论语·八佾》第8章中与孔子论诗的那位弟子——所作,而毛公补之。[28] 由这一说法可知,一直到毛公之时,《诗序》尚与《诗经》各自别行。毛公将《诗序》分散开,将其内容置于相应的每首诗之前。[29] 然而在这种编排下,《诗经》首篇《关雎》之前的序就比大部分其他的序都长,对诗的创作背景以及诗与历史的关系做了长篇概论。因而,为区别起见,《关雎》序很早就被称为"大序",而其他诗篇的序则被称为"小序"。[30]

然而,在这样的编排下,全部诗篇中只有《关雎》没有小序。针对这种反常现象,朱熹将《诗序》进行了重新调整,调整后的《诗序》对西方读者来说非常熟悉。[31] 传统注释一般将《关雎》序分为21节。[32] 在朱熹的编排中,第4至18节(即从"诗者,志之所之也"到"是谓四始,诗之至也")是对《诗经》的整体论述,朱熹将其单列,称之为"大序"。在许多现代版本的《诗经》中,此"大序"被置于篇首。另外的部分(第1至3节、第19至21节)则成为了《关雎》的"小序"。如此,《关雎》"小序"的篇幅与内容都和其他诗篇相协调。

然而,还有另外一种划分方法,能超越并消融"大序""小序"的区别。长期以来,人们一直认为《诗序》是一种异质性文献,可以区分出两个层次。[33] 第一层次的文本,公认是更早和更具权威性的,一般归于孔子或子夏所作。每首诗的第一句序文属于这一层次,如"《皇矣》(《毛诗》第241篇),美周也"或"《雄雉》(《毛诗》第33篇),刺卫宣公也"。这一层次一般被称为"前序"或"古序",笔者将其称为"上序"。它大约编定于公元前2世纪中叶古文学派的第一次全盛期。

第二层次的文本应该是相对晚期的,常被认为是毛公或卫宏(公元1世纪)所作。它被称为"后序""下序"或"大序"。[34] 笔者称其为"下序"。它位于每首诗序的"上序"之后(亦即首句之后)。少数的几首诗如六"笙诗"，并无"下序"。³⁵ 另有几首诗，"下序"篇幅非常长，如《六月》(《毛诗》第177篇) 的"下序"就几乎与《大序》一样长。³⁶ 然而大部分情况下，"下序"只有两三句内容，而且只是对"上序"的扩展。例如，前文所引的两则"上序"，扩展之后就如下文所示：

《皇矣》，美周也。天监代殷莫若周，周世世修德莫若文王。

《雄雉》，刺卫宣公也。淫乱不恤国事，军旅数起，大夫久役，男女怨旷，国人患之，而作是诗。

下文将会看到，我们有理由认为这些"下序"（包含我们所说的《大序》）可能是古文学派第二个全盛期的产物，是在公元元年前后才出现的。

"上序"与"下序"之间究竟是何种关系？我们在第二章看到，今本《论语》的编订反映出传统在传承过程中或多或少都有一些扩充。我们可以通过传承的印迹来予以考察，一些特征（如叙述的复杂性）会反映出不断的陈述与复述对某一传统的影响和塑造程度。然而与此同时，某段逸事或言语中相对较早的那些要素更难以正式分离，因为前文本传统可以通过重新阐述来使学说适应新的环境或问题，而在这一重新阐述中，言语的原始历史核心通常完全消失。³⁷

《诗序》似乎并不是这种重新阐述造成的。如前所述，《诗序》大部分内容可以区分为两个层次：一种是"上序"，相对简洁和程式化；另一种则是"下序"，是对"上序"的详细扩充。如笔者所设想的那样，如果第一层次是一种权威学说，而第二层次的作者对其进行接受与注释，那么它就不只是以一种扩展的形式进行复述，而是还要对之进行保存与阐释。³⁸ 然而至少在我们今天的文本中，这两种层次的内容并未有文本与注释的正式区分。³⁹

那么这种编排是如何产生的？这当然有可能是文本淆乱所致。在文本传统中，抄写者由于粗心而导致注释与经文混同，这种情况并不罕见。⁴⁰ 但也有可能存在这种情况，即我们假定的解释者认为其话语与所注释的话语之间并无缝隙；或者相反，他也许认为并无明确区分的必要，因为"上序"经义的权威性众所周知，以致无须区别。⁴¹不论哪一种情况，解释者都会觉得没有必要去清楚地区分二者，后来的注家也都通常如此。

不论《诗序》产生于何种历史情境，我们都可以看到它是由注释修辞所建构的。也就是说，"下序"在"上序"的基础上进行了扩充与"注释"。由于各小序相对简短，二者之间的注释关系清晰易见。在《大序》中，尽管尚未被广泛注意到，但一种相似的注释修辞正在起作用，而且我们会看到，它将产生更为复杂的影响。

各小序代表了战国晚期有关《诗经》讨论的几种系统化甚至模式化的趋向。首先，如孟子所说，对《诗经》的探讨并不能依据引诗或诵诗中的修辞用法，而是要依据它们的原始意涵，因为原始意涵由作者的动机所决定。其次，如荀子所说，在《诗经》中表达的所有情感都具有典范意义上的正确性和规范性。对这两种发展，我们都可以视为有关《诗经》经义和注释的制度性背景的结果。宋代史家郑樵说，先师与经学家"求义以为所"，他们发现如果从这些方面来思考和阐述《诗经》，那么会看到更丰富的意涵（参见下文）。这些经学家也是同样凭借春秋时期（尤其是《左传》中）的历史知识及想象，在这种基础上为《诗经》建立了一种神话，在这种神话中每首诗在早期中国史中都有其位置。而为这种讨论《诗经》的方式进行奠基和论证的理论预设，在《大序》的开头就已经阐述清楚了。

《大序》

《大序》是一篇非常有影响的文献，但同时也是一篇内容艰深、时常启人疑窦的文献。有关《大序》的大量复原性注解，以及朱熹的著名重排，都可以证明这一点。①《大序》全文（即完整的《关雎》序）如下：

---

① 除非特殊说明，笔者所谓《大序》皆指整篇《关雎》序而言，并非指朱熹称为"大序"的那部分文字。

1.《关雎》,后妃之德也。

2.风之始也,所以风天下而正夫妇也。故用之乡人焉,用之邦国焉。[42]

3.风,风也,教也,风以动之,教以化之。[43]

4.诗者,志之所之也,在心为志,发言为诗。

5.情动于中而形于言,言之不足,故嗟叹之,嗟叹之不足,故咏歌之,咏歌之不足,不知手之舞之足之蹈之也。[44]

6.情发于声,声成文谓之音。

7.治世之音安以乐,其政和;乱世之音怨以怒,其政乖;亡国之音哀以思,其民困。

8.故正得失,动天地,感鬼神,莫近于诗。

9.先王以是经夫妇,成孝敬,厚人伦,美教化,移风俗。

10.故诗有六义焉[45]:一曰风,二曰赋,三曰比,四曰兴,五曰雅,六曰颂。[46]

11.上以风化下,下以风刺上,主文而谲谏,言之者无罪,闻之者足以戒,故曰风。[47]

12.至于王道衰,礼义废,政教失,国异政,家殊俗,而变风变雅作矣。

13.国史明乎得失之迹[48],伤人伦之废,哀刑政之苛,吟咏情性,以风其上。

14.达于事变而怀其旧俗也。故变风发乎情,止乎礼义。发乎情,民之性也;止乎礼义,先王之泽也。

15.是以一国之事,系一人之本,谓之风;言天下之事,形四方之风,谓之雅。

16.雅者,正也,言王政之所由废兴也。政有大小,故有小雅焉,有大雅焉。

17.颂者,美盛德之形容,以其成功告于神明者也。

18. 是谓四始，诗之至也。

19. 然则《关雎》《麟趾》之化[49]，王者之风，故系之周公。南，言化自北而南也。《鹊巢》《驺虞》之德，诸侯之风也，先王之所以教，故系之召公。[50]

20. 《周南》《召南》，正始之道，王化之基。

21. 是以《关雎》乐得淑女，以配君子，忧在进贤，不淫其色；哀窈窕，思贤才，而无伤善之心焉。是《关雎》之义也。

这段文字的论述游移不定，时常从一个主题跳跃至另一个主题，而且恰恰在那些似乎最微弱的连接处出现了连接词。[51] 因而，即使是最具理解之同情的读者，恐怕也会丧失信心。这种困难产生的一种原因在于，与前文所讨论的各小序一样，《大序》是一个复合的多层次文本，其建构的基石在于解经修辞，即一系列对关键术语与权威箴言的注释与扩展。《大序》的核心材料以我们熟知的文本注释方式发展，但并未从后来的扩充中清晰分离出来（如采用不同的书体、行式等）。与各小序一样，这种注释与经文的"交错"可能也是文本淆乱所致，或者《大序》就是一种历经长期口头传统的诗义编纂，出自某位用注释修辞写作的个人也未可知。无论如何，从核心要义向注释的转变，或者说由注释向下一个核心要素——简言之即文本的注释修辞——的转变，使得我们难以见到一个完整统一的经义解说。

如果我们依据上文所概述的那种方案（即分为"上序"与"下序"）来分析《关雎》序，那么其首句——即该文本在传统划分中的第一句——就是《关雎》的"上序"。除此之外的所有部分就是"下序"。下序是对第1节核心经义的扩展，也许在公元元年前后形成了现在的形式。《关雎》下序的内容较其他大部分诗篇的下序都长得多，我们对此并不意外。就一般而论，在自然的情况下，文本的第1节阐明了整个文本的性质与意义。然而，如果《关雎》下序的所有内容都仅仅是对上序的扩展，那么其内容就不会是同时产生的，也不会具有相等的分量。笔者下文将会论述，下序的重要内容与其他早期文本有类似之处，在一定程度上就是源于那些早期文本，或是源于那些早期文本的祖本。其中一些元素很可能在相对较早之时就添加到《关雎》序中，而且它们很有可能也是相对权威的。这些权威要素最初对第1节进行扩充，反过来自己又被其他文本所扩充。因而，由权威经义及其扩充内容所组成的下序，本身就是一种结构化了的沉积性文献。如果我们不能在多种文献中指出这些权威要素的来源甚至范围，那么《大序》是由一堆离题解说拼凑而成的印象就不会消失。

困难的另一原因是《大序》中真实存在的复杂性，这种复杂性部分源于与过去的关系。在下文中，笔者将讨论《大序》最重要的三个主题——《诗经》的变革性力量，《诗经》中"志"的"尽善的印迹"（perfect inscription），以及上述两种主题的关联。虽然以相对系统化的方式来展现这些主题，与《大序》本身的修辞颇有不同，但笔者仍试图对《大序》特有的解释策略讨论一二。

《诗经》的变革性力量

《大序》的注释修辞有助于展现同源与变调之间的复杂和重叠样态。在传统所划分的前三节《大序》的注释中，以汉字"风"的语言歧义为基础，形成了一种观点——《诗经》保存并提供了某些具有道德典范性的历史事件。

《大序》的首句与《诗经》其他篇章的"上序"有同有异。第1节与其他诗篇"上序"的相同之处在于，将这首诗指向了一个历史情境或现象，在此处就是"后妃之德"。[52] 与大多数"上序"的不同之处则在于，它并未解释诗作者的目的（此处应是"美"后妃之德）。然而，该句两部分的关系比较清晰，熟读经注的读者对"某，某也"的注释形式都很熟悉。照此而言，《关雎》应从"后妃"之德的角度进行理解。

《大序》第2节是对第1节的扩展。第一句的主题尽管未有明言，但应是指向《关雎》，而且这一主题仍然是以注释的形式展开的。有关第一句"风之始",可以有两种解读,它们都将"(此为)风之始"理解为对第1节的主题《关雎》的补充。因而,《大序》的前三句,可以被理解为"《关雎》,后妃之德,此为《风》之始",也可以被理解为"《关雎》,后妃之德,此为风教之基"。

在这两种解释中,第一种将《关雎》视为《国风》(即《诗经》在传统上的四部分的第一部分)的开篇,因而也是《诗经》的开篇。这可能是一种更为"自然"的解读,可能是该句的原始意涵。

这种对"风之始"的解读相对简单,没有歧义,但第2节的其他部分以及第3节却与此有异。在一些注疏之中,《大序》催生出一种观点——这种观点会令现代读者感到费解甚至有违直觉——《诗经》不仅可以移风易俗,而且还可以帮助统治者实现儒家"风化"天下的理想。

对这一观点,《大序》有相对直接的说明。例如第8节:"故正得失,动天地,感鬼神,莫近于诗。"但在前三节中,这一观点虽然有所暗示,但更为隐晦与复杂。这种发展取决于关键字"风"的丰富意蕴上。"风""风化""风俗""讽刺"都较为贴合《大序》的意涵。

"风"的原始意思是"风"(wind),早期就有在隐喻上彼此相关的很多意思。在这些意思中,具有启发性的是《论语·颜渊》第19章:"子曰:'……君子之德风,小人之德草,草上之风必偃。'"战国与中古的儒家思想更为理想化,认为君主可以对臣下产生强大的风教影响,不必通过强迫或惩罚就可以改变他们的性情与举止。这种风教在人群之中强烈吹袭,如同风行草上,草皆偃伏。在这种用法中,"风"常与"教"紧密相连,如"风教"一词;或者与"化"相连,组成"风化"。[53] 根据《论语·颜渊》第19章的说法,统治者的政令与做法其实是其统治范围中风俗的一部分——在第9节中的"风俗"一词即反映出这种用法。最后,忠臣规劝统治者修德的(间接性)批评也可以叫作"风"(有时写作言字旁的"讽")。

《大序》中的"风"指的就是这种"风化"的理想。首先,风是作诗者对统治者所倡导的道德氛围的回应(第15节)。由于《诗经》(《风》诗尤其如此)能展现各国的风俗人情,进而也能展现各国君主的道德气象,所以它们才被采集——这样的观点在汉代其他文献中也有反映，而朱熹则在影响甚大的《诗经》注中予以采纳，并进行扩展。[54] 在朱熹看来，那些未行善政之国的《风》诗，反映了其所蕴含与表达的价值观的失败，而孔子则是视其为反面案例，才将它们收于《诗经》。然而，在《大序》第12至14节中可以看到，那些来自风尚败坏的国家的《风》诗，却以一种具有典范意义的道德对那些恶劣氛围做出了回应。

因而，《大序》（以及各小序）论证并扩展了上一章所讨论的荀子的观点，即《诗经》中所言之"志"都具有典范意义上的正确性与规范性。因而，作诗者可以超越他们的环境，因为在文王等早期圣王的德性魅力影响下，作诗者的性格得以塑造形成。这是"风"源于"风化"的第二层意涵。

在第3节中，诗还有另一层"风化"的意涵，该节中的"风"意指"讽"（讽谏某人，尤其是讽谏君上）："风，风也，教也，风以动之，教以化之。"第12、13节认为，"变《风》"以及可能所有的《风》诗都是为了影响那些国家的统治者而作。第11节表明，作诗者之所以采用这种间接的话语，是出于一种得体与审慎，以免触怒君主。第3节表明，这种间接、诗意话语的价值在于，能从一种情感上、前意识的层次感化听者。因而，它说"风"可以"动之"。[55]

作诗者希望通过《风》诗的间接讽劝来感化统治者。与此同时，这些批评本身也是历代统治者风教影响的结果。经历了创作、采集与经典化的过程，这些具有典范意义的诗篇可以被明君用来转变道德与社会。例如《关雎》，在《大序》那里是说文王与后妃的融洽关系，这就特别适合用于建立良好的夫妻关系。这是《风》诗"教化"的另一种途径。

实际上，据《大序》所说，敦促君主来实行的道德与社会变革，已在周代的鼎盛时期成功地实现了，这一点在第2节中最后两句体现出来——可能与《仪礼》相关："故（《关雎》）用之乡人焉，用之邦国焉。"[56] 因此，《关雎》不仅保存并认可了周文王如何奇妙地影响了社会，而且该诗的运用，以及周文王事件的重演，本身也是一个历史事件。它作为一种具有典范意义的道德选择，在历史的洪流中被选中，并历经制度化与经典化而成为一种"礼"。这种将典范事件（一般出自《礼》与《诗》）印入文化之中的观念，是《大序》及其衍生传统的中心主题之一。

《大序》前三节以及整个《大序》的主要特点是，相信文本具有一种理想主义和乌托邦式的力量。这个观点虽然在《毛诗传》中基本不存在，但它是官方今文经学的典型特征，特别是经过今文经学的主要代表董仲舒阐扬之后，得到了进一步发展。很有可能的一种情况是，在西汉末至东汉初（公元前1世纪末至公元1世纪初）今古文两派的大争论中，《大序》只是作为一种论争的武器。古文经学家（即《毛诗》学派）之所以采用这种理想主义和乌托邦式的说法，也许旨在破坏今文学派最坚实的论点并取为己用。但如果那样认为，则对提出和利用这一主张的人来说并不公平。在《大序》的下一个转向中，我们就可以看到这样的意思。

诗篇的产生

在朱熹重新排列的《关雎》序中，《大序》开始于第4至7节有关诗篇的产生的叙述。这一叙述有两个部分。第一部分是第4节，展现了熟悉的"诗言志"是如何发生转折的，我们在前一章中已对"诗言志"的历史有所探讨。与之相伴的则是诗的修辞传统——与诗之"言"或文本有关的话语传统。第二部分包含第5至7节，该部分内容与《乐记》（一篇相当繁杂的乐论汇编）吻合，在某种程度上可能源自《乐记》。[57]《乐记》源于儒家对诗乐的维护，它常常将诗与适当的情感相联系，笔者在第二章中已经论证，这是《论语》最早层次的一大特征。

因而，第4至7节中有关诗篇的产生的叙述，代表了上述两种传统的融合。这两种传统并非不可兼容，但至少具有不同的历史与导向。《大序》与其前身之间的关系之所以复杂，是因为《大序》是由异质性的资料与传统拼合而成，这些材料除了都与诗相关之外，基本没有共同之处。然而，这种复杂性还有另外一个原因，那就是汉代思想家与他们所继承的经义与文本之间也有着颇为复杂的关系。

尽善的印迹

如果说《大序》的第4节在整个中国文学理论与诠释学中不一定是最重要的，那么它在《大序》之中一定是最重要的。这一节为："诗者，志之所之也，在心为志，发言为诗。"这段文字基于更早的"诗言志"之说，该说至迟在公元前3世纪已成为一种通行的说法。《大序》对它不仅重申，而且微有调整。

"诗言志"的原始意涵可能在于"志"（而不是其他实体）生成并规定了诗。诗源起于"志"的说法，至少有两种，而两种说法中关键词"志"的意思多少有些不同。相对宽泛的一种说法源于《左传》《论语》等文献中那种"非诠释性"用法。在《左传》中，"志"通常是一种直白的世俗志向——占领一块领土，掌控一国政权。《论语》中的"志"是一种"道德志向"，它统摄并规范一个人的行为——成"仁"而"志于道"。当然，"志"的"道德"与"世俗"维度，通常只是人格同一导向的不同方面。道德志愿如果真正强烈，必然会涉及现实中的某些想法，而政治上的雄心抱负也必然需要道德上的希望与方向。在《左传》的诵诗活动中，在《论语》有关"志"的阐述与解释中，从诠释学而言，"志"这一词语都非常重要——它不仅彰显人格、指引方向，而且还能揭示一个人最深沉、最系统的关怀所在。我们在这一传统中来理解第4节，或许可将第一句的译文略做调整如下："The Ode (tells, represents) where the *zhi* tends."（诗［言］志之所之。）

另外还有一种相对狭隘的意思，即诗源起于作者之"志"，并被"志"所规定。这种意思可能需要上溯至诗本身，但"上序"却将它表达出来了。这种意义上的"志"有如特定言语背后的"语言意图"，《左传》最后一个层次的文本中就有以下这段文字：

> 仲尼曰："《志》有之：'言以足志，文以足言。'不言，谁知其志？言之无文，行而不远。"[58]

在"上序"的诠释中,"志"是那种隐藏在某种言语背后的动机,出于得体或审慎的考虑,它在诗中无法直接表达。这种意义上的"志"与"意"非常接近,而"意"在诗学以及诠释学的讨论中最终取代了"志"。[59] 此处的"志"与其说是诗人人格的恒久特征,还不如说是一种可以充分表达的特殊语言目的(《大序》中系统阐述的"美"和"刺")。从这个意义而言,作诗、诵诗就是说出不能说的内容,就是在表达一种失望、怨恨与壮志难酬。

"志"之于诗的重要性,有以上两种说法,它们往往并行不悖,或者说至少往往在分析时不做区分。即使是相对狭隘的那种作为"言语意图"的"志",也被理解为是在展现更普遍和更具导向性的人格。正如我们在《论语·先进》第26章所看到的那样(参见第三章),也正如后来的抒情诗所展现的那样,人格的表达只有在特定说法的背后动机中才能获得最好的理解。如果一位大臣不能以适当和审慎的方式劝谏君主,那么这两种意义实际上是完全相同的——他所作或诵的诗中之"志",既是重塑天下的愿景实质,又是隐藏于诗中或未曾明言的那些内容。

笔者认为,第4节可以说预设了以上所有意涵。而且,它通过强调"言"而不是强调"志",引入了一种新的观点——不仅"志"定义诗的实质,而且诗也实际上以语言的形式成功实现和保存了作者之"志"。这种理解可由第4节证明,这一节强调了"志"与"诗"二者的深层统一——"在心为志,在言为诗"。

在笔者所谓的这种"尽善的印迹"中,诗以一种恒久统一的形式来铭记、保存了"志"。正如宇文所安所说,这里存在"主旨的本质转变"[60]。这种"尽善的印迹"主张,包含了很多内容。《毛诗》学派为了得到朝廷支持而强调自己的观点,所利用的就是这种修辞宝藏。它可以让人们在经典中发现一种鲜活的声音,也可以压制那种令人不安的观点——《诗经》(与其他儒家文本一样)只是空壳,只是"古人之糟魄"[61]。

最后一点也许最为重要。早期对"志"的关注,至少在《孟子》中,是去限制或防止那种推测性的解释,也就是限制对诗做出任意的解释。在孟子看来，论辩者在诗中发现了作者并未想到的那种意思。但《大序》处理了另一种危险。《大序》所认为的批评者，怀疑了"辨"的正当性，怀疑了语言作为表现媒介的充分性，也怀疑了文本及文本研究的价值。

> 世之所贵道者书也，书不过语，语有贵也。语之所贵者意也，意有所随。意之所随者，不可言传也，而世因贵言传书。世虽贵之，我犹不足贵也，为其贵非其贵也。[62]

怀疑论者不相信语言与文本具有稳定而可用的意思，声称"言不尽意"[63]。但《大序》与此相反，它认为诗背后的那种原始、生动的冲动——实际上是作者非常独特的个性——在文本中是完整无缺、绵延不绝的，这正如"志"字包含于"诗"字之中一样。在这样的观点中，《大序》为诗的话语解说和历史解说的整个传统提供了一种合理性。而也许更为重要的是，《大序》通过强调诗的诠释学连续性，也强调了诗的变革性功效。

作为"情"的诗

《大序》有许多难以解决的问题，其中第4节有关《诗经》的产生的叙述与紧接其后第5节的平行叙述之间的关系，最为令人困惑，所催生的学术成果也最为丰硕。第5节云："情动于中而形于言，言之不足，故嗟叹之，嗟叹之不足，故咏歌之，咏歌之不足，不知手之舞之足之蹈之也。"如前所述，这一节和第6、7节都与乐律学相关，而且可能就是源于乐律学，而这种乐律学尚有一些内容流传至今。与早期儒家关于音乐的多数猜测相似，这种乐律学与诗礼的"雅乐"有关，"雅乐"在战国时期遭到了新形式与新风格的挑战。因而，尽管早期儒家的乐律学与诗有关（实际上与儒家对诗的利用有关），但它代表的话语传统在很大程度上是独立发展的，与那种有关诗的文本阅读与解释的学说并不相涉。

《论语》中的相关章节会把诗当作礼的附乐，与此类似，《乐记》及其同类文献往往关注于"情"的节制与平衡,这种"情"既催生了诗乐,又蕴含于诗乐。[64] 人们相信,音乐具有一种力量,可以使听者重新激发出那种音乐中的情感。[65] 由于这些情感具有典范意义上的规范性和来自圣人的完满性,所以与这一系统中的礼制一样,音乐也具有一种可以让听者发生道德转变的力量——使个人与整个社会都能向着更好的方向发展。第5节源于这些信念,也体现着这些信念。

分别以文本和音乐来看待诗的这两种传统,并非全然不同,但它们反映了不同的关怀,并且各自有其历史与语汇。两种叙述中的"内部"术语也是如此——诗中显现出的"志"(第4节)以及音乐中显露的"情"(第6节)。尽管二者都属于战国晚期哲学人类学的常用词汇,但我们对这种关系的实质却鲜有讨论。它们既然在此处可以相提并论,那么就需要根据上文讨论的注释修辞来理解——第5节可以理解为对第4节的注释或扩展,第6、7节也可如此理解,但不如第5节那么直接。从这个角度而论,这两段的关系就类似于"上序"与"下序"的关系,更类似于第2节后半部分与前半部分的关系——即通过阐述的方式来引证权威文本或学说。

然而,尽管从《大序》的修辞来看,这两段文字可以被理解为彼此相关,但对这种关系的理解可以有很多不同的方式。例如,笔者在下一章中将展现,诗的文本与音乐的分离是如何象征着唐代人的经典理解与圣人之间的裂隙。然而此处需要讨论的是这些内部术语——"志"与"情"的关系。

理解"志"与"情"关系的最简单方法,就是设想它们的一致性。上文已论及,《大序》隐含了这样一种观点,诗表达了具有典范意义的规范性道德态度或行为——为善政而安乐、为恶政而怨怒(参见第7节)。然而,我们在第三章中已经明确看到,在《论语·先进》第26章等文本中,"志"的抒发在诠释学上并不是一览无余的———一个人受到激发而作的某些陈述,可能(也许一定)与他所说的动机并不相符。如果这么理解,那么第5节解决了这一问题——它认为,音乐(依据注释,也包括诗)是一种不可遏制的、自发的情感产物,那种情感并不能通过普通的言语来表达甚至暗示,它会改变和激发表达方式的等级层次。根据这种说法，一首诗中"志"的表达是自发的，不受技艺或思虑的影响。正如第4节强调的那样，"志"与诗有一种统一性，前者深深印在后者之中，第5节则强调"志"与整个人格具有一种统一性——作诗者在难以克制的情况下只能说出他们做的事情。这是他们的真实感受。

第4、5节的作用在于，维护了诗在诠释学上的可理解性（如果不是一览无余）。它们认为，可以在诗中观察作诗者的"志"——不仅可以观察那些单篇诗作的特定"语言上"的"志"，而且还可以观察作诗群体更为一般的、具有决定性的倾向或"志业"。由于《大序》认为这些"志业"和目的在任何情况下都具有规范的正确性，因而可以从诗中表达的情感再次回到激发这些情感的社会背景之中——"治世之音安以乐，其政和；乱世之音怨以怒，其政乖；亡国之音哀以思，其民困"。

因而，《诗经》的经义解说越来越走向详细与具体，从诗的表面内容，到其中具有典范意义的规范性态度，再到诗的历史背景。这种话语解说可以转变读者与听者，这种观念在整个传统中是隐而不露的。同时，如果我们认为对诗的完整性的坚持（即诗中蕴含了作者真实无妄的"志"）只回应了诗的可理解性问题，那也将是错误的。对于《诗经》诠释学以及整个中国诠释学来说，最重要的问题还不在此处。

转变与人格

笔者在前一章中曾提出，传统的儒家伦理往往不问"何为善"，而是要问"何以成善"。人们认为，道德的困难并不在于道德规范的内容之间会产生冲突或混淆（不是没有冲突，只是儒家传统往往不认为这些是问题），而是在于确保与道德规范相一致，尤其要确保在情感兴发之时，可以充满热情而又安全可靠地体现道德规范。

我们可以以一种与此类似的方式说，中国诠释学的中心问题并非如何理解文本，而是如何接受其影响。文本中包含道德规范，当然其中有些道德规范经过了明确和推论的发展。在一些情况下，尤其是在《诗经》中，文本的规范性内容与激发创作并保存其中的那些态度有关。但无论哪种情况，"学"的重心都在于规范的内化与自觉，而不在于理解和反思那些明确和推论的规范。从知性上理解文本的意思并非目的，而只是接受文本感化的先决条件之一。

《大序》有一个特殊的观点，那就是诗可以以一种直接而深刻的方式去感动和影响读者。当把音乐的修辞类比诗的修辞时，特别是在把"情"与"志"相类比的情况下，上述这种观点更是得到了确认。通过把诗理解为不可遏制的情感的产物，《大序》为了达到目的而借用了音乐模型的另一半功能——不可遏制的情感的产物可以激发出其他人的强烈情感。凭借音乐性，诗可以用一种普通文本难以做到的方式去感动读诗者。另外，和诗乐不同的是，诗的文本仍然需要研究和解释。

这种观点关注于诗的功能性，它牵涉"志"与"情"之间更加复杂的一种关系。在上述这种观点中，"志"与"情"并不完全相同，可仍然紧密相关，它们其实是在一个非常真实而具体的意义上"关联"着。对这种观点最好的诠释也许是《孟子·公孙丑上》第2章。在该章中，孟子讨论了"言""心""志""气"的关系实质。在孟子的叙述中，"心"与"志"紧密相连；的确，对"志"最恰当的表述也许就是专注状态下的"心"。"气"是精神与身体上积蓄的一种能量，与"情"密切相关。因而《左传》中说："好、恶、喜、怒、哀、乐，生于六气。"[66]

在《孟子·公孙丑上》第2章中，孟子认为"志"是"气之帅"，"志"在何处，"气"必从之。但他也警示说，正如"志"可以动"气"一样，"气"也可以影响和改变"志"。"志"可以动"气"，但不应该动"气"。"志"也不能"暴其气"。实际上，"志"能影响"气"的力量比较有限，孟子有一个著名的比喻，他将"动气"之人比作揠苗助长的农夫。

正如前引那段《左传》所说的那样，如果"气"代表了情感之力，那么《孟子》该章的"志"就有一种塑造或重塑情感的力量——在某一方向上进行"助",但那种力量是有限的。尽管孟子有时对道德之志的力量几乎是乌托邦式的信任,但他在该章中似乎采取了一种更为温和的观点,虽然他认为"志"可以对"情"产生影响,但他也承认任何个人的自我转变能力都是有限的——自我对道德意志而言并非是透明的。实际上,我们在上一章所讨论的那几章《论语》中看到,早期儒学所用的"志"始终存在一种张力。一方面,它在某种意义上是"被选择"之物——一个人"志于仁"(《论语·里仁》第4章)或"志于道"(《论语·述而》第6章)。这就意味着是对理想的一种有意识的承诺,而道德上的失败就是选择了一个不够高远的目标(在《论语·公冶长》第26章中,子路展现出这一点,参见第三章)。用我们今天的话来说,这种目标的存在状态并非是一种可以推动和重塑"情"、与"情"具有张力的状态。而另一方面,"志"必须是"真实"的,它不能太脱离"情"。那种天真的自愿主义(它认为我们可以简单选择我们将成为什么)在诠释学上同样是不真实的。一个真实的"志"存在于一种与"情"的张力状态中,引导它产生变化,由它支持并代表它。

如果这种关于"志""情"关系的假定是正确的,那么我们就可以看到《诗经》对于战国晚期和汉代时儒家修身之道的意义了。《诗经》印刻了(保存以供人们利用)作者之"志",而且这些"志"无论在任何情况下都具有典范意义上的规范性。通过"研习"《诗经》——参与其话语解说,将其记诵和内化——人们可以"树立"起这些"志",至少在一定时间段内可以。[67] 这些"志"代表了作者,会对"情"产生一种变革性的影响,这种影响在孟子与《乐记》那里都被提到过。对于"志"而言,"情"并非是如影随形的,但它可以被"志"影响或塑造。而且因此《诗经》也可以帮助人们重塑性情,将作诗的孔门圣贤奉为楷模。另外,《诗经》的这些作用也消解了一些棘手的问题,那就是为了遵循经典中的儒家规范而兴发情感的问题。

汉儒的《诗经》解释最终促成了《大序》,但他们是否以这种特殊的方式充实了自己的叙述,目前尚不清楚。当然,他们认为并无必要对此给出分析性和具体性的说明。然而,笔者相信,这一版本的《大序》不仅使自己获得了意义，同时也适用于该文本所在的话语传统的概念。很显然，《大序》的几个中心观点是内在联系着的——《诗经》完整地描述了作者的真实之"志"，这些"志"无论在何种情况下都具有典范意义上的规范性，《诗经》在个人修身与社会转变方面都是不可或缺的优先要素。同时，有关这些关联的主张或暗示，隐含了一个更有问题的观点，在这一观点中，上述这些关联都遭遇到了危机。在后来的《诗经》讨论中，这一更有问题的观点显得格外引人注目。

第五章　文本的尽善

> 这种研究方法……预先假定某些书籍具有一种绝对权威性，认为它们包含着一种综合性、完整性的教义体系；但是，自相矛盾的是，它也假定文本中可能存在着疏漏和矛盾。因此，它便将文本的概述、疏漏的填补以及矛盾的解决作为自己的主要任务。……无论在法律、神学领域，还是后来在哲学领域，那种分析与综合的经院主义方法都受益于大学里的教学方法，尤其受益于注释原文以及为论辩而提出问题的方法。……换句话说，科学——也就是学术——来自教学，而不是相反。
>
> ——哈罗德·J. 伯尔曼《法律与革命》
> （Harold J. Berman, *Law and Revolution*）

文本在儒家文化中的权威性与优先性在不断上升，本书的前几章对此已经有所考察。我们在第二、三章中看到，《诗经》在儒家教育中首先占据中心地位而受到了人们的追奉与研究，而其他被称为"经"的文献则紧随其后。第四章旨在说明，汉代人对于经典的作用有了一种更为高远的看法——他们认为，这些经典文本可以使个人乃至整个社会都发生一种近乎神奇的转变。同时，经典的注解被写定，而且一些权威注解很快获得了与经典本身相同的至上光环。在漫长的汉唐间隔期（即南北朝时期，自3世纪汉代覆灭至6、7世纪隋唐相继兴起）的"讲经"活动中，经典本身与那些权威注解都成为了神圣之物，被赋予了看似无穷无尽的"义"。于是，大量卷帙浩繁的经注得以产生，而这些经注代表了儒家诠释学中提升文本"文本性"（在措辞上的特定"相应性"）的最极端案例。

南北朝时期的"讲经"，在唐初《五经正义》（下文简称《正义》）中得到了汇总与整理。对于后来的经学研究而言，《正义》的影响是决定性的。但与此同时，宋代以降的学者却把它树立为与自己相对照的学术典型。[1]《正义》中有关《诗经》的部分即《毛诗正义》，它的形式是对第四章所讨论的"毛氏学"（即《毛诗》《毛诗传》与《毛诗序》）以及东汉大学者郑玄（127—200）的"笺"作疏。[2] 在《诗经》的所谓"中古理解"中，《毛诗正义》是重要的文献，甚至可能是最重要的文献。在本章中，笔者首先概括了《毛诗正义》的经义背景和诠释学背景，然后以《大序》的注疏为中心展开对《正义》的讨论。

中古时期的经学

许多经学史论著都将南北朝描述为经学与儒学衰落、分裂的时期。[3] 这一时代许多最重要的学者，或浸染于新的外来宗教——佛教，或醉心于"玄学"的冥思。[4] 与经学正统的分裂相应，这一时期在政治上也陷于分裂，而在这种昏暗的政治环境中，儒家学者——至少学术性儒家学者——发挥的作用似乎微乎其微。

虽然儒家学者并未掌控政治权力，但礼敬儒学的朝廷还是存在的。北魏孝文帝（471—499年在位）与北周武帝（560—578年在位）都信奉儒学，南朝的梁武帝（502—549年在位）不仅支持朝廷中的经学论辩，还将自己的名字冠于一些经注之上。[5] 此外，朝廷之外也有一些学术中心，一些学舍不仅有复杂的课程，而且还实行"私人讲学"，像孔子那样聚集一批弟子，开展对经典的研读。虽然这几百年间的著作已经几乎全部佚失，但正是这些著作，为《毛诗正义》的修纂奠定了不可或缺的隐形基石。[6]

南学与北学

南北朝时期，汉代经学的焦点问题——今古文之争——大体已成过往，取而代之的是一种新的分歧，保存着今古文之争的大致结构。与今古文之争类似，北学与南学之间形成了鲜明对照，其中一种的解经风格相对严格，具有文本和历史导向，而另一种学术则是玄远而思辨的，倾向于追寻文本中的隐微意味。今文经学是儒家传统的本土发展（取自阴阳家等学派），而南学却在很多方面都可以说是一种辩护运动，它旨在将儒学与这一时期最重要的两种思想——魏晋玄学与佛教——进行融合。

后世史家在区分南学与北学时，通常会从它们各自所崇尚的经注入手。正如《北史·儒林传》所说：

> 江左，《周易》则王辅嗣，《尚书》则孔安国，《左传》则杜元凯。河洛，《左传》则服子慎，《尚书》、《周易》则郑康成。《诗》则并主于毛公，《礼》则同遵于郑氏。[7]

下文则说：

> 南人约简，得其英华；北学深芜，穷其枝叶。

作为区域之称的南与北，只是一种大概的说法。实际上，北方也有学者依循王弼之学，南方也有学者把郑玄奉为先师。但随着时间的推移和南北学之间的交流趋密，越来越多的学者同时采纳南北双方的见解。这种综合的倾向最终导致"二刘"——隋朝的刘焯（540—610）与刘炫（6世纪）——经解的出现，"义疏"的形式在《正义》中得到了广泛运用。

尽管如此，对南学、北学的区分却是唐代有关此前学术的中心议题，而且这一区分反映出的并不是严格的地域流派，而是表明了经学研究的不同风格。北学通常被认为是郑玄之学，它不仅将这位东汉大经学家的学术视为经典的权威性和基础性解释,而且还奉其为解经风格的典范。[8]北方学者遵从了郑玄的《周易》学、《尚书》学与《礼》学[9],可能还包括《诗经》学。而据《世说新语》所载,《左传》服虔注与郑玄的思想非常契合,可能有一部分还是依托于郑玄之作。[10]据目前判断,北方学者的经注采用了郑玄的历史导向(北学只有一部次等著作完整流传至今)。中国经典的任何一位研习者都不会对这种风格感到陌生,它会释读冷僻的字词与用法,会提供制度、地理与历史的背景,同时也会说明一些解释的原则。一个特殊的"实际"问题就是它会详细解释经典中提到的各种礼制与礼器。针对这种注解,生活于北方的南方学者颜之推(531—591),就在《颜氏家训》中这样表达自己的不满:"何必'仲尼居'即须两纸疏义,燕寝、讲堂,亦复何在?以此得胜,宁有益乎?"[11]

与北学一样,南学的大部分著作也都已经散佚。我们只能从唐代经解的引述中对它们略窥一二(这些唐代经解实际上遮蔽了它们,最终使其亡佚)。然而,南学有一部著作留存了下来,此即皇侃的《论语义疏》。[12]这部著作在宋代已经佚失(可能是由于邢昺(932—1010)成功撰写了《论语正义》),但在日本被重新发现,于乾隆年间(1736—1796)回传至中国。[13]皇侃的著作在形式上是对何晏(卒于249年)《论语集解》的疏解,但也引用了其他相当多的注家,包括玄学家王弼(226—249)与郭象(卒于312年),以及佛教徒孙绰(约330—365)和慧琳(约424—453)。皇侃所征引的那些解经家以及皇侃自己都是南学的代表,故而这部著作弥足珍贵。

在《论语义疏》中,玄学与佛学的解释都很明显。玄学的核心是"言"不能尽"意","言"尤其不能表达"无"的本质,"无"由孔子所"体",而且可以统摄所有事物的差异。从语言中所获取的知识都遭到了贬低,而"前感觉"(pre-sensory)或"超感觉"(supersensory)则获得了尊奉。[14]孔子曾在《论语·为政》第4章中讲述了自己的精神自传,其中说"六十而耳顺",皇侃则引用了如下两段文字:

> 王弼云:"耳顺言心识在闻前也。"孙绰云:"耳顺者,废听之理也。朗然自玄悟,不复役而后得。所谓'不识不知,从帝之则'[15]也。"

在这样的解读中,孔子成了一位道家学者,具备了先知之能。

由于对南学来说,语言(及文本)只是对先前超语言真理的不完满实现,所以任何口头的学说——甚至包括孔子的学说,都只具有特定条件下的短暂正确性。以佛教的语言来说,就是所谓"方便"(*upaya*)。因而,对于孔子所说的"未知生,焉知死"[16],皇侃就这样注解:"外教无三世之义,见乎此句也。周孔之教,虽说现在,不明过去未来。"《论语》中的儒学——"外教"——只是一种通俗而临时的教义,孔子所"体"的真义在后来的佛教中得到了更为充分的表达。

这种讨论并未充分考虑到南学诠释学的复杂性。尤其是王弼那种复杂而有趣的理论,值得更详细的探讨。[17]然而笔者试图通过这些例子来说明,南学诠释学与《正义》有着重要不同。与《正义》一样,南学超越了文本的字面意涵,进入到一种"更深"、更真实的意涵中。但南学是通过贬低文本字词的权威才做到这样,而在下文中我们将会看到,《正义》不仅保存了文本中的语言与措辞,甚至还对它们予以褒扬。

南学对于特定"文本"的不屑与粗疏,还体现在对礼制的态度上。有关《论语·八佾》中的"禘"礼,皇侃说:"先儒论之不同,今不具说。"他在另一处还说,东汉经学家马融(79—166)有关某种礼制的解说与《周礼》不一致,"少异亦可会也,不须委曲细通也"[18]。他对文本与礼制的态度尤为类似——文本与礼制背后的意义可通过多种方式获得,但其形式却不一定符合所有的时代。与这种态度形成强烈对比的是《正义》的字面主义,我们将会看到,在《正义》那里,文本与礼制是寻求作者(圣人)之意时最具决定性和权威性的要素,甚至那种看似最琐细的形式特征也都是必然和重要的。

由于南北朝时期流传至今的著作较少——《诗经》学著作尤其如此,我们很难评估南学与北学对《正义》的影响究竟孰多孰少。皮锡瑞（1850—1908）对此发表过一个著名评论，他说："经学（于隋。——作者注）统一之后，有南学，无北学。"[19] 诚然如此，被《正义》奉为权威的正是南学，而不是北学。而且，我们在《正义》序中看到，该书的修撰在很大程度上依赖于刘焯、刘炫等折中派学者的著作。然而也应该指出，如果我们理解的不错，那么《正义》对历史、礼制的密切关注似乎在很多方面都与北学风格较近，而与南学风格较远。

《正义》中的许多观点都产生自南北朝时期的经学著作。然而，这一时期还存在另一种革新，这种革新对《正义》的形式至关重要，对《正义》的观点也有隐微的影响与塑造。这就是义疏学的兴起与发展。

义疏学的兴起

汉代解经著作的形式非常繁杂。其中有许多都未流传下来，只能从经籍目录中对它们稍加了解，而且即使我们能看到一些幸存著作，也不过是一鳞半爪，很难准确地分辨各种形式间的差异。[20] 不过一般来说，我们可以区分出"注"与"章句"的不同，前者重视训诂，相对简要，而后者则扩展文本之义，其冗长尽人皆知。公元4世纪末5世纪初，新的注释形式——义疏出现了。义疏虽然在篇幅上和对经典的综合理解上类似章句，但与之前所有的解经形式都有着重要不同。及至下一世纪，义疏就成为了儒家论述经义的唯一重要形式，围绕诸多经典与准经典，成百上千的义疏学著作层出不穷。

这种新形式的特点在于，对文本进行了详密而系统的分析。例如，皇侃对《论语》的"论"字做了如下注释：

> 凡通此"论"字，大判有三途。第一舍字制音，呼之为"伦"；一舍音依字，而号曰"论"；一云"伦"、"论"二称，义无异也。
>
> 第一舍字从音为伦，说者乃众，的可见者，不出四家。一云

> 伦者次也，言此书事义相生，首末相次也。二云伦者理也，言此书之中蕴含万理也。三云伦者纶也，言此书经纶今古也。四云伦者轮也，言此书义旨周备，圆转无穷，如车之轮也。

在中国注疏传统中，这种具有系统性的分析大概是史无前例的。这也无怪乎从梁启超（1873—1929）开始的许多学者，要在儒家传统的主流之外来寻觅这种分析的源头。梁氏认为，儒家义疏受到过佛教教义解说的重要影响，近来也有几位学者如牟润孙、戴君仁等，对这一观点进行了重新讨论与修正。[21]

义疏源于"讲经"，这种活动在南北朝时期的佛教和儒家中都曾存在。无论佛教还是儒家，讲经都是一种面对弟子与学者的公开谈话（有时在朝堂之上），对谈双方是经师（法师）与都讲，前者负责阐释文本，后者则负责提出相关问题，或只念出文献，以供前者讲论。佛教的讲经应当源于宣教，或是有关教义的论难，但儒家的讲经似乎渊源于师弟间的对谈。尽管佛教在讲经活动与义疏编纂上是否更早的问题迄今仍难成定论，但人们一般认为，中国本土的对谈传统（如《公羊传》与《谷梁传》所示）在佛教的影响下发生了变化，这种变化的最重要后果就是出现了前文所讨论的那种系统性分析。

在儒家的讲经活动中，经师与都讲（一般是经师最得意的弟子）在其他弟子与学者面前，进行一场程式化的问答。"论辩"的主题一般是标准的。我们可以想到《世说新语》中的"清谈"，对谈者讨论诸如"声无哀乐"之类的话题。与此类似，讲经者可能专注于某些设定的主题——文本次序的含义或一些特别困难但能令人受益的话题，而"都讲"需要对这些话题进行适时提问。讲经者的解释和观点有着复杂的综合性结构，它包含了最初的解释、先前学者的解释，以及对这些解释的修正。

这种进路往往使"阐释性经义"（interpretive-doctrinal）传统能够更进一步拓展。即使当旧的问题已经得到"解决"（其他不同的解释已被彻底摒弃），它们也没有理由退出讨论范围，因为这些旧的问题仍然为儒家道德原则的阐明与讨论提供机会，而讲经者认为那些原则就是材料中所固有的。此外，总会出现一些新的观点和问题，而做出回答的过程本身就会催生新的讨论机会。因而，这一过程促进了一种传统的产生，这种传统在一代代的传承中得到了完善和稳定的发展。即使当那些义疏被编成文本而不再保持口头形式时，这一过程仍在继续，实际上，文本与口头的经文阐释之间无疑会一代代地交互影响。[22]

在南北朝经籍目录已收和未收的义疏著作中，只有《论语义疏》完整地留存了下来。尽管如此，那些已佚著作中的大量讨论以及义疏背后更多的口头讨论，仍然为《正义》以及唐初儒学奠定了无形却至关重要的基石。

《五经正义》的修纂

在漫长的南北朝时期，没有任何一种学说是经学家都承认的正统学说。恰如魏征在《隋书·儒林传》中所言："自正朔不一，将三百年，师说纷纭，无所取正。"[23]

唐王朝在7世纪初肇兴之时，首要的任务之一就是改变这种情形。[24] 传统思想将政治统一与经义统一紧紧地联结在一起。唐王朝先是颁布了有关农时和典礼的历法（值得注意的是，魏征在上述引文中以历法不一代指政治分裂），继而宣扬"皇帝即圣师"的儒家理想观念，将自己塑造为经义正统的来源。而异端则通常被视为帝王失德、煽动叛乱，或两者兼而有之的标志。此外，正如国家的礼制枢纽需要重建一样，人们还相信经义正统的确立有助于实现良好的政治与社会秩序。以翔实著称的汉代经注与《正义》都源于太学中的讲经活动，并且都旨在对经典进行全面解释，而这种解释会预示、伴随并促进政治和礼制世界的革新。

最后，从更为实际的角度来说，唐王朝需要一种标准的经典解释，以服务于新恢复的科举。诗赋至少是科举考试中的一科，这样考官就可以用客观的标准（如是否合乎诗词格律）来裁定去取。官僚政治的那种理性特质，要求科考的标准必须清晰明确，以便对应试者的表现进行判断。

《正义》是唐代统治者在开国数十年中所拟定的第二个大的学术工程。[25] 公元630年，唐太宗注意到"经文去圣日远，文义失真"，所以诏令颜师古（581—645）撰制《五经》"定本"（包括《易》《书》《诗》《礼》《左传》）。[26] 定本撰成后，曾有反对者提出质疑，颜师古在一次朝堂辩论中，清晰翔实地依据旧本与权威予以还击。贞观七年（633）十一月，该定本颁行天下。

公元638年，唐太宗又诏令一批学者在孔颖达（574—648）的主持下，制定《五经》权威注解。除孔颖达外，《诗经》注解的修纂人员还包括王德韶、齐威。该项工作完成于640至642年之间，也许就完成于641年。由于马嘉运严厉批评其行文繁复，于是在642年，唐太宗诏令孔、王、齐重订该本，增补赵乾叶、贾普曜、赵弘智三人予以协助。

孔颖达于公元648年辞世，重订工作尚未完成。651年，唐高宗诏令长孙无忌（卒于659年）与一些学者继续修订。永徽四年二月二十四日（公元653年3月28日），长孙无忌等人呈交了该修订本，并附呈《进五经正义表》。该本于当年三月初一（公元653年4月3日）颁行天下，并在此后成为了唐代科举中的标准经注。

有些学者认为，孔颖达之所以被列为《正义》的主纂官，只是由于他年龄最长，或官阶最高。无论此点是否属实，也无论孔颖达是否真正主持全局，有一点都是确定无疑的，那就是《正义》成于众手。孔颖达最初的合作者，以及两次修订（其中一次是在孔颖达卒后）的参与者，一定都在现今所见的版本中留下了印迹。

此外，《正义》作为一种合作的工程，还有更重要的一种意味。《正义》是在先前注释的基础上完成的。俞正燮等人以文本证据指出，《正义》广泛采用了先前的注解。[27]《正义》也在序文中坦承，借鉴了隋朝学者刘焯、刘炫的著作，而且肯定还酌采其他著作，而这些著作都依托于源自太学与朝堂一代代讲经的更早注释。正如口传史诗一样，《正义》经历了多次复述，吸纳了许多思想，并非成于一人一时。

因而，《正义》中的观点隐含了一个完整的"话语场"（universe of

discourse）。我们必须通过想象，将这些观点共时地置于一种可能的解释范围，在该范围之中有些解释会得到《正义》的肯定，有些则会被剔除。同时我们也要历时地对待它们，将它们理解为数百年发展过程的产物，在这一过程中，源于个人的许多解释一次又一次地被提出、驳斥与修正，从口头论辩到写定成书皆是如此。

从这样一种视角来看，《正义》是对历史上悬而未决的遗产的再一次处理，这种遗产以经文本身与传统的力量为代表——《正义》本身就是产生其过程的又一个例证。然而，《正义》与它所依托的经解还有一个重要不同，那就是《正义》旨在阻止长期以来经解的激增，从而建立起一种能够支撑国家权力与威信的正统观念。更确切一点来说，《正义》的意义在于至少在一段时间内它实现了这一理想，而这一理想是其他先前注解所共有的。在唐王朝的推动下，《正义》成功确立了经典注释的正统地位。而随着《正义》文本获得主导权，那些作为基础的庞大经解传统逐渐遭到了废弃，并最终走向了消亡。[28]

文本的尽善

《正义》注解的顺序具有明显特征。注解的开篇通常（尽管并非一成不变）会简单解释一下文本经义的顺序。[29]这些段落，笔者称之为"序说"（Sequence），我们可以将其理解为对编纂《正义》的任务的一种实际回应。①考虑到义疏形式的冗长与繁复，尤其是在听讲而非阅读时，研习者会难以把握主线。尤其是当原始文本如《诗序》那样，连接处显得非常松散

---

① 在《关雎》序的首句下，《正义》解释说这段文字可以分为15节。然而，今本《正义》所见《关雎》序实际被分为21节。因此，笔者遵循第四章有关《关雎》序的讨论，将今本《正义》所见《关雎》序标为第1至21节，并且还对《正义》（《国学基本丛书》本）的注释行数进行编号。因而，"第7节"指的是今本《正义》所见《关雎》序的第7节，而"第7节第12行"指的是《正义》对该节注释的第12行。除非另有说明，《诗序》都特指《关雎》序。

时,更是如此。"序说"既总结前一段的要点,又开启对下一段的注释,以一种清晰明快的方式展现出文本次序,从而指引读者领略《正义》的广阔景观。

"序说"之后通常是一种"改述"(Paraphrase),以一种更为通俗的形式敷陈该段内容。[30] 与大多数"改述"文字一样,这些"改述"不仅扩展了原文,而且还重新解释了原文。表面上,"改述"是为了使其更易理解,但同时也会对文意造成更改,甚至经常会造成彻底的改变。《正义》中有一种常见的策略,即把文言文中的单音节词转述为现代汉语中的双音节词。"志"转述成"志意","心"转述成"心腹","乐"转述成"欢乐"。[31]

《正义》中的第三个要素,同时也是最重要的一个要素,是有关"议题"(Topic)的讨论(有时会相当冗长),它所针对的问题可能是此前"讲经"和"义疏"的主题。正是在这些"议题"的讨论中,我们可以最清楚地看到《正义》中口语对谈的痕迹。

《正义》对某段文字"议题"的讨论,往往涵盖一些彼此不相关的经文问题。有些讨论止于文字训诂,如对艰涩字词进行解释,对含混不清、容易误读的短语进行补正。还有一些则关注平行文本,它们会解释语言的差异,处理看似矛盾的经义问题。[32] 有关文本内在结构(尤其是次序)的问题会被处理,那些反常或远大的主张则会被自然化、合理化。这些"议题"还会直接或间接地提及有关这一段的其他解释,并反驳它们,这当然是经义解说的一种特征。"议题"中有大量关于《诗序》元素的材料,《正义》修撰者认为那些元素存在问题,这些内容以及相关的争论,反映出《正义》在文本、解释与权威等方面的诸多看法。

我们可以将"序说""改述"与"议题"理解为对经典注疏问题的实践回应。它们既处理在理解成为遥远历史的文本时所产生的问题,也处理《正义》冗长繁复所造成的问题。但它们还有另外一种作用。笔者假定,有些解释被提出或驳斥,对这些解释的讨论本就是经义解说的共同特征,而与此类似的是,对经文构成与内容等"问题"的讨论,本身就是其目的。因为它允许对儒家的经文再度阐述，而这正是解经活动的目的与作用所在。

化解难题

我们在前一章中看到，《诗序》是一种由早期文献和语录拼凑而成的混合体，毫无系统性可言。它的综合性意义只在于，它试图将自己所认为的最重要、最权威的《诗经》学观念汇集在一起。但是，《正义》提出了一种统一、全面甚至是有系统性的《诗经》叙述。[33] 因此，它也必须不断解释，《诗序》中相对狭义或有为而发的观点实际上预设或暗含了更普遍、更统一的视角。[34] 这些讨论发挥了一种辩护的作用，弥补了《诗序》中的貌似不足之处，但它们也为儒家学说的经义解说敞开了大门。

以第15节为例，该节云："是以一国之事，系一人之本，谓之风；言天下之事，形四方之风，谓之雅。"《诗序》此处在说，《风》诗与十五诸侯国之间均有联系。人们把《风》诗理解为作者对各国社会和政治的观察，而《雅》诗则当是针对周王室而发。在名义上，周王室的权威遍布"天下"，延及各国。

对于《正义》而言，第15节的问题在于，它并未明确说明《雅》诗出自有代表性的个人之手（《风》诗即如此），那些个人可以通过说出自己的感受来表达一个国家的问题。相反，它似乎认为《雅》诗可能成于其他方式。这一点与《正义》所持的关于诗的单一观念有所违背。《正义》认为，"三体"（风、雅、颂）具有相同的修辞策略（"赋""比""兴"），并且是同一个心理与社会进程的产物。只有当时的政治在性质上发生变化，才会导致诗篇在形式与内容上产生变更。[35] 因而，与第15节相关的"议题"说：

（a）《风》之与《雅》，各是一人所为。（b）《风》言一国之事，系一人。（c）《雅》亦天下之事，系一人。（d）《雅》言天下之事，谓一人言天下之事。（e）《风》亦一人言一国之事。（f）序者逆顺立文，（g）互言之耳。[36]

这段文字的第一句话（以a标示）认为，《风》与《雅》都是单个个人所作，而此下数句都是在论证此点。在这种观点的背后，为它提供结构与论证的，是有关"类"的一对相互关联的假设。根据此处假设的逻辑，类似的观念或实体（即归属同一"类"的观念或实体）有着类似的结构和特征。[37]而且，对于《正义》来说，这种类似关系可以在《诗序》文本的并行性特征中体现与推断出来。如果我们将第15节绘成下图，那么这种并行性的实质则更为清晰：

（　）一　国　事　系　一　人：《风》
言　天　下　事（　　　　）：《雅》

《风》与《雅》都与"事"有关。这是一种最简单的"同一性"类比关系。"一国"与"天下"之间的关系就较为复杂，它们之所以可以类比，是因为归属同一"类"政治实体。这种类比关系，是中国律诗对偶句的典型特征。[38]

《正义》的难点在于，上述两组句子的对仗形式并不完满。对《风》诗而言，"以一国之事，系一人"，但对于《雅》而言却不是这样。而后者说"言天下事"，前者却未出现"言"字。当然也可以将这种不对称视为另一种并行性——这两组表达各有盈缺，参互成文，因而那些缺失的成分得到了并行的表达，《正义》称之为"互言"。[39]对于《风》诗而言能够成立的"系一人"，对于《雅》诗而言也能够成立。

句b和句c包含了《正义》所要表达的观点，只是《正义》在此处所预设的互补关系要求两组表达互换要素。那么为了达成对称，它必须强调《风》是"一人言一国之事"（句e），而此点在先前的所有经注中都未出现。

《正义》之所以能观察到存在于《风》《雅》之间的这种对称，是由于《诗序》文本对它已经有所建构。这种讨论的形式——作为文本的《诗序》

（《正义》称之为"为文"）——与它本身所讨论的实体与观念非常类似。这一观点与《正义》最明显的特征之一相符——它假定了"文本的尽善"（the perfection of the text）。文本中看似偶然的形式特征实际上非常重要而且易于做出话语解说，这种假定在某种意义上是儒家经文解释者的辩护目的所要求的，但需要指出的是，这种假定必然会对解释者产生极大的吸引力，因为它能富有成效地催生出大量的"义"。从解经过程中的疏通疑难开始，"文本的尽善"的假定就作为一种意义生成的方式而获得了自己的生命。

"义"的产生

《正义》对《诗序》第2节的疏文，开篇有一段"序说"，这段"序说"可以说明意义的生成。它讨论的两节是：

1.《关雎》，后妃之德也。
2. 风之始也，所以风天下而正夫妇也。故用之乡人焉，用之邦国焉。

对《正义》而言，第1节的"难题"在于，《正义》"期待"最重要的内容（其他也都同样）出现于文本最重要的位置（"首"或"冠"），而次要的内容则应当出现于次一级的位置（"在下"或"退在下"）。易言之，《正义》预设了现实等级的秩序会重现于文本次序之中。这种等级秩序有很多。例如，文本的排列次序可以反映现实中"道德—政治"事业的实际顺序[40]，可以反映表达方式的清晰等级[41]，可以反映世界上事件的时间顺序[42]，也可以反映"社会—政治"的等级顺序[43]。这是文本与世界同源性的另一方面，《正义》认为它是经典的一个特征。

在这段"序说"中，《正义》期待《诗序》的编者能够将重要的内容置于"诗首"。[44]但是相反，位于开篇的一首诗却是有关周文王的家庭关系——《正义》称之为"家人细事"。依《正义》的观点来看，《诗序》同样认为这种排列违反了"文本的尽善"的预设,因而在第2节中,试图消解这明显的异常。

> 《序》以后妃乐得淑女,不淫其色,家人之细事耳。而编于《诗》首,用为歌乐。故于"后妃德"下即申明此意。[45]

《正义》以关键词"风"的丰富含义化解了这一难题。在上一章中我们讨论过,第2节可以有两种不同的解释。第一种解释将"风"理解为《诗经》传统分类中的第一类(《正义》此段中的陆德明注即是如此认为),但《正义》提出了另一种解释,将"风"解释为"风教"或"风化"。因而《正义》认为,第2节是在说《关雎》颂扬了文王事业的肇兴——后妃之德是在文王风教下取得的第一个成效,并且会成为周王室的基础。所谓"后妃之有美德,文王风化之始也"[46]。

在儒家神话中,周代早期尤其是文、武、成、康(前12至前11世纪)当政的时期,代表了道德与政治成就的历史至高点。周文王看似"琐细"的家庭生活,被回护为具有重大历史意义的政治和道德事业的一部分,即使是其中很小的一部分。实际上,文王与其后妃的关系不仅预示了他对周王室风教的扭转,而且还呈现了这一事业中至关重要的第一步。"始"字与"胎"字有关[47],因而它一如胚胎,从潜力而言既"细"且"重"。正如有机体只能从种子或胚胎开始生长一样,人们认为帝国的风教转变只能始于看似次要的帝王家事。道德和政治事业要从一个人最亲密的关系开始,继而才能一步步迈向更广阔的政治领域(有意思的是,宋儒最感兴趣的那种"内在"德性,在这里并未获得初步重视)。[48]这是儒家的一种古老观念,《大学》中有关它的表述尤为世人所熟知。

后妃之德代表了周文王"道德—政治"事业不可或缺的第一步,这一观点与《正义》的另一个观点紧密相关。文王的"道德—政治"大业始于婚姻,周公的历史功绩也是如此。而唐朝社会的道德革新也是始于个人关系的厘正,其他任何更高远的计划都只能以此为基。由于《关雎》保存了这一过程的典型案例,并使之能够重演,所以如下的情况才可能出现:"周公制礼作乐,用之乡人焉,令乡大夫以之教其民也。又用之邦国焉,令天下诸侯以之教其臣也。"[49]

由于《关雎》是周公用来革新周王室道德的第一篇诗,所以它恰如其分地位于《诗经》篇首。它的位置并非一种反常;相反,它正是《诗经》"文本的尽善"的又一个方面。个人与整个社会的情感教育都有一个逐步实现的过程,《关雎》的位置不仅象征着这一过程,同时也促进着这一过程。[50]

《正义》的目标不仅在于解释意义,同时也在于创造意义。《正义》对经典文本"尽善"的假定,引起了一个亟待解决的"问题",也带来了一个需要解答的悖论,但这段文字的重点与其说是难题,不如说是从中产生的经义。而文本解释的目的与其说在于达成历史的理解,不如说是阐述经义。

"言意"与"乐意"

《正义》代表了儒家经义文化中的文本典范。在此前的近一千年中,存在一种强调"文本性"(文本的固定性以及语言的细节与形式)的趋势,这种趋势在《正义》那里到达了顶点。经典及其权威经注都成了意义的渊薮,其中每个细微的用语差别都得到了阐发。经典及其权威经注的这种升格与《正义》本身的目的有关,即它要在诸多经义之中确立一个正统。借助唐王朝的支持,《正义》试图为那些以科举入仕的士子划定正统的范围,而那些经过汇总与界定的大批义疏学著作,也因《正义》的广泛流布与使用而走向消亡。

然而同时也要意识到,无论一部著作多么受人尊崇,它都不可能彻底阻止读者对它进行重新理解,尤其是面对那些有时令人困惑的经义问题时,更是如此。《正义》颁行尚不足百年,持怀疑和反对态度的学者就提出了对《春秋》的颠覆性解释。及至11世纪,《正义》的解释已然成为了枯燥晦涩、泥于字句的代名词。在许多批评者看来,《正义》失败的原因就在于它的繁冗——它关注文本之"言",不避冗余。在宋代,中国诠释学将由那种激发《正义》的信心再次转变为对语言和文本的怀疑。我们也许不会惊讶,批判和拒斥态度的嫩芽就潜藏于极致的字面主义之中。

在前一章中,我们讨论了第4、5节的关系。从诠释学而言,它们在《诗序》中可能是最具影响力的段落,但置诸中国诠释思想史上是否如此,尚难断言。

> 4. 诗者,志之所之也,在心为志,发言为诗。
> 5. 情动于中而形于言,言之不足,故嗟叹之,嗟叹之不足,故咏歌之,咏歌之不足,不知手之舞之足之蹈之也。

笔者上文已经论证,常被并举的"志"与"情"之间的关系是《诗序》作者的一大关切所在。《正义》对此段的解释并不合理,它将第4节的术语误配于第5至7节中的"音乐材料"。然而,《正义》解释的重点不在于"志"和"情",而在于它们的外在补充。在第4节中,与"志"相关的外在术语是"言"。在第5至7节中,与"情"相关的术语则是"音"。

> 6. 情发于声,声成文谓之音。
> 7. 治世之音安以乐,其政和;乱世之音怨以怒,其政乖;亡国之音哀以思,其民困。

这两个词并不能共存无碍——《正义》认为,"音"能达成真正的理解,而"言"不能。当然,诗的"言"可以被解释,毕竟《正义》中的大多数注解都是致力于阐述和发展"言"的意思。但"言"本身变化莫测,难以信赖。我们在《论语·先进》第26章中看到,"言"既可表露也可潜藏,而《论语》中的孔子只不过是第一位质疑语言的充分性并深有影响的学者,在其身后还大有人在。[51]《正义》也是持同样的怀疑态度:"若徒取辞赋,不达音声,则身为桀纣之行,口出尧舜之辞,不可得而知也。"[52]

《诗经》中的诗容易招致上述这种误解。

> 是以《楚茨》、《大田》之徒,并陈成王之善,《行露》、《汝坟》之篇,皆述纣时之恶。以《汝坟》为王者之风,《楚茨》为刺过之雅,大师晓其作意,知其本情故也。[53]

单凭诗篇之"言",经学家无法在相互竞争的理解之间做出判断——判断一种表面上的称赞确乎是一种"美",抑或是一种"刺"。这种理解必须用不关注诗篇之"言"的其他知识进行验证,而解释必须通过一种有关"音"("成文"之"声")的知识来获得。

> 人哀乐之情,发见于言语之声。于时虽言哀乐之事,未有宫商之调,唯是声耳。至于作诗之时,则次序清浊,节奏高下,使五声为曲,似五色成文。[54]

正是通过对这种"成文"之"声"的思考,一位行家才能获知诗篇的真实意图,才能不仅了解最初激发它的情感,同时也了解它所反映的政治环境。而且,这种知识比单纯从文字中获得的知识更为精确与真实。

> 声能写情,情皆可见。听音而知治乱,观乐而晓盛衰,故神瞽有以知其趣也。设有言而非志,谓之矫情,情见于声,矫亦可识。若夫取彼素丝织为绮縠,或色美而材薄,或文恶而质良,唯善贾者别之。取彼歌谣播为音乐,或辞是而意非,或言邪而志正,唯达乐者晓之。[55]

因而,关于诗意的知识可能有两种。一种是通过阅读诗篇、了解作者之志而获得的知识，这种知识是假定的，可能也是有缺陷的。第4节有关这种知识的叙述已为人熟知。另一种是真实无妄、绝对可信（对于行家而言）的知识，它基于第5至7节所描述的那种平行模式。在这种观点看来，"言"只在一定条件下有效。在诗乐所提供的那种更准确知识的对比下，通过熟练而明智地阅读文本而获得的意义虽然并未被抛弃，但这些"文本阅读"必须纳入"音乐阅读"的诠释学语境中。易言之，"音乐阅读"规定诗的一般含义，而"文本阅读"则用更详细的方式将这种含义表达出来，这样的说法也许更能准确地反映《正义》的观点。但是，如果没有经过"音乐阅读"的检验与印证，那么"文本阅读"只能是假定的，也可能是错误的。依据《正义》，音乐可以代表对诗篇的充分理解，而音乐的失传则可以代表诠释学的疏离。置诸《诗经》诠释史上，这种态度并非绝后，但也许是空前的。

　　《正义》的修纂者并未见到诗乐。他们虽然自诩是"达乐者"，但无论如何也不可能具备只有音乐才能传达的那种洞察力，因为至唐朝时诗乐早已失传。[56] 因此，必须在注疏传统中寻找诗篇的"音乐阅读"。既有传统提供了有关诗篇意旨的重要信息，无论读者多么精细，都不可能自己从诗篇之"言"中获得这种信息。

　　然而此处存在一个难题。《正义》对"言"持有怀疑，认为它不仅有模糊性，而且无法保证自己的真实性，因而《正义》渴求获得"音"的知识，因为这些知识可以证明自己，而且还可以验证那些源于语言的理解。但《正义》与这种知识是隔绝的，它只能通过解经文字中的证据以及这些证据应当避开的那些不可靠的媒介，来间接接触到这种知识。在"达乐者"（他们在理解上的技艺不可传授）与《正义》作者（传统、文本、文字的追随者与筛选者）之间，不仅存在一条历史的鸿沟，而且还存在一条认识论的鸿沟。

　　从这个角度而言，《正义》有关"文本的尽善"的假设呈现出一个新的方面。一方面，权威经注的升格保证了其中理解的真实性。但另一方面，《正义》对《诗序》文本的细微差别进行了过分精细的关注，表明它对传统知识的纯粹度有一种深刻而不安的焦虑（尽管未予承认）。

《正义》注重详细地解释《诗序》内容，注重引用、比较和处理平行文本，注重证明《诗序》的完全正确。在这些方面，它不仅与《诗序》、朱熹的那些自信解释形成对比，而且与更晚学者的那种基于训诂兴趣而不是经义兴趣来引据文本的理解也形成对比。墨子刻（Thomas Metzger）在《逃离困境》（*Escape from Predicament*）中指出，新儒家对那种自认为可以获得的"神圣力量"或"心灵的超自然力量"深信不疑。[57] 虽然墨子刻是在讨论新儒家改变世界的愿望，但不难看到，新儒家在对经典文本的态度上也是如此自负。朱熹对直接解经相当自信，他认为不需要《诗序》来划定正确诗解的可能范围。[58] 汉代与宋代的解释者非常不同，但他们都相信自己能够把握经典的含义。《正义》痛苦地意识到，"言""意"之间存在差距，汉唐之间也存在差距，所有这些都对自身的理解构成了威胁。同时《正义》也意识到，自己无法摆脱那套注解翔实的既有传统。

结语：《正义》权威的失坠

《正义》把它所接受的注疏传统升格为圣典，同时又试图建立一种正统的经学诠释，这其实是一枚硬币的正反两面——它希望自己也能获得与汉代经注相同的权威地位。但《正义》给自己的定位并未保持下去，它未能限制住经学的讨论范围，也未能建立起一种最终的解释。到了8世纪，一种新的更为怀疑的精神在经学研究中日益崛起。

对经学"正统"持怀疑态度的人历来层出不穷。墨、道等其他学派以及儒家传统内部之人，都对经典的内容产生过质疑。就连坚决捍卫既有传统的孟子也说过："尽信《书》不如无《书》。"[59] 1世纪伟大的怀疑主义思想家王充，对当时的经学传统做过许多批判。而7世纪的刘知几也表达过许多反传统的观点，其批判对象包括传统上归于孔子所作的《春秋》。然而，正如蒲立本（E. G. Pulleyblank）所指出的，刘知几并未打算对传统进行一种彻底而系统的更改，他的大部分批评都和王充一样，只对"细枝末节"产生质疑。[60]

然而到了公元8世纪，在啖助（725—770）、赵匡（卒于770年）和陆淳（773—804）的《春秋》学著作中，出现了一种新的方法，它不仅保持怀疑的立场，而且还有一种敏锐的历史眼光。[61]在"师法""家法"的传统观念下，《春秋》学者只能专攻"三传"之一——《左传》《公羊传》或《谷梁传》。"三传"类目之下各有大量注解，其中成为正统的《左传》类尤多，例如杜预（222—284）的《左传》注。这些注解与《诗经》郑笺类似，具有一种"准经典"（semi-canonical）的地位。在后来宋代典型的诠释学运动中，啖助摒弃了传统经解的权威，选择直接理解《春秋》，但同时又保留了孔子"寓褒贬于叙事"的传统预设。啖助还认识到，《左传》代表了口头传统的相对晚期的编订，其中大量融合了"显赫人物的家世传记、占卜书籍、逸事汇编以及政治建策等"[62]。他的弟子赵匡对左丘明作《左传》的传统观点进行了驳斥。[63]

因此，宋代怀疑传统的某些关键主题已经在贞元（785—805）、元和（806—820）年间的中唐复兴运动中提出。它们包括笔者称之为"本源性"（foundational）的精神诉求，这种诉求会以原初的正统去评估和剥离传统注疏中的一些层次。与此紧密相关的，还有一些理解传统注疏发展历程的尝试。上述这些变化在《诗经》学中都有反映，只不过在时间上不如《春秋》学那么明确。

中晚唐的《诗经》新解

在《正义》之后，唐代《诗经》学上有两个人较为突出，一位声名显赫，一位寂寂无闻。前者是大诗人、散文家和思想家韩愈（768—824），他的名下有一部叫作《诗之序议》的怪异之作；后者是鲜为人知的成伯玙，他有一篇文章引领了北宋《诗经》学的先声。

系于韩愈名下的《诗之序议》是一篇艰深古怪的文字。几乎可以肯定，该文是残缺不全之作，自朱熹以来的批评者都曾怀疑它并非出于韩愈。[64]文章形式是问答体，由"韩愈"回答了有关《诗序》的一系列问题。他认为《诗序》"不是六经之志",因为其文"不忌君上"——字面意思为"未能严格避讳",但一般的情况是"不够尊重君上"。与孔子在《春秋》中的做法不同,《诗序》坚持表现"丑乱之迹"和"帷箔之私(即闺房。——作者注)"[65]。而且,从子夏出生的年岁来看,他"知不及"《诗序》中所论之事。[66]至于《诗序》的真正作者,"其汉之学者欲自显立其传,因借之子夏,故其序大国详、小国略"[67]。

这篇文字当然很重要,它并未维护《诗序》的权威。然而同时也要看到,它并未颠覆中古时期的《诗经》学观念(所有诗篇都包含了具有典范意义的规范性)。虽然我们不知道该作者偏好何种《诗经》注,但由他非常关心"礼"可知,那种将一些诗篇理解为"淫诗"的解释并非其意所在。依笔者之见,《诗之序议》是一部经注的残文,这部经注可能较《正义》而言更加致力于维护《诗经》的规范性特征,否则该片段不会幸存下来。

《诗之序议》并未深刻影响那些纠结于《诗序》问题的宋代思想家。当他们在11世纪开始衡估《诗序》对诗篇的理解有何价值(如果有的话)时,对《诗之序议》既未征引亦未仿效。[68]相反,他们采用了唐代另一部非传统的《诗经》学著作。

我们只能将《毛诗指说》的诞生年代推至唐代,更精准的时间无从知晓。在唐代的任何史料中,笔者都未能找到它的作者成伯玙的任何信息。而在《毛诗指说》的内容中,也并未发现任何可以证明其年代的证据。在内容和方法上,它似乎更接近中晚唐的怀疑主义之作,如啖助、赵匡的《春秋》注以及《诗之序议》。由朱彝尊的排序可知,该著诞生于唐代晚期[69],但据笔者看来,该著内容并无任何证据可以排除更早或更晚的可能性。

今日所见《毛诗指说》共有四卷。[70]首卷《兴述》关注诗的起源,所据史料多为《史记》《汉书》以及《礼记·王制篇》。依该著所述,诗篇由负责此任务的专门官员采集,其后呈于周王,周王据以判断政令在民间的成败得失。此后这些诗篇由孔子编定。朱熹对这一叙述进行了颇有影响的改编,承认某些诗篇出于非礼之思,但成伯玙并未迈出这一步。由于诗篇源自民间,所以最初必定不会"尽善",但孔子的编定却保证了《诗经》中的每一篇诗实际上都具有典范意义上的规范性。[71]

第三、四卷的标题分别为"传受"和"文体"。《传受》通过列举各家谱系,呈现了《诗经》学源流。《文体》则举例讨论了《诗经》句法之长短,篇章之多寡,以及用字用韵之独特。

第二卷《解说》包含了14篇短文,讨论了与《诗经》相关的诸多传统问题——《国风》的次序、"四始"等。第9篇讨论《诗序》,成伯玙认为,全部《诗序》不可能出自子夏之手。相反,他认为子夏撰写了《大序》(即整个《关雎》序)以及各小序的首句。[72] 大毛公以《诗经》本身为基础补入了各小序后面的内容(即笔者所称"下序"),但由于汉代六篇"笙诗"的文本缺失,所以大毛公在其下无法对子夏的评论进行补充,它们的小序大多只有一句。而且,《丝衣》(《毛诗》第292篇)"下序"中的"高子"是战国人,生活年代晚于子夏,这就进一步证明"下序"的作者不是子夏而是大毛公。[73]

正如《诗之序议》一样,成伯玙对《诗序》的质疑产生了何种解释后果,目前尚不清楚。如果这四卷通论之后还有一个最初的完整注解,那么我们或许可以对它稍加引用,可惜并无任何内容留传下来。在第二卷的14篇短文之中,第11对《关雎》进行了简要讨论,它实质上就是《正义》中《关雎》解读的一次预现。将《诗序》分为权威级别不同的两个层次的观点,尽管并未对成伯玙的《诗经》解读产生充分影响,但它在北宋时期对既有解经传统的批判中将发挥一种决定性作用。

第六章 传统的要求

夫世无师矣,学者当师经。

——欧阳修《答祖择之书》

宋代是经学史上重要的转折时代,它的地位在很多方面都类似于宗教改革中《圣经》的阅读革命与权威革命。宋代对传统的修正,一方面是对传统和体制化的解释权威进行批判和弱化,另一方面则是对经典研究的深入与更新。宋代经学复兴的这两方面都与读经方法的转变紧密相关,这种读经方法最终形成了一种新的一般诠释学,它借鉴并总结了传统《诗经》诠释学的关键主题,并对中国迄今为止的文本阅读产生了持久影响。接下来的三章内容,既探讨宋代对传统通行注解的批判历程,也追溯与之紧密相关的新的一般诠释学的兴起与发展。

在宋代新诠释学的形成过程中,欧阳修(1007—1072)是一位关键的人物,他是一位大诗人、史学家、政治家兼学者。这位综合性的人物对北宋的政学两界都产生了重要影响。[1]尽管他对"朋党"的肯定使自己饱受后来绝对主义者的非议,但他获得了年轻学人的支持,同时他也参与了范仲淹(989—1052)的改革,这些都使其成为11世纪儒家的一位杰出人物。他在诗词与散文创作方面的革新,使他成为北宋文学史上最重要的人物之一。[2]作为两部正史的作者与修纂者[3],欧阳修还积极投身于金石、谱牒以及经学的开拓性研究之中。[4]

欧阳修对《周易》《春秋》等多部经典都曾研习，并撰写了相关著作。[5]但使他在宋代经学史上享有盛名的，却是他的《诗经》学著作。赞誉者称其开启了11、12世纪对《诗经》理解的转向，保守学者如皮锡瑞则对之大加挞伐。以怀疑态度来审视汉代传统注解，倡导一种直接、无中介的经典理解，在这一过程中，欧阳修确实是最早的一批人之一。而且，他对许多诗篇——尤其是对那些被朱熹斥为"淫诗"的情爱诗篇——的理解堪称简洁明快，阻断并消除了中古传统中那些糟糕的辩护论冗余。

然而，不论是保守主义者批评欧阳修摧毁了原始正统，还是近现代学者将其吹捧为超越传统的那种经验论传奇英雄，大部分的论述都夸大了欧阳修思想中的怀疑精神，也低估了他的保守态度。欧阳修并不是一个反传统主义者——他对自己所批判的那些传统注疏的价值与权威，并不想要破坏，而是要试图改进与保持。实际上，他对诠释学历史进行思索的部分兴趣，恰恰在于他对传统问题的关心和重视，他既没有教条地肯定《正义》的权威，也没有像后来许多学者那样断然否定它。就像欧洲宗教改革中的伊拉斯谟（Erasmus），欧阳修是中古时期的最后一人，也是近代的第一人。他的重要性为后人所忽视。

宋初的经学

宋代经学的变革是一个复杂的现象，没有任何一个特征可以统摄它的所有元素，和它紧密相关的"新儒学"崛起在这一点上也非常类似。[6]笔者已经分析了对传统的批判与对经典的新解二者的区别。但这种新型而深入的经典研究绝非只有一种单一形态。我们或许可以区分出三种主要倾向。[7]最早出现的是一种"制度性"（institutional）的进路。宋学兴复的早期代表孙复（992—1057）、胡瑗（993—1059）等人颇具影响力，他们的进路试图在经典中发现国家和社会制度改革的蓝图。[8]最著名的实践者就是王安石（1021—1086），他借《周礼》来为自己宏伟且具争议的改革进行论证。[9]这种变化最初出现于11世纪初,随后经过一代人左右的时间,出现了可以被称为"形而上学"(metaphysical)经学进路的第一批著作。邵雍(1011—1077)和周敦颐(1017—1073)等开创性的人物对其进行阐释,这种进路试图在经典中发现道德宇宙论的轮廓。[10]

在"制度性"进路和"形而上学"进路下产生的解读,虽然具有启发性与独创性(有些人认为太过新巧),但多未产生任何精良的诠释学学说。[11] 在经典复兴的第三种情况中,情形就非常不同。实际上,正是在程颢(1032—1085)、程颐(1033—1107)二兄弟及张载(1020—1077)、朱熹等新儒学大师所提倡的那种"个体修证"(personal-devotional)进路中,一般诠释学才在中国历史上第一次得以形成。它不仅关注某部经典中的特定问题,而且还关注对所有经典(实际上是对所有文本)都行之有效的方法。正是在这个意义上,我们可以说,诠释学真正在中国成为了一种自觉的、理论化的反思对象。

与西方的宗教改革一样,在中国,一种诠释学理论的兴起,需要彻底推翻和超越那种多余甚至有误导性的传统。但是宋代经学的两种面向——一面是对既有解经传统展开批判,另一面是以新的一般诠释学对经典进行深入研究——的关系颇为复杂,因为这两种精神诉求之间存在一种辩证关系,彼此都会加深和促进对方。这种有关经典的新的一般诠释学,催生了正统的解经传统所无法达到的理解,而且在这样的情况下又推动了对传统的批判。同时,这种对传统的批判具有自身的逻辑,并且有助于创造一个空间,在这个空间里,不仅与"个体修证"进路相关的新诠释学得以蓬勃发展,而且那些"制度性"和"形而上学"的经学进路也都走向了繁荣。

在经典研习者那里,上述的两种导向并不可以等量齐观。我们在下一章中会看到,程颐等人就对传统的评估与批判不甚感兴趣,尽管他所阐述的新的一般诠释学依赖于并预设了这样的批判。同样地,有些学者虽然也在使用新的理解方式,但他们并不关心诠释方法的说明,而是关心传统及其问题——欧阳修就是这些学者的一个代表。如果我们非要在这两种导向之间有所选择，将历史性的（可能也是结构性的）优先权赋予其中一个，那么我们必然会选择对传统的批判。

宋初的批判之学

我们在上一章中看到，公元8世纪末9世纪初，已经出现了一些与官方正统《正义》之学不尽相合的著述。及至10、11世纪，这种异端之学由涓涓细流逐渐汇成了滔滔洪水。正如保守学者兼诗人陆游（1125—1210）所怨诉的那样，不仅既有的解经传统遭到质疑与批判，而且就连经典本身也在所难免。

> 唐及国初学者不敢议孔安国、郑康成，况圣人乎？自庆历后，诸儒发明经旨，非前人所及，然排《系辞》，毁《周礼》，疑《孟子》，讥《书》之《胤征》、《顾命》，黜《诗》之《序》，不难于议经，况传注乎？[12]

尽管在方法的谨严度和训诂的复杂性上，宋代的批判之学可能要逊色于清代考证学，但其成就绝不可忽视。传统认为，《诗序》与《系辞传》等汉代文献都是传自孔子及其弟子，但宋代经学家对此提出了批判。此外，他们深入叙述了注疏传统的形成过程，探索了三家《诗》等新材料，并撰写了一批史学、地理学和音韵学著作。[13]

宋代经学中的这种新的独立精神，来源于许多方面。有些是传统所固有的。出现于宋代的读经新方法催生了新的理解，使既有的传统解释显得左支右绌。我们在下文还会看到，这种对解经传统的批判往往是自我足备的，它对既有传统的每一方面的攻毁，不仅削弱了整个传统的权威，而且使得其他方面愈加变得不堪一击。如果我们的眼光不局限于经学传统，那么就会发现，一种经验主义的精神似乎不仅影响了经学，而且也影响了宋代的诗词、绘画与艺术。当然，儒家官绅地位的变化也在其中发挥作用，尽管这种作用是细微和间接的。[14]

经学领域之外有一个重要的发展，那就是雕版印刷术在9至10世纪的中国得到了普遍应用。9世纪的大部分印刷品都是佛教经籍，它们是现存最早的印刷物，可追溯至8世纪。10世纪中叶，儒家经典多次刊刻并颁行于世。[15] 这种价格低廉、获取方便的雕版经典大量涌现，它们对于经学及科举文化的影响尚需详细探究，但正如《圣经》在西方的印行一样，这种发展似乎会颠覆解经传统及其相关等级制度的权威，而且使那种个人对经典的"修证"成为可能，这是宋代经学的理想与标志之一。[16]

尽管有这些发展，但在中晚唐开始出现的那种反传统精神，在宋初的数十年间并不明显。与唐朝皇帝一样，宋朝的皇帝也试图在经义问题上树立和推动一种正统的权威[17]，而宋初的官方经学则由《正义》之学以及无用而专制的传统主义所主导。[18] 这种守护国家正统制度的精神，在宋初士大夫王旦（957—1017）的如下评论中得到了具体展现："舍注疏而立异，不可辄许。恐士子从今放荡，无所准的。"[19]

王旦的责难说明他关注的不仅是潜在的异端邪说，而且还包含既有传统权威所面临的明显危机。事实上，到11世纪中叶，孙复、胡瑗等名儒都表达了具有批判性的非正统观点。[20] 在1043至1044年短暂的政治改革期间，范仲淹将孙、胡二位学者请至京师，教授太学[21]，而这些改革发生于庆历年间（1041—1048），因而传统认为庆历时期标志着宋学的正式开端。[22] 另外，传统通常将刘敞（1019—1068）的《七经小传》视为宋代反传统学术的早期著作之一。刘敞是11世纪20年代的代表人物，下一章将对这代人进行讨论。需要注意的是，刘氏著作的形式既不是《正义》之学的注疏，也不是汉代的那种经注。相反，它是对经典文本本身的直接评论。宋儒坚信研习者具有直接面对和理解经典的能力，而《七经小传》的形式恰切地说明了这一特征。[23]

我们在前一章讨论了成伯玙的见解，但宋初的《诗经》学领域似乎对它未有充分利用。诗人梅尧臣（1002—1060）是欧阳修的学侣，他应当撰写过一部完整的《诗经》注。鉴于梅氏思想活跃而意向趋新，我们可以认为他开启了对《诗经》的新理解。然而，这部著作并未流传下来，而且后来的著作对它也未有征引，这表明它的影响范围比较有限。[24] 在五代（907—960）宋初，丘光庭讨论了《毛诗传》与《诗序》间的不一致，虽然后来宋代的反传统主义者有类似做法，但丘氏的观点较为保守，旨在证明《诗序》的产生时间早于《毛诗传》。[25]

11世纪初，《诗经》学著作中的相对保守主义也许最鲜明地反映于《彤管懿范》这部书。这是一部后妃事迹的汇编，于1019年呈于朝廷。该著名称中的"彤管"取自《静女》（《毛诗》第42篇）。在《诗序》和《正义》所发展出的中古《诗经》学中，"彤管"指代毛笔，用于记录帝王后妃的德行与过失。但在大约四十年后，欧阳修提出了一种解释，认为它是爱情的一种信物（见下文）。正如程元敏所说，即使欧阳修后来的这种解读在当时已经流行，这种暗示也绝不会出现在有关后妃的著作名称之中。[26] 因此，欧阳修所提出的解读，就构成了《诗经》理解中的一场革命。

《诗本义》

一部经注的结构由其编撰者（或编撰者们）的诠释学态度所塑造，同时也透露出他（或他们）的诠释学态度，这一点在既有传统的权威性问题上尤其如此。在前一章中已经有所讨论的唐代《毛诗正义》，是疏体形式的一种良好范例，这种疏体形式作为经传的一种注（或可以看作经传之注的注，这取决于如何看待《郑笺》《诗序》与《毛诗传》的关系），反映出既有解经传统的权威和准经典地位。同样地，朱熹《诗集传》等"直接"的经注也暗含了一种诠释学，它认为传统注疏并不必要，甚至妨碍了对经典的理解。

还有第三种类型的注释，这种注释出现的时间相对较晚，但在宋代经学的重大转向中非常重要。我们可以称之为"本源主义"（foundationalist）注释。对于本源主义学者来说，经典传承与注释的历史就是书厄、误读与"熵衰"（entropic decay）的历史，经典（通常归于孔子所作）的原初理解在这一过程中逐步淆乱与丧失。本源主义学者无法像《正义》修纂者那样，相信既有传统反映了对经典的真实理解，也不愿意像反传统主义者那样，摒弃这种有缺陷的传统而试图直接理解经典。他们反而尝试去发现，传统所累积的诸多层次中有一种真实而未经破坏的层次，而理解就应当建立于这一层次上。

因此，宋代学者通过既有注疏传统而逐层回溯，以寻找经典理解的可靠依据。在《诗经》研究上，他们对于注疏传统的批判始于宋初所确立的正统——唐代《毛诗正义》，然后对汉代"毛郑"经注（即《毛诗传》与《郑笺》）进行批判性考察。在接下来的几代人中，许多学者对《毛诗》传统的基础——《诗序》本身进行严格审视，并最终将它摒弃。本源主义者的精神诉求，在王柏（1197—1274）的著作中获得了这一逻辑的结果，王氏对《诗经》本身进行了批判和删减。[27]

因此，宋代对正统注疏传统的上述看法，最终导致了对该传统最原始层次的批判，也导致了朱熹（以及其他学者）对经典的一系列直接解释。这些解释适时地成为了新型正统观念的基础，并依次被阐述和注释。[28] 清代出现了对这种新型正统观念的反动，本源主义的批判再次出现，只是这一次在顺序上始于明清新儒学，进而回到宋代新儒学自身，在那里重拾了宋初学术的路径，对《正义》、郑玄以及许多汉代学者依次展开了批判。[29]

宋代由注疏传统而展开的回溯，是以下两章的主题之一，笔者此处不拟深论。但由于清代的本源主义学术能与欧阳修的诠释学形成一种有启发性的对比，所以需要对它稍做探讨。清代的本源主义与欧阳修等宋代的本源主义相比，至少有一个重要差异，而这种差异可能是欧阳修思想中最具特色和重要性的一点。传统中的哪一层次是未经破坏的最后一个层次，清代本源主义学者对这个问题的估计可能有所不同，但他们做出选择后，会最大限度地捍卫该层次的权威。陈奂（1786—1863）、陈乔枞（1809—1869）尽管在《诗经》学上分别选择了《诗序》《毛诗传》和三家《诗》，但他们在建构学术大厦时都并未质疑该基础的同一性。事实上，激进的宗派主义虔诚——"家法"与"师法"——成为了清代经学的最显著特征之一。[30]

另一方面，汉代经学家大致是欧阳修经注的中心，欧阳修与他们的关系更为复杂，这种复杂性体现在《诗本义》的结构中。[31] 在对《诗经》的整部注释中，欧阳修只论述了144篇，而对于其余的167篇诗，欧阳修接受了汉代的既有解释，因为它们体现在欧阳修时代的正统观念中——《诗序》《毛诗传》与《郑笺》（欧阳修将后二者合称为"毛郑"）。对于所讨论的144篇诗序及"毛郑"解释的权威性，欧阳修既没有全盘抛弃，也没有断然肯定。相反，欧阳修讨论了它们的优长，对于传统的解释既有肯定与支持，也有批判和摒弃。欧阳修在批判传统之时，有时会拒斥《诗序》及其衍生的解释，但有时也会批评"毛郑"的解释未能公允地对待《诗序》。他对汉代经学家的研究并不具备郑樵的那种驳斥精神[32]，但他也不认为汉代经学家可以为本源主义者的重新理解提供无可辩驳的基础。更确切地说，欧阳修试图从一种资源（或者说一系列资源更为恰当）中找寻有关诗篇含义的洞见，这种资源在他眼中既存在严重缺陷，同时又具有无可替代的权威性。

"意"与"义"的对比

在11、12世纪一些经学家的著作中，出现了两个同音异义字——"意"与"义"——的系统对比，这在中国后来的诠释学上发挥了重要作用。[33] 这种对比可能在欧阳修的著作中首次得到大量运用，并由11世纪的其他思想家如程颐、程颢和张载等人继承和发展，成为了他们所构想的新的一般诠释学的核心之一。"意""义"二字由来已久，而且它们之间的对比并不仅限于对《诗经》的讨论。尽管如此，这种对比与有关《诗经》《诗序》和中古时期传统观点的一些争论密切相关，中古的传统观点认为，所有诗篇都包含了作者典范意义上的规范性态度。及至12世纪，这种观点在郑樵、朱熹的著作中遭到了颠覆与质疑，"意""义"的对比虽然失去了吸引力，但它们仍是诠释学中的基本词汇。

意。宋代初期，中古《诗经》诠释学的关键词——"志"，被一个新术语所取代，二者有许多共同之处，但也有很多重要的差异。在很多情况下，"意"与"志"的内涵大致相同。例如，《墨子》中的"天意"似乎在随着"天志"而自由变化，而且在传统文献中，"意""志"二字通常可以互换。[34] 在早期的这种语境中，"意"与"志"一样，都指向某些行为或行动背后的动机。有关"志"，那种行为或行动可以指一种言说——如一首诗篇。在这种情况下，"意"（与"志"一样）的作用有似于现代西方语言中的"meaning"（意涵）——它是一种特定言论"背后"的东西。同时，"意"是一个比"志"更为有限的概念——我们会想起"志"指的是一个人的整体取向或性情，是一种作为人格持续特征的"志向"或"事业"；而"意"则特指某种行为或言语，它（可能）足以表现其自身。

此外还存在其他一些差异。战国晚期，"意"成为了墨家的一种辩证语汇。在这些语境中，它的意思不是"意图"或"目标"，而是接近于"精神意象"（mental image）。[35] 它是墨家技术性结构的一部分，借以赋予文字一种稳固而确定的使用标准。[36] 公元3世纪，在王弼颇有影响的《周易》诠释学中，"意"作为"精神意象"或"观念"得到了复兴。王弼认为"言"足以表"意"，此点也许并非巧合。[37]

但在晚周和汉初有关"言意之辨"的大部分讨论中，"意图"（intention）这一含义仍然是最为重要的。这些讨论的总体趋势是，认为语言不足以表达其生动的意图（也许与墨辩者相反）。

  言不尽意。[38]
    筌者所以在鱼，得鱼而忘筌；蹄者所以在兔，得兔而忘蹄；
  言者所以在意，得意而忘言。吾安得夫忘言之人而与之言哉！[39]

也许正是由于这样的讨论，在中古的大部分时间里，"意"一般都是表达"意涵"的首选词汇。但是语言的问题在中古时期只是被约略提及，除了在《诗经》讨论中的零星运用外,"意"主要作为《周易》诠释学中的特殊用语。然而在宋代初期,"意"在新的一般诠释学以及《诗经》诠释学中都成为了核心语汇,取代了旧的重要术语"志"。在这种用法的传统中,后期墨家与王弼那种"精神意象"的认识发挥了很少的作用,甚至可以说几乎没有发挥作用。相反,这一术语主要局限于"意图"的含义上。

> 善则美,恶则刺,所谓诗人之意者,本也。
> 其所以云之意,以兴夫人来居其位,当思周室创业积累之艰难,宜辅佐君子,共守而不失也。
> 《关雎》、《麟趾》作非一人,作《麟趾》者,了无及《关雎》之意。[40]

因此,不论是在相对狭义上作为特定言辞或话语背后的那种目的,还是较宽泛地作为一部经典的编撰意图,"意"都是一位作者或言说者的意图。与"志"一样,"意"是诗篇的核心,是一种促成语言的"前语言"(prelinguistic)状态或行为。而意图的阐释清晰度则受到语言表现的限制,尤其受到"义"的限制。

义。《诗本义》中的"义""意"二字呈现出一种复杂的统一性与差异性。在11世纪,二者可能是同音异义字,在复合词"文意"和"文义"中,二者变化无常,在意思上并没有明显差异。[41] 然而,当它们脱离"文"字而单独使用时,尤其是在直接对比的语境中,"意"与"义"的意思就有了不同的侧重。

"义"是一个复杂的术语。在欧阳修以及我们所讨论的其他学者的著作中,"义"最常指的是一种儒家的古典美德,在英文中通常被译为"morality"(道德)或"oughtness"(应当)。这种意思与前文提到的另一种说法有关,即唐代《正义》之学与"义疏"学中的"议"或"疏"。[42] 在诠释学语境中,"义"的意思与"意涵"相近。而作为文本的一个属性,"义"是文本的一种"教导"(或者是文本的"寓意",不必暗含故事的观念)。我们在其中可以发现或指出道德性,特别当道德性是在经义解说过程中得到发展或展开的时候。"义"可能最接近于那种对人格和道德行为影响最大的文本元素或理解。

此外,在一些特定的文脉中,如果不考虑语境或作者的意图,"义"指的是词语本身所具有的含义。虽然这种意思的"义"与作为文本意义的那种"义",分析来看是不同的,但笔者相信,它们是同一概念的两个方面,因此,笔者在这两种语境中都将"义"译为"significance",尽管会稍微有些误导。

至少在11世纪,文本的"义"可以与文本的"隐含意"(intended meaning)相对照。文本的"隐含意"由作者的意图所决定,因而是单一而明确的,但是一段话、一篇文甚至是一种意象,可能具有不止一种"义"。例如,欧阳修就区分出,一种"义"是最初的诗作者之"义",而另一种"义"是乐师(大师)在对《诗经》整体进行编排时所"建立"之"义"。[43] 对于欧阳修而言,诠释学包括在特定的语境下对一个文本或意象的可能之"义"的发现。一面是单一、原初的意图,另一面是可能较为复杂的、有误导性的意义,这种对比反过来又涉及另一种对比,那就是一方是对经典严肃而坚定的追求,旨在重获并再现作者之意,而另一方则是冗长而推论性的学术,侧重于对文本之义的详细解说。

欧阳修的《诗经》解读

在欧阳修对《诗经》的解读中,"意"与"义"的对比起到了至关重要的作用。一方面,"意"阐明并限制了诗篇的意义,恢复了诗篇作为言语行为的功能,而不是作为复杂的世界"地图",在那种地图中一个词、一个意象可能具有丰富的"义"。另一方面,这些诗篇作为一个整体统一起来了——尽管有表面内容("义"),但可以说所有的诗篇都具有一致的意图,至少是同一类的意图。在这方面,"意"否定了欧阳修自己所提出的那些有干扰性的可能。

"意"作为确定含义的方式——《鹊巢》。欧阳修对《诗经》的解读与

《正义》形成了鲜明对比。首先非常重要的一点是，相对于孔颖达及其综会的传统而言，欧阳修的解读更为简明、自然与平实。比如，欧阳修对《鹊巢》(《毛诗》第12篇)的注解。

> 维鹊有巢，维鸠居之。之子于归，百两御之。
> 维鹊有巢，维鸠方之。之子于归，百两将之。
> 维鹊有巢，维鸠盈之。之子于归，百两成之。[44]

这里的原诗是一首祝婚诗。作为"兴"意象的"鹊"和"鸠"，其意义尚不确定，但《毛诗传》说，"鸠"不自筑巢而是占据其他鸟类的巢，这无疑是有意义的。亚瑟·韦利认为"鸠"即杜鹃，这种鸟有一种众所周知的习惯，那就是将雏鸟留在其他鸟类的巢中生长。[45] 不论"鸠"是哪种鸟，较为明显的是，它与一位入住夫家的新娘非常类似。

在《诗序》和郑玄的解释中，这位新娘与某位王侯的夫人有关，也许就是周文王的夫人太姒。[46] 这些解释扩展了《毛诗传》的解释，它们认为"鸠"和王侯夫人的道德品质是相称的——"《鹊巢》，夫人之德"(《诗序》)，而且"居君子之室，德亦然"(郑玄)[47]。在这种解读下，这首诗以一种更加详细的方式映射了世界，而对诗篇的研究则需要指出并观察那些相似性，以及这些相似性所暗含的道德教导。

较之中古时期的注解而言，欧阳修对这首诗的解读更为简单，更为"少阐释"(less interpreted)。欧阳修同意《正义》的看法，即认同"鸠"代指即将出嫁的年轻女子太姒，但他认为"鸠"只是太姒的一个特征，而并不一定象征她的其他方面(如美德)。欧阳修在"意""义"的对比上提出了此点。在中古时期的理解中，鸠的形象有欧阳修所说的"二义"——既代表将嫁的新娘，又代表女性的美德。但对欧阳修来说，它只代表前者。

> 古之诗人，取物比兴，但取其一义，以喻意尔。此《鹊巢》

之义，诗人但取鹊之营巢用功多，以比周室积行累功以成王业。鸠居鹊之成巢，以比夫人起家来居已成之周室尔。其所以云之意，以兴夫人来居其位，当思周室创业积累之艰难，宜辅佐君子共守而不失也。[48]

在欧阳修的理解中，这首诗的意象并不像传统解释的那样重要。我们可以认为，欧阳修所理解的此诗之"义"，少于《正义》或郑玄注，至少在鸠的意象上如此。但欧阳修的解读并不仅仅是"少阐释"。他还坚持认为，此诗的道德意义不在后妃太姒美德的象征——"鸠"上，而是在整首诗背后的诗人之志。在以前的理解中，《鹊巢》与太姒的品格有关，因为"鸠"象征着太姒的品格。但在欧阳修看来，这首诗的道德意味在于诗中的行为以及作者的志向——作诗者告诫太姒要成为夫家的贤内助。此诗道德意味的来源是使其鲜活的那种意图，阅读此诗就是一种力量或意图的参与，而不是将此诗投射于历史，进行迂腐而确切的逐一对应。

"意"作为限定含义的方式——"淫诗"。在《诗经》阐释史上，欧阳修最为人所知的，可能是他对12世纪所谓"淫诗"的重新阐释。[49]在此前的中古观点中，所有的诗篇都由道德至善之人所作，它们表达和蕴藏了对周朝政治史和道德史的具有典范意义的道德态度或反应。11世纪时，对《诗经》的讨论开始出现一种看法，这种看法已经被积极有效地否定了一千年——某些诗所表达的情感和态度，可能不仅有违于正统、缺失规范性，而且实际上会对儒家的社会与道德观念基础产生危害。[50]这些后来被称为"淫诗"的诗篇涉及情爱与浪漫，并不一定局限于儒家所坚守的那种重要的婚姻界限之内。对于现代读者而言，这些诗能唤起一个充满热恋、幽会与节日的清新田园世界，但对儒家学者来说，社会的自然和谐首先建基于家庭内部的规则与维持，而这些诗篇似乎展示并促进着社会秩序的瓦解。

欧阳修承认这些诗为情诗，他是唐以后支持这种看法的第一人，也可能是汉以后的第一人。以《静女》(《毛诗》第42篇)为例：

> 静女其姝，俟我于城隅。爱而不见，搔首踟蹰。
> 静女其娈，贻我彤管。彤管有炜，说怿女美。
> 自牧归荑，洵美且异。匪女之为美，美人之贻。[51]

从郑玄与《正义》发展而来的中古解释，源于《毛诗传》和《诗序》。《诗序》指出，此诗针对与其夫人"有淫行"的卫宣公（前717—前699年在位）而发。[52] 依照这种理解，此诗描绘的是一位美丽贤惠的年轻女子，同时她也是一位合适的伴侣，此外还描写了对卫宣公的含蓄指责。首章中的"城隅"象征年轻女子贞固的美德（因为城墙很高），次章中的"彤管"是一种毛笔，周代宫廷中的"女史"借以记录后宫的规则与活动。通过这样斥责卫宣公及其配偶，诗人对他们的行为表现出了恰当的情感反应，而记录这种反应的诗篇则可以作为道德教化的工具。

欧阳修认为中古的阐释比较"迂"，因而摒弃了大部分。对于欧阳修而言，此诗讲的是一对恋人的幽会。次章中的"彤管"是爱情的象征，而"城隅"则是幽会的地点。尽管他可以采取下文将要讨论的一种巧妙解释，避免挑战传统的核心前提（诗具有典范意义上的道德态度），但是他从根本上改变了此诗的理解方式，提出了一种令人耳目一新的简明理解。正是这种重新解释，使得欧阳修在《诗经》阐释史上声名卓著。

尽管欧阳修的一些解读常常与当时通行的解释相左，但不宜夸大它们的反传统特征。我们常说，对于那种所有诗篇都具有典型规范性态度的中古观点而言，欧阳修是宋代第一位提出异议的学者，他将某些诗称为"淫辞"。[53] 事实上在一个多世纪后，人们普遍认为《静女》一诗就是"淫奔期会之诗"[54]。这种对诗篇的革命性理解之所以备受瞩目（因朱熹而广为人知，影响深远），是因为它代表了一种理解的转向，而大多数近现代阐释者对此青睐有加。可是，尽管欧阳修的理解在古典的汉学式解读和朱熹的宋学式解读之间，提供了一个至关重要的桥梁，但据笔者所观察，欧阳修在《诗本义》中从未使用"淫诗"一词。相反，他明确坚守传统的观点，即《诗经》中任何一篇诗都不可能是"淫人""弃人"所作，它们的价值也不可能仅止于反面意义。

与朱熹一样，欧阳修将《静女》视为情爱之诗，对诗中的言说者表示理解，为他与诗中"静女"的不当关系而感到欣喜。只不过朱熹认为此诗代表了作者的（失德）态度，而欧阳修却对言说者的"失德"和作诗者的善意做了区分。欧阳修认为，作诗者试图讽刺卫宣公，方法则是阐明其行为如何荼毒人民。因此，尽管作诗者采用了（我们应该说）一个道德上"弃人"的口吻，但他这样做的意图——对公侯进行"刺"与"谏"，却是传统所认为正确的。[55]因而，即使此诗被赋予了一种新的解读，而这种解读从现代读者的品味来说也更加自然与合理，但在欧阳修的解释中，传统的假定——所有诗篇都具有良善的道德态度——依然被保留了。从这种解读到朱熹，虽说仅是一步之遥，但朱熹摒弃了对诗篇规范性特征的预设，而欧阳修的经学却没有迈出这一小步。[56]

倘若以目的论来认识欧阳修的学术，我们未免会认为他是《诗经》现代解读的先行者，但即使如此，他也仅仅是一位先行者。谁也不能否认，欧阳修在某些诗属于"淫诗"的明确观点面前，似乎有所退却。然而，欧阳修的解读却不像朱熹那样严苛，因为对于朱熹而言，《静女》并非我们时常看到的那种清露般的纯洁，而是代表了卫国的道德沦丧。孔子之所以将这首诗作为反面警示收于《诗经》之中，是为了让后人铭记，而不是去欣赏。[57]过了一代人之后，朱熹的"弟子"王柏在自行改版的《诗经》中删去了这些"淫诗"，将上述那种看法推向了逻辑的极致。[58]然而，欧阳修的解读尽管主张要谨慎对待《静女》之乐——成为那个满怀希望的情人，但它毕竟在一定程度上承认了这种欢乐。[59]

欧阳修的传统"神话"

以上所讨论的诸多解释隐含了一种特殊的诠释学观点，也隐含了一些可指明的先见、定位乃至规则。其中一些先见、定位与规则在欧阳修的各种文章与"附注"中有明确陈述,我们下文会有讨论。但是,解释也可以采取其他的间接方式。其中最重要的一种是,通过讲述诗篇的来源、创作、采集与传播,来展现诗篇的"神话"——我们在《诗序》和《正义》中已经看到了这种方式。在欧阳修的著作中,有关这方面最有趣、最重要的内容,或许是《诗本义》卷十四的一篇短文——《本末论》。[60]

在这篇短文中,一位提问者对有关《诗经》编排的著名难题抱有疑问,欧阳修建议他致力于研究传统中的基本元素(本),对一些外围特征(末)应当予以忽视,或至少不必迫切重视。"本—末"二分法是儒家话语中最受人们喜爱的组织性比喻,以之作为手段可以掌握和分层次地处理复杂现象,例如解经传统等。"本"的字面意思是树根或树干,"末"则是枝丫。根与干被认为是基本的和必需的,而枝丫则是外围的、边缘的和微不足道的。根也是枝丫生长的本源,它控制枝丫,同时在某种意义上隐含或包含枝丫。但是这种关系并不是对等的,虽然"末"本身并非坏事,但如果研习者以牺牲"本"为代价而致力于"末",将会陷于一种无止境的追逐与迷失,终究一无所得。一个人如果牢牢抓住树干,自无忧患,但如果舍本逐末,则势必会沉沦。

在欧阳修的框架中,第一个基本元素是作者之"意"。在传统的诗学和语言学理论中,"意""志"与核心的观念密切相关(它们本身就是这一传统的核心)——诗(或者说实际上任何言语行为)都是在"意"或"志"的基础上并从中产生的。"意"是诗的基础和"本",而诗本身在这一表述中是"末"。"意"提供了诗的结构"核心",限制和界定了由语言和历史的隐晦而引起的多重意义。如果将诗与整个传统联系起来考虑,那么诗就会变成"本",而传统本身可以被概念化为"本—末"二分,在这种二分法中,大量相互竞争的解释和学派从单一的权威来源中分离出来。

最后,"意"之所以是"本",因为只有其动机获得理解时,诗才会成为世界上重要的表达语言,而"意"是将诗进行道德转化的"本"。欧阳修坚信,诗是言语的行为表达,而不是像世界"地图"那样琐碎、僵化,因此这就实际上回到了诗的诠释学源头，正如它在晚周和汉代时期发展的那样。在下一代学人如二程等人的思想中，这种"存在主义"的文本理解将成为一种新的一般诠释学的核心。

据欧阳修所说，这一传统的下一个元素——乐师之"职"，给道德参与带来了危机，这种道德参与源于对诗的基本、原始意图的探求。一般认为，乐师是周朝的官员，负责诗的采集、保存以及其他职责。欧阳修将其职责定义为"正其名，别其类，或系于彼，或系于此"[61]。如所周知，《诗经》分为《风》《雅》《颂》三部分，此下还有细分，这种具体编排的散漫与怪异，耗费了人们的大量精力，而这些问题正是《本末论》开篇所提出的。欧阳修认为，研习者会专注于乐师对《诗经》的编排，而忽略了那种源自作诗者意图的诗之"本义"，此即危机所在。有关《诗经》编排的问题不一定误导读者，也不一定没有意义，但它们不是核心或根本的问题。这些问题不会让人们从道德进路来进入诗篇，而只是以一种迂腐的复古方式去沉迷于诗篇。一言以蔽之，它们就是"末"。

欧阳修在谈到乐师之职时，用的是上述对比中的第二个术语——"义"。例如，欧阳修在讨论《麟之趾》(《毛诗》第11篇)时说："序之所述，乃非诗人作诗之本意，是太师编诗假设之义也。"[62]

因此我们看到，欧阳修在这里用了另一种"意"与"义"的对比来讨论语言和意义的问题。在欧阳修看来，一个语词或意象的选择，以及一篇诗文的创作，都是由一种意图所激发的，而这种意图决定了该语词、意象或诗文的"真实意涵"。但不论是由于语言所固有的歧义性（如上文所讨论的《鹊巢》），还是由于乐师在《诗经》编排过程中对某诗"建立"的其他"义"，语词、意象和诗文都可以包含多种"义"。这种编排之"义"当然是诗"义"之一，但它并不是作者最初想要表达之"义"。它也不是欧阳修的著作标题所示的那种"本义"。

总体而言，欧阳修将经学史视为一个衰落和凋零的过程，在这一过程中，诗的"原义"和"单义"逐渐走向消失与淆乱。然而，《本末论》的第三个要素代表了这种趋势的逆转。"圣人之志"正是要"正其《雅》、《颂》，删其烦重，列于六经，著其善恶，以为劝戒"[63]。

当然，上述文字指涉了孔子对《诗经》的编订，孔子的编订工作在欧阳修的框架中属于传统的第二个基本要素。根据欧阳修的叙述，孔子的成就是将《诗经》经典化——编选采纳那些具有典范意义的规范性的诗，进而将这些文本提升至经典的地位，彰显它们的意图，从而为后来的读者提供达成理解的诠释学要义。尽管人们仅仅通过阅读这些诗，就可能理解它们所属的"类型"——判断其为褒为贬，但在大多数情况下还是无法看到这些诗所回应的具体历史背景。[64] 欧阳修说，孔子能够做到这一点。孔子在考察诗中的"美刺"之后，能够"著其善恶"——也就是说，他能够识别诗的历史背景中的善人善行与恶人恶行。[65] 孔子以一种普通、明确、非诗性的语言表达了诗人的意图，因而能够辨别诗的正确"本义"。

孔子的解释——以道德的语言强调诗的历史背景——是一种解经表达，它建立在对原文的解读之上，而且最终可根据原文进行简化与修正。孔子只是将诗中原有之意表而出之（"著"）。正如欧阳修在《本末论》结尾时所说："知诗人之意，则得圣人之志矣。"[66] 从这个意义上说，孔子的编订工作也是一种衍生物，但因为它们完成于孔子之手——他在了解诗作者的意图方面，既极具洞察力，又能贴近历史——所以它们被明确地归属于传统的基础性和本源性要素，并被认为是一种不可或缺的研究重点。尽管孔子所在的历史时期比诗篇本身和乐师都要晚，但他的解释却可以引导读者跨越重重障碍而达成理解。在这方面，欧阳修的说法（如果读者愿意，也可以说是欧阳修的神话）与《正义》的说法类似。也就是说，它似乎在维护解经传统的重要性与必要性。

然而，还是存在一个复杂的问题。

对于《正义》而言，解经传统不可或缺而且可资信赖，但正如笔者所说，解经传统虽然标榜可以避免语言所带来的困境，但它同样会在最终的分析中难以幸免。不过，在欧阳修的表述中，解经传统本身存在严重缺陷。孔子的学说在这方面堪称典范。孔子是《诗经》的第一个注释者,同时也是最好的注释者。他对《诗经》的规范性理解是后来所有经学家的目标。但是,在哪里可以找到孔子的解释?关于《诗经》的文献,没有一篇从孔子手上流传下来。虽然《论语》将有关《诗经》的二十余则评论归于孔子,但只有少数几则对特定的诗篇进行了实际解释。即使我们把这些资料和《礼记》《孟子》中的"儒家"解释进行叠加,在孔子的经典著作中也几乎没有足够的论述来建立一个阐释学派。

因此,孔子的学说必须在欧阳修所讨论的传统的第四个(也是最后一个)元素中来探求,即"经师之业"。欧阳修说的"经师"首先似指《诗序》作者,其次是《毛诗传》作者与郑玄。根据我们现在的了解,三者之中《毛诗传》最早(可能作于西汉,参见第四章),其次是《毛诗序》(可能写定于东汉初期,但是基于传统文献),最后是郑玄的《笺》。然而,在欧阳修看来,《诗序》代表了传统的最早层面,其次是《毛诗传》,最后是郑玄,后二者都被欧阳修理解为对《诗序》的注释。欧阳修之所以如此解释《诗序》与《毛诗传》的关系,是由于《毛诗传》风格极其简略。考虑到众所周知的文言歧义,以及《毛诗传》的解释确实与《诗序》共享同一个一般诠释学的传统,那么《毛诗传》的解释如此简短,很有可能就被视为对《诗序》的发展。

因此,对于欧阳修来说,《诗序》是最早的汉代文献,因而也是最好的和最具权威的。按照传统的说法,《诗序》被认为是出自"可与言《诗》"的孔门弟子子夏。这一说法久受质疑,欧阳修自己也在《序问》中认为《诗序》并非子夏所作。[67] 但欧阳修并未质疑孔子亲授子夏《诗》义。[68] 他所说的子夏未作《诗序》,我们应该理解为《诗序》并非子夏亲作,更确切地说,《诗序》是源自子夏甚至是孔子的一种传统结晶(并非没有损坏)。由此欧阳修才可以说,《毛诗》取代三家《诗》是"以其源流所自",而且《毛诗传》"得圣人之旨多"。[69]

因此,对欧阳修来说,《诗序》是"经师之业"中最具权威性的元素。

他曾说过:"吾于《诗》,常以《序》为证也。"[70] 而且事实上,他在《诗本义》中也常常以《诗序》中的解释作为尺度来衡量"毛郑"(即《毛诗传》与《郑笺》)。下面两段话是欧阳修"论"《诗》的典型观点。

> 毛、郑不以《序》意求《诗》义,既失其本,故枝辞衍说,文义散离,而与《序》意不合也。
>
> 《郑笺》所说,皆《诗》意本无,考于《序》文亦不述。[71]

这些观点都预设了《诗序》的权威性。尽管说《毛诗传》和《郑笺》无视和曲解了《诗序》,这种指控并不足以使它们遭到排斥,但确实于它们是不利的。在《诗本义》中,大概至少有四分之三的《国风》"论"明确或间接地提到了《诗序》的权威性,以此为论据来说明它与《毛诗传》《郑笺》的解释不符,从而支持欧阳修自己所提出的解释。

与此同时,欧阳修并非不加批判地接受《诗序》权威。他在注《诗经》时毫不犹豫地拒斥了《诗序》的错误。例如,他在讨论《麟之趾》(《毛诗》第11篇)时说:"至于二《南》,其序多失。"[72] 在这种情况下,欧阳修认为《诗序》并不能完全代表孔子的观点。当孔子把对诗篇的理解传给子夏,并希望他能传承下去时,诗篇的理解是完整可信的。但此后在周末动荡和秦代焚书的重重困境中,同时也可能是在自然"熵变化"(entropic movement)的作用下,这一传统遭到了毁弃、离散与淆乱。一些《诗序》的确反映了孔子的学说,因此可以用于上述论述。然而,也有其他一些《诗序》代表了文献的损坏,这种损坏是后来的经学家捏造解释所造成的,或是源于经学家的"自信",或是由于他们难以解释并无幸存文献可供印证的那些观点。

因而,欧阳修认为经师有两种可能的做法。他们可以"求诗人之意,达圣人之志",在这种情况下,他们所做是"本"。他们也可以"讲太师之职,因其失传而妄自为之说"[73],在这种情况下,他们所做的是"末"。前者适用于真实的《诗序》,以及在它们基础上忠实衍生出的"毛郑"解释;后者则适用于《诗序》不实的情况，或者是"毛郑"歪曲了真实《诗序》意义的情况。

欧阳修对通行解经传统的描述，由完全真实和完全错误的两种不同类型组成。一方面，这种对通行解经传统的历史的看法具有保守意义，因为它有助于保护这一传统的"真实"元素的权威，使其免受不真实元素的沾染。当然，传统中的一些元素是受损了的，但那些未受损坏的元素将继续保持所有的权威，这种权威是中古时期赋予整个传统的。传统中受损、危险的元素应当与真实元素隔绝，对它们的批判不会玷污其余元素的权威。另一方面，无从获知《诗序》中哪些真实，哪些虚假。尽管全部《诗序》可能并非虚假，但任何单篇《诗序》都可能是不真实的。那么问题是，人们该如何恢复诗中那种最初的具有活力的意图？《诗序》和解经传统究竟有助于经学家理解诗，还是有碍于他们理解诗？对于这些问题，欧阳修给出了大相径庭的两种答案。

反传统主义

在欧阳修有关《诗经》理解的学说中，可以区分出两个对立的主题。一方面，散见于他的文章、书信以及《诗本义》本身的各种附注都在表明，《诗经》中的大部分（如果不是全部）内容都很容易受到细致读者的直接理解的影响（实际上所有经典都是如此）。欧阳修似乎在这些注解中认为，解经传统如果不是对理解经典的一种阻碍，那么它也是可有可无的。但另一方面，欧阳信在多处附注中，尤其是在对理解之困难持续进行反思的过程中，认为通行的解经传统是无法超越的，只能以逐步、渐进的方式加以修改。

传统与现代的大多数叙述都倾向于强调欧阳修诠释学中的第一种元素——反传统主义。这一点并不奇怪，因为他思想中的怀疑主义倾向，似乎代表并预示了宋代经学研究的两个最显著特征——既希望批判传统，又希望完全超越传统。此外，在欧阳修的著作中大量存在着这样一类说法，那就是传统可能需要摒弃。我们可以区分出一些关键主题。

首先，欧阳修强调了要坚持文本的自然与"平易"，这一点后来成为了宋代《诗经》阐释的典型主题之一。实际上，这种观点意味着诗不应作为一种完美地模拟道德和历史现实的特殊话语来理解（在《正义》中即如此），而是应当作为一种普通的话语。在《正义》的权威诠释学中，要理解诗背后之"志"，只有通过权威的解经传统。这些"志"绝对不是读者可以独立推断出来的。在欧阳修及其后继者所提出的那种更加大众和平等的观点中，诗之所以能够获得理解，是因为它们源自读者与作者所共同拥有的"人情"："古今人情一也。求诗义者，以人情求之，则不远矣。"[74]

同样地，诗的语言也不像早期诠释那样晦涩隐微，因为表达自己的欲望和表达行为本身，与它们所表露的情感和意图是同样自然的。虽然诗的语言可能是间接的，但并非不自然："古之人简质，不如是之迂也。"[75]

这种诠释学的结果就是，诗背后的"志"与"意"可以从诗本身的语言推断出，而一般不需求助解经传统："经不待传而通者十七八，因传而惑者十五六。"[76]因而，欧阳修在《诗本义》中说"据文求义"，以"诗义""诗文"和"文理"来"考求"各种理论和阐释。他在多处都谈到，某些诗中的诗人意图"自然可见"，并且认为《静女》一诗"其文显而义明，灼然易见"[77]。

还有一些解释试图将"意"或"义"赋予某篇诗，但不能对诗的明显内容给出合理而令人信服的解读，这些解释遭到了欧阳修的驳斥。有些理解破坏和离散了诗的文本意义，为了达成对诗的理解而不顾人与物的前后不一，欧阳修就在《诗本义》中嘲讽其为"迂"。欧阳修认为，以那种方式说话乃至以那种方式写诗，都太过迂曲而怪异。[78]欧阳修将诗的文本意义——即按照"正常"的理解习惯去解读诗的表面意思——确立为前提，拒斥了那种扭曲表面意思的解释。

现代注者与史家往往认为，上述这点是欧阳修思想中最重要的维度，这种观点自有其合理性。欧阳修思想中的这种反传统性，不仅是将经学研究从枯燥无味的《正义》正统中解放出来的必要手段，而且与新的一般诠释学的形成密切相关。然而，如果夸大欧阳修的反传统思想，也是错误的。正如笔者将在下文所展示的,他的思想也有很强的保守性。

进一步言之,我们可能会怀疑,上文所讨论的那些反传统观点,是否准确地反映了欧阳修的治经实践。他对《诗经》的解读绝非没有受到传统注释的影响。欧阳修的许多解释都明确维护《诗序》的权威,而且我们知道在大多数情况下(确切而言,311篇中有167篇),欧阳修认为传统的"毛郑之学"是正确的,或者说至少不必断然否定。[79]最后,正如我们在上文所看到的,即使在那些完全背离传统注疏之处,欧阳修也仍然停留在塑造中古解读的那种假定之中。欧阳修的诠释学视域由既有传统所定义,单靠法令或意志行为是不可能超越这种传统的。他的反传统主张既未考虑到这一传统的普遍影响力,也低估了这一传统的韧性。

保守主义

然而,欧阳修理论的第二个维度明确接受了传统对经学家的要求。这一维度在《诗谱补亡后序》中有着最有趣和最持久的发展。[80]《后序》(下文皆如此简称)是一篇辩解文,是欧阳修长期治《郑笺》的封笔之作。对于《郑笺》的研究,在欧阳修三十多岁时的文章中就已出现,其后出现在他中年所撰《诗本义》中,最后出现于晚年的《诗谱》。在《后序》中,欧阳修首先维护并试图解释自己对解经传统的态度,尤其是对郑玄的态度,而且概述了关于《诗经》和其他经典的传统学说在何种情况下可以摒弃或修改。

欧阳修首先指出,经学家应该对既有的解经传统予以承认。原因首先在于,既有的解经传统提供了与原始、真实的经学理解——在欧阳修的系统中是源自孔子的那种理解——唯一的联系。不仅经典的正确解释在晚周的动荡和秦代的焚书中遭受了严重损失,而且经典本身也是如此,那么留给欧阳修及其同时代人的唯有"焚余残脱"[81]。欧阳修说,由于与经典成书的年代相距"千百年"之远,所以当时的经学家几乎或者根本没有希望直接理解它们。欧阳修认为,虽然《诗序》并未完整地保留孔子的学说,"毛郑"也并未在《诗序》的基础上忠实扩展,但考虑到"熵无序"(entropic disorder)以及那些使经注遭受危机的混乱,任何与过去的潜在联系都显得弥足珍贵。

由于以《诗序》和"毛郑"为中心的解经传统是经学家与过去的唯一联系,所以它的重要性无可替代。欧阳修也认为,解经传统在很大程度上是正确的。首先,传统的解释代表了许多学者的努力,它们得到了集体智慧的认可:"自汉以来,收拾亡逸,发明遗义,而正其讹谬,得以粗备,传于今者,岂一人之力哉?"[82]因而,既有传统代表了一种集体成就,而这种成就是任何个人都不可能复制或达到的。[83]

欧阳修之所以相信解经传统的价值,除了上述这种一般的原因外,还特别表示出为"毛郑"申辩的态度。

> 予疑毛、郑之失既多,然不敢轻为改易者,意其为说不止于《笺》《传》,而恨己不得尽见二家之书,未能遍通其旨。夫不尽见其书而欲折其是非,犹不尽人之辞而欲断其讼之曲直。其能果于自决乎?其能使之必服乎?[84]

尽管"毛郑"的某些解释可能会让人觉得缺乏理据、怪异甚至错误,但研习者不能对它们"轻为改易",因为那些看似可疑的观点可能会在"毛郑"的佚作中找到证据。解经传统所遭受的损害,在这里反而支撑了它的权威性与重要性。[85]

尽管如此,欧阳修还是承认既有传统是可以改易的,因为它存在严重缺陷——淆乱、受损、残缺不全。因此,不仅需要明确说明解经传统的权威来源,而且还要说明这一传统在何种情况下可以改易。

> 先儒之论,苟非详其终始而抵捂,质于圣人而悖理害经之甚,有不得已而后改易者,何必徒为异论以相訾也?[86]

欧阳修提出了两个可以改易传统的条件。首先,传统的解释必须是自相矛盾因而是无效的。[87] 其次，一种新的解释的形成需要有权威学说（即圣人孔子之言）的积极指引。[88] 因此，对于权威的解经传统存在两种可能的批评。第一种虽然批评了解经传统，但并未敢于提出一种新的解释来取代它，解释者留下了"阙"[89]。第二种不仅批评了解经传统，而且在其他经典性权威的基础上提出了新的解释，这种批评较第一种更为罕见。[90]

《后序》中上述说法的优点在于：一方面考虑到既有解经传统的权威性，另一方面也允许对它进行批评和改易。但就像上文所讨论的反传统准则一样，这种相对保守的经学家角色并未公允地反映欧阳修诠释学实践的复杂性。欧阳修在对《诗序》与"毛郑"的批评中，绝未将自己限于一种自相矛盾的标准中。相反，他批判传统解释不能够自圆其说，批判它们有违于自己在历史、社会、音韵等方面的理解和信仰。他在对诗篇提出新解释时，也并未把自己限定在那些依靠孔子学说做先导的情况下。《后序》中所呈现的诠释方法并未完全反映欧阳修自身的诠释实践。

欧阳修诠释学中理论与实践的脱节

由上文所述，欧阳修诠释学理论的反传统视角与保守主义视角，都不能公允地反映其自身的诠释实践。对于欧阳修这样见识卓著的解释者来说，我们该如何理解这种盲目与不足？我们如何理解欧阳修所阐述的保守主义和反传统主义这两种理论之间的差异？

欧阳修反传统主义理论的狂妄也许相对容易解释。欧阳修错误地认为他已经超越了传统。这说明了伽达默尔的原则，即每个阐释者都受到"期待"和"前见"的"视域"限制。这个视域不会因命令而消失，也不会被另一种基本的假定所修改、取代而超越。[91] 但即使这样的视域无处不在，它们也是无形的。诠释学的视域不可反思——至少在它和文本的相遇发出挑战之前，或者在我们通过理论在方法论上意识到它之前。欧阳修的诠释学视域是由诸多前见所组成的，如诗中所描绘的"志"的统一典范特征，如果没有为他与诗的相遇所动摇，这些前见依然可以保持成立。

欧阳修的保守主义，以及他的反传统理论与保守理论之间的脱节，是一个更为复杂的现象。我们或许可以将欧阳修的保守态度简单理解为衰老所致。何泽恒指出，欧阳修的早期著作以及部分中期著作在处理传统权威的问题时，不管在实践上还是在理论上，都往往显得非常反叛与激进，但他后期的著作却转向了一种相对保守的态度，不仅对阐释者超越传统的能力缺乏信心，而且对传统的价值更为肯定。[92] 刘子健（James T. C. Liu）认为，欧阳修在他的政治生涯中也表现出类似的老成。欧阳修在范仲淹1044年改革中尚是一位充满热情与理想的支持者，但当他和韩琦（1008—1075）、富弼（1004—1083）在11世纪60年代上台时，却变成了一个谨慎的实用主义者。[93] 也许在晚年的著作中，欧阳修开始对自己的早期理论和实践产生了怀疑。

除此之外可能还有其他因素。我们知道，欧阳修非常清楚后世学者将会评价他的著作。

> 欧公晚年，尝自窜定平生所为文，用思甚苦。其夫人止之曰："何自苦如此，尚畏先生嗔耶？"公笑曰："不畏先生嗔，却怕后生笑。"[94]

随着欧阳修最具创造力的年华悄然逝去，他也许会不由自主地想到，要让自己的著作在未来免受反传统主义的攻击（"我记得古人，后人也会记得我"）。他在《后序》中所提出的诠释原则不如他所倡导的那样激进，这种诠释学不仅保存了欧阳修所依赖的"毛郑"传统经解，也保存了他自己对《诗经》的研究。然而事实证明，在此后数十年间产生影响的并非《后序》中的理论，而是《诗本义》中的解释与论证。欧阳修所发起的反传统批判运动一直在持续进行，直到他努力保存的解释传统以及他自己的部分批判都遭到了排斥与摒弃。

第七章　主体性与理解

> 虽然我们认为我们可以控制自己的言辞，……但可以肯定的是，言辞就如同鞑靼人的弓箭一样，会反过来射中最睿智的人的理解力，严重地扰乱和扭曲人们的判断。因此，在开展所有的论战和辩论时，我们有必要效仿数学家的明智之举，一开始就把我们所用的词语和术语明确下来，这样别人就可以了解我们是怎样理解的，就可以对我们的理解表示赞同与否。反之，如果没有明确的界定，我们必定会在一个地方止步不前，而那个地方就是我们本应启程之处——大家面对的问题和所用的词语究竟有何差异。
>
> ——弗朗西斯·培根《学术的进展》
> (Francis Bacon, *The Advancement of Learning*)

经学在11世纪的转变包含两方面内容，一方面是传统注疏权威的失坠，另一方面则是力图发掘经典本义的新的一般诠释学的兴起。上一章主要关注这一转变中的前一个要素，即欧阳修对传统注疏的质疑，以及这一质疑在经典诠释学中的恰当作用与地位。本章则论述这一转变中的后一个要素——有关修证和主体性的新的一般诠释学——是如何形成的。在11世纪新儒学三位奠基人的诠释学准则中，这种新的一般诠释学发展起来了。这三位奠基人是程颐（伊川，1033—1107）、程颢（明道，1032—1085）兄弟，以及他们的叔父张载。[1]

对既有传统注疏的批判，与新的一般主体性诠释学的形成，有着复杂而相互关联的发展历程。我们在上一章中看到，欧阳修有关解释难题的思考，在很大程度上与既有传统注疏的作用和批判有关，而对于如何解读诗篇，欧阳修几乎没有思考。与此同时，他对"毛郑"学的批评基于一种新的阅读方式，这种方式着重突出文本作为言语的字面意思。在程颐及其同时代人的学说中，情况发生了改变。一种新的诠释学得到了阐述，获得了进步，而关于注疏传统的讨论则相对寥寥。在很大程度上，新的诠释学的发展源于这样一种普遍看法，那就是传统注疏再也不足以作为经典理解的指导准则。

解经权威在 11 世纪的崩溃

我们在第六章中看到，欧阳修在他生命的最后十年修正了年轻时的革新主义，他此时的诠释学学说明确宣称，传统注疏有其价值而不容毁弃，他的经注也多依赖于传统注疏。晚年的欧阳修由革新主义趋向保守主义，或许源于他预见到了传统解经权威的崩塌会导致一种漫无节制的批评，而这种批评不仅会把传统中他认为真正有价值的东西一扫而空，而且也会抹尽他自身在经学上的贡献。尽管欧阳修希望维护传统权威，并试图以一种不颠覆这种权威的方式来批判"毛郑"，但他已经开启了一个最终无法控制的行程。欧阳修之后的几代经学家，证明了他的这些担忧是合理的。他们包括出生于1020年左右的张载、王安石（1021—1086）、刘敞等人，还包括出生于1030年左右的更为重要的程氏兄弟和苏氏兄弟（苏轼，即苏东坡，1037—1101；苏辙，1039—1112）。[2] 我们发现，这批学者的著作在很大程度上已经摆脱传统注疏权威的笼罩，它们正在形成一种有关经典的新的诠释学。

通行的传统注疏存在严重缺陷，不能充分引导对经典的理解，这种认识改变了人们对经典的解释。作为一种回应，本源主义者要对通行的传统注疏展开进一步批判。在《诗经》研究方面，苏辙（著名诗人苏轼之弟）的《诗集传》在这一方向上又迈出了一步。唐代的成伯玙最先揭示《诗序》具有多层次的特征，而《诗集传》的意义就在于把这种洞见引入到整体注释的主流传统中来。苏辙区分了"上序"与"下序"，将前者作为解释的指南，而对后者有所轻视。[3] 他相信，虽然"上序"有可能代表了孔子的真义，但它不一定是子夏所写，孔子的任何一个弟子只要对《诗经》有所了解，都可以撰成"上序"。此外苏辙还认为，《诗序》之所以被归为子夏所作，是因为《论语·八佾》第8章。他说："子夏尝言《诗》于仲尼，仲尼称之，故后世之为《诗》者附之。"[4]

至于"下序"，是汉代经学家"将以解之，故从而附益之，以自信其说"[5]。"下序"的重复与冗长，表明其并非出自一人之手；相反，它代表了卫宏（公元1世纪）的整合。虽然苏辙不相信"下序"，但他并没有对诗篇做出任何实质上的新解。在他看来，"上序"仍然具有权威性，仍然是在展现那种本质上保守、传统的解读方式。例如，苏辙在解读那些南宋学者所谓"淫诗"时，与欧阳修并不一样。苏辙以传统的方式对待它们，认为它们都是规范性的，并且对于诗篇的言说者和作者不做区分。

苏辙摒弃了当时最新层次的解经传统，试图在一些更为原始和纯正的权威上建立对经典的理解，在这一过程中，他采取了一种本源主义者的视角，这种视角有似于我们在欧阳修的诠释学中所看到的。尽管苏辙的意图并不激进，但他的分析与欧阳修对《诗序》真伪所做的区分一样，超越了本人的意图而产生了颠覆性的影响。

传统注疏失坠之后，还有一个未充分发展起来的效应，那就是接受甚至是颂扬经典的意义不能只有一个解释正统。苏辙在这一点上同样堪称典范。苏辙在早年的一封书信中说："圣人之道，譬如山海薮泽之奥。"进入山林之后，匠人能够获得参天大树，猎夫能够获得走兽飞鸟，觅奇者能够获得奇珍异宝。人人都以为自己能够穷尽山海之富，但山海之富却永远不会耗竭。经典与之类似，同样取之不尽用之不竭。事实上，孔子本人也正是有意以这样的方式撰作经典，目的正是为了激发不同的观点。

设为六经而使之求之。盖又欲其深思而得之也,是以不为明著其说,使天下各以其所长而求之,故曰:"仁者见之谓之仁,智者见之谓之智。"[6]……夫使仁者效其仁,智者效其智,大者推明其大而不遗其小,小者乐致其小以自附于大,各因其才而尽其力,以求其至微至密之地,则天下将有终身校其说而无倦者矣。

至于后世不明其意,患乎异说之多而学者之难明也。于是举圣人之微言,而折之以一人之私意,而传疏之学横放于天下,由是学者愈怠,而圣人之说益以不明。

今夫使天下之人,因说者之异同,得以纵观博览,而辨其是非,论其可否,推其精粗,而后至于微密之际,则讲之当益深,守之当益固。[7]

王安石的经解在11世纪70年代成为了宋朝的正统经注,作为对这种压力的回应,苏辙在上述这篇文章中采取了一种策略,允许不同的人在经典中发现不同的意义,而且这些人并无道德上的完善或不完善之分。[8]经典不存在唯一的正确含义,而是根据经学家的各种需求、兴趣与能力呈现出不同的意义,苏辙对这样的观点表示接受甚至赞美。在这种进路下,正统的注疏传统自然不能穷尽经典的意蕴。

尽管上述这些变化可能是有趣而重要的,但对于注疏权威的崩溃而言,最重要的回应既不是本源主义,也不是以苏辙为代表的阐释多元主义。事实上,它不包含解决传统注疏问题的任何方案,而是恰恰从这些问题转向了诠释学关注的新维度。这种转向以张载、程颢与程颐为代表,其中尤以程颐为典型。这些思想家对于注疏传统的发展历程并不真正感兴趣,甚至对注疏传统的批评也不感兴趣。相比于最激烈的那种批评,他们的冷漠态度则更能充分说明传统注疏已经声名狼藉。程颐等人无意于告诉弟子应该遵循哪些注释,甚至无意于对那些注释展开批评。相反,他们真正想告诉弟子的是读书的方法。[9]

义、文义与意

　　宋代以前并不存在有关经典的一般诠释学。相反，每一部经典作品都有其特殊的、在很大程度上是独立的问题和方法。程颐和他的同代人在评论具体文本的过程中，提出了关于读书和理解的一些想法，当然他们也谈到了如何读书。在他们被记载下来的谈话中，"读书"第一次成为了常见话题。此外，11世纪的新儒家在谈论"读书"时，往往使用单一的诠释学词汇。这种词汇和这样的诠释方式在总体上与《毛诗》学有很多相通之处。就像《诗经》的传统诠释学一样，宋代新的一般诠释学的最终目标并非文本的表面内容，而是文本背后的精神诉求与人格特征。正如早期的诠释学一样，研习者要对这种原始的精神诉求进行反思与内化。与早期的诠释学一样，这会导致读者人格的转变。

　　11世纪新儒家的一般诠释学，首先关注如何说明读者在解读文本时所持的主观态度。一方面，程颐等人告诫弟子不要采取《正义》的进路，因为那种诠释学在《正义》本身中已经得到了体现，并且那些致力于此的人已经通过特殊的方法把它展现出来了。另一方面，他们也在尝试用积极的方式，指明他们认为可能与经典建立真正关系的态度。在这两种情况下——无论是消极的还是积极的，他们都倾向于使用"意"与"义"这对术语，而我们在上文有关欧阳修诠释学的内容中已对它们有所讨论。

　　我们在第六章中看到，"意"是作者或言说者的意图，它在相对狭义的意义上是指一个特定言语背后的目的，在较广泛的意义上来说则是指一部经典的创作意图。在战国的语言理论以及中古和宋代早期的诠释学中，"意"是一个比"志"内涵更为狭窄的概念，"志"体现并表明了一种人格的整体倾向。在程颐的思想中，"意"的概念范围扩大了，可将"意"原来所隐含的大部分内容都统摄进去："读书者当观圣人所以作经之意，与圣人所以用心，与圣人所以至圣人，而吾之所以未至者，所以未得者。"（《近思录》卷三第39则）

读者要寻找的是隐藏在文本背后的"意",这种"意"并非在早期理论中被称为"志"的那种一般"意图"或"倾向"("目标"或"态度"),而指的是"圣人所以作经之意"。然而,从对这种意图的理解中,读者可以掌握早期"志"所包含的其余部分,即程颐所谓的"圣人所以用心"。虽然这一文本似乎是言说或行为的意图之果,但那种意图反过来却是贤能作者的道德关怀和对世界的总体定位的结果。理解了作者的总体取向,研习者就可以推测圣人的人格,因为圣人的终极关怀是其人格的一个功能。因此,读者在一系列转喻的过程中,从相对狭义的"意"中恢复了早期术语"志"所隐含的所有内容。

与此相对,"义"是指在上下文或作者意图之外的文字本身所具有的含义。"意"从属于文本或段落,但绝不从属于单独的文字,而与此不同的是,"义"可能并且通常是某个单独文字的属性。"义"与各种各样的术语相结合,形成了11世纪新儒家诠释学语言中的复合词。例如,程颐谈到"经义"[10],欧阳修经常提到"诗义"[11]。而"文义"是这些复合词中最常见的一个,也可能是最吸引我们的一个。作者之"意"与文本之"文义"的关系,无论作为一个抽象问题还是作为一个实际的诠释学问题,都是11世纪新儒家诠释学的恒常主题。

然而,在我们把注意力转向"文义"与"意"的关系之前,我们必须明确术语"文义"的具体指称。我们上文提到了"经义"与"诗义"这两个复合词,即使我们不完全清楚整个词语的含义,我们也能理解"义"字是一种附着。但是,"文"在文本中有一种什么作用呢?

程颢对《孟子》中一个著名片段的论述,具有启发意义。在那个片段中,孟子指明了解《诗》的正确方法:"不以文害辞,不以辞害志。"[12]

孟子此处对"文"的运用,可以通过另一处文字来阐明,他说《春秋》"其事则齐桓、晋文,其文则史"[13]。孟子的"文"似乎是指文本的形式或类型,以及与之相随的惯例。在上文第一处引语中,孟子提到的危害指的是我们所说的那种与诗文相关的"字面"特征。因此,孟子在下文中引用了《诗经》第258篇的夸张用法，将它作为反面的例子。

> 周余黎民，
> 靡有孑遗。[14]

从字面上看，这首诗是说没有一个周人在旱灾中存活。但孟子的观点是，诗成为文本的方式（诗的"文本性"）就是这样，它们偶尔会说些字面上不真实的东西。那么在这种情况下，人们需要注意的并非措辞，而是作者在作诗时的目的以及所采用的特殊陈述。

如果这一解读无误，那么孟子就是在讨论字面意（literal meaning）和隐含意（intended meaning）之间的关系，这一关系是程颐和他同时代人非常感兴趣的话题。然而，程颢对这段文字的解释并没有紧扣这一主题，而是关注了另一主题。程颢说："不以文害辞。文，文字之文，举一字则是文，成句是辞。诗为解一字不行。"[15] 对程颢来说，这种对比不是言语与隐含意之间的对比，而是部分和整体之间的对比。"文"只有在"辞"中才有意义，如果不考虑文字在一首诗中的整体语境，那么就不可能正确地去解释它们。

程颢的理解似乎背离了孟子的原意。但从另一面而言，孟子该段文字的原意也是无法确定的。问题的重点不在于孟子，而在于我们现在所关注的11世纪的思想家——至少对程颢来说，"文"的意思是"一字"，至少在某些语境中是这样。由于"义"只是指文字自身在特定情况下所具有的意义，而非隐含意，因而一种文本的"文义"似乎囊括了该文本中各个文字的意义。

中国经典注疏和一般文本注释均比较注重的一个重要方面一直是文字训诂。也就是说，要对文本中字词的形与义进行注释。阅读任何一种古代文献，都会发现其中存在一些古体字或冷僻字的问题，此外其中还存在大量源于字形的文献问题，如异体、假借、漫漶、避讳等，以及初学者要面临的辨识规范字的问题。对"文字"的解释和理解是任何文本研究中必不可少的第一步。

理解"字义"似乎意味着理解一段文字中单个文字的意义——我们应该

称之为"通其字词"。但一个句子和更大的文本单元也有"文义"。西方语言理论较为关注屈折语（inflected language）的自然语法，句子或段落的含义往往比其中构成词的含义集合要丰富，而使其丰富的那种"东西"由句子的语法提供。然而，汉语语言理论往往以叠加而非组合的视角来看待句子的意义，这种视角并不会把语法概念视为问题。相反，它把句子设想为"名"的字符串。因此，把"文义"看作是句子或段落的属性，但它又是由单个文字的"义"来构成的，这之间并无矛盾。

笔者认为，"意"（intention）和"义"（significance）的区别对11世纪新儒家的诠释学思想至关重要，故而一直将"文义"翻译成"literal significance"，而不是"literal meaning"。然而，在某些方面，"literal meaning"比"literal significance"更适合于用来翻译"文义"一词。就像汉语中的"文义"一样，"literal meaning"既可以从它的历史背景和词源背景来理解，也可以从它的用法对比和联系来理解。从历史上看，"literal"（文字）一词与"letter"（字母）同源，它意味着对文本进行逐字理解，类似于汉语"文义"所暗含的那种逐字理解。"文"本身的意思是"字形"或"文字"。就其有意义的关系中的语义系统而言，"literal"也类似于"文义"，因为它既可以与另一种"含义"形成对比，又可以作为另一种"含义"的基础。

但此处的一点差异很重要。英文的"literal meaning"（字面意）——以及在其他欧洲语言中的同义词——也暗含了与"figurative meaning"（比喻意）的对比，后者基本上是隐喻性的，通常会投射到事实的本体论层面。然而，"文意"（"文义"）和"意"（intention）之间的对比，与表面含义不同，与那种使文本生动化、一致化的原始历史意图也不同。

"意"与"义"的关系

对于程颐这一代反思阅读与解释问题的人来说，"文义"提出了一个问题，那就是"文义"与"文本意图"（intensions of the text）的关系可以通过多种方式来理解。在欧阳修这样的思想家看来，"文义"相对重要。正如我们在前一章中所看到的，欧阳修将一种原始、单一的"意"与一种复杂而可能令人困惑的"义"进行了对比。与此同时，欧阳修的对比并未完全偏袒"意"。当然，欧阳修在说明某一个字词、意象或文本之"义"（可能的解释）时，"意"发挥了主导作用。此外，"意"还有助于限制对诗的"文义"或字面意思所做的曲解。

然而，正如我们所看到的，在对欧阳修思想中所谓反传统主题的讨论中，接近这种"意"的最重要的方式之一，就是解读文本本身的（字面）意义——毛郑注疏虽然受到传统的尊奉，但未能公允地对待诗的字面意思，因而受到欧阳修的排斥。因而，欧阳修对《叔于田》（《毛诗》第77篇）中的毛郑注疏说："（首章）与下二章……文义不类，以此知非诗人本意也。"[16] 正如他的著作名称所暗示的那样，欧阳修之所以对"意"时感兴趣，归根结底主要是为了说明诗的正确"本源"之义。[17]

在张载与程颐的学说中，讨论"意"与"义"之间的区别成为了一大主题，这确实是他们诠释学思想的核心问题之一，但他们在这一主题上的看法大相径庭。张载往往淡化文本字面意义的重要性："《尚书》最难看，难得胸臆如此之大，若只解文义则不难。"[18]

以下这句话可能出自程颐或程颢："善学者要不为文字所梏。故文义虽解错，而道理可通行者，不害也。"[19] 这种对文本字面意思漠不关心的态度，在有历史意识的清代考据学家看来，是"宋学家"值得批判之处。事实上，我们不清楚一种文本的"道理"究竟是一种什么样的存在，或者除了具体表达之外应当如何理解。[20]

然而，程颐的妥协立场后来被证明最具影响力。在程颐的观点中，如果说归根结底而言，文本的字面之"义"与促发文本之"意"并不具有平等价值，但它们至少也都值得关注："凡看文字，先须晓其文义，然后可求其意。未有文义不晓而见意者也。"[21]

在这段话中，与张载等人对字面意思的诋毁相反，程颐捍卫了字面意思的用处。作为一个文本的字面之"义"或"意"，"文义"是一个理应需要关注的对象，也是把握"意"的必要手段。但与此同时，程颐想当然地认为，真正重要的是文本之"意"，而不是文本的字面意思。因此，程颐把阅读想象成一种包含两个阶段的过程。在第一阶段，研习者掌握了文本的字面意思，即语言学和历史学上的意思。对这种字面意思的说明，至少部分取决于对文本作者"意"的判断，这些"意"被用来限制和说明任何文本都可能具有的多种含义。但是，仅仅作为一种限制和明确意义的手段，"意"并不重要。相反，正如早期《诗经》的诠释学一样，文本的动机（它的"意"或"志"）才是阅读的最终目标，才是研习者需要反思和内化的对象所在。

"滞泥"

程颐等人在11世纪提出了一种新的一般主体性诠释学，这是对当时盛行的正统诠释学的一种反动。在程颐看来，当时的经学研究已经日趋空洞和僵化，它最多可以使人们以科举弋取功名，而不可以使人变成圣贤。因此，程颐不仅要向弟子们解释对待经典应该采取的方式（我们可以称之为他的积极诠释学），而且还要提醒他们所谓"章句"之学的危害。

程颐及其同道在讨论"章句"注疏之学时，谈到了"泥"的危险。[22] 这一术语最初的意思是"泥潭"或"陷于泥潭"，同时也具有一种意志感——"（不加批判地）坚信一种东西"，如复合词"泥古"。例如，在《近思录》的一段话中，程颐说：

> 凡观书不可以相类泥其义，不尔，则字字相梗。当观其文势上下之意，如"充实之谓美"，与《诗》之美不同。[23]

很明显，在这段文字中，"泥其义"意味着坚执于语言，在此情势下，词语的意思是单一的，同时还要试图以这种单一意思理解它在其他各处的意思。[24] 这样的读者"陷于"我们所说的字典意思的层面上，他们无法看到语境的动态意图，而单个的词语正是在语境中才获得意义。

然而，在《近思录》的另一段文字中，"泥文义"的意思似乎不只是对文本进行一种积累的、字典式的理解。

> 学者不泥文义者，又全背却远去，理会文义者，又滞泥不通。
> 如子濯孺子为将之事，孟子只取其不背师之意，人须就上面理会事君之道如何也。又万章问舜完廪浚井事，孟子只答他大意，人须要理会浚井如何出得来，完廪又怎生下得来。若此之学，徒费心力。[25]

程颐提到了"背却"文义的危害，同时也提到了"泥于"文义的危害，但他所举的两个例子都是在说明后一种情况。两个例子都以《孟子》为出发点，第二例与舜的故事有关。古史中的圣王因自己的美德与孟子的特殊关爱而升至高位，舜就是其中第二个典型（程颐此处所说出自《孟子·万章上》的第2章，该章是孟子一系列关于舜的故事的澄清观点之一）。根据某一传说，虽然舜的父亲和兄弟企图将他烧死于仓廪，埋葬在井底，但舜仍然表现出了孝悌之道。当有人询问这些故事时，孟子只是"答以大义"（故事的重点），阐明了舜的孝顺、虔敬与真诚。如果要思考这个故事中所没有的那些细节——舜是如何从仓廪或井里逃脱，那么就是认为这个故事除了要传达的表面意义之外，还有自己的生命。很明显，这是一个"泥"的例子，它仍然停留在字面意思这一层次。

程颐所举的另一个例子更加复杂而有趣，它也是在说明"滞泥文义而不通"。在《孟子·离娄下》第24章的故事中，郑国派子濯孺子攻打卫国，卫国则派庾公之斯进行阻击。在行军过程中，子濯孺子抱病而无法挽弓。当他从车夫那里得知有人追杀他们时，认定自己必死无疑。但追杀子濯孺子的庾公之斯正是子濯孺子的徒孙，所以他不得不放过了自己的师祖。当追上郑军后，庾公之斯向子濯孺子射出了四支箭，但他提前敲下了箭头。因而，他同时履行了对老师和国君的义务，返回到卫国。²⁶

首先需要说明的是，我们不清楚为什么程颐坚持认为这个故事是"孟子只取其不背师之意"，而对"事君之道"避而不谈。如果我们要用这个故事来同时解决这两个问题，那么伦理问题就会更复杂，可能也会更有趣。然而，当我们考虑这个故事的背景时，就会发现程颐的看法是正确的，他坚持认为孟子此处的意图只在于说明师生关系。《孟子·离娄下》第24章有两个故事。一个是善射者羿死于弟子逄蒙之手的故事，另一个故事就是上文所讨论的子濯孺子和庾公之斯的故事。魏鲁男（James Ware）和刘殿爵的译本都说得很清楚，孟子讲述子濯孺子的故事，是为了支持自己的观点——羿本人对自己的命运也负有责任，而子濯孺子则提供了一个反例，即他善于选择弟子。²⁷那么在这种情况下，"泥文义"之人的错误不是不能解释，而是解释得过多。对孟子讲这则故事意图的理解，并没有使他们的阅读得到修正与统一。

因此，对意图的关注有助于对文本的不同阐释进行限制。关注动机，在我们所探究的诠释学中有很长的历史，从孟子使用"志"一词来限制对诗的解读（参见第三章）就已经开始，还包括欧阳修对"意"的类似用法。但是，如果认为对"文义"的贬低仅仅因为它可能产生多余的意义，如果认为"意"在新儒家诠释学中的主要作用就是指定意义，那就大错特错了。对我们所讨论的思想家而言，这种指定意义的想法在很大程度上是处于边缘位置的（欧阳修在这方面是个例外）。相反，关注意图且贬低文义的重点在于，对后者的关注会导致读者以一种琐碎、不安而最终徒劳的方式（新儒家诠释学如此认为）接近文本，从而使真实而重要的努力变得不再可能。

运用与理解

程颐希望通过经典来改变人。要实现这种改变，首先要把经典著作当作文字行为（即根据其意图）加以反思，其次要把这些意图内化。对文本字面意思的琐细关注不仅不能达成这种阅读，而且只能阻碍这种阅读。相反，研习者只有一心想着实现自身的转变潜能，才能进入文本。只有研习者对经典做出郑重承诺，并对自己的存在处境产生影响，而不只是仅将其作为思辨经解的对象，这些目标才能够达成与实现。

程颐坚信，一个阅读经典而未发生改变的人，其实并未真正读过经典："今人不会读书。……如读《论语》，未读时是此等人，读了后又只是此等人，便是不曾读。"（《近思录》卷三第30则）

在西方和中国的传统中都存在这样一个问题，那就是在沉思的自我理解意义上的运用与在行动意义上（也就是行为或行为的改变）的运用之间，是何种关系。[28]我们当然可以想象这样一种情况，我们理解或认识到某些文本适用于我们自身，却未能成功地改变我们的生活、行为或性格。作为一部经典文本，《诗经》之所以具有吸引力，部分源于它消解了这一问题。在《近思录》的如下段落中（卷三第38则），程颐从《诗经》的传统中拿来一个元素："如读《论语》：有读了全然无事者；有读了后其中得一两句喜者；有读了后知好之者；有读了后直有不知手之舞之、足之蹈之者。"这段话给出了阅读水准的一个阶段性进展，最后那种理解的表达术语，借用自《大序》。[29]

程颐的陈述似乎对所引用的《诗序》内容有明显曲解，因为《诗序》描述的是文本（诗）产生的过程，而程颐所关心的显然是文本的阅读。令我们欣喜的是，此处可以看出，一个文明的创造性阶段（即西周与诸子百家时期的革命性、创造性活力）与一个以阅读而非写作作为范式的时代学术精神，形成了一种对比。姑且不提《诗序》本身即汉代学术的产物这一事实，我们在这一形成过程中就可以探寻一种更深层次的隐晦性。在某种意义上，由《诗序》所代表的最早的诗歌理论，免除了（或者说未发生）在首创与复述（背诵）之间做出区别——这一点直接体现在，"作诗"这一模糊的术语在早期的许多文献中既指"创作诗歌"，也指"吟诵诗歌"，在用法上很难区分。[30]

正是这种把阅读（或者说背诵，因为二者密切相关）当作重演的思想启发了程颐的陈述。最好的读者可以将文本内化并运用，所以理解和运用（用一个更为熟悉的表述来说，即知识和行动）之间的差别就消失了，而且由于读者受到了文本的激发，文本的实现就不会存在滞后或失败的可能性。因此，诗篇与诗乐的传统功用，就在新的一般诠释学中得到了更新。

易与难

在这种新的诠释学中，关注"文义"往往会带来对文本拘泥而琐碎的理解，而关注"意"则往往会产生一种轻松有趣的阅读。在二程兄弟和张载的学说中，这种导向被表达为"平易"。程颐说："凡解文字，但易其心，自见理。理只是人理，甚分明，如一条平坦的道路。"（《近思录》卷三第25则）

平静和从容的态度是真正致力于文本研究的必要条件，这种观念与新诠释学的其他许多方面一样，在对《诗经》相对早期的讨论中，就得到了比较突出的发展。《诗经》是一部难懂的著作，它潜藏着许多令人心力交瘁的语言学问题。但与此同时，历史上的诗篇与"平易"的想法联系在一起，包括作者的道德成就和对读者的影响，这多少显得有些自相矛盾。这些内容在张载的两段话中得到了鲜明体现。

> 张曰：诗人之志至平易，故无艰险之言。以平易求之，则思远以广，愈艰险则愈浅近矣。大率所言，皆目前事而义理存乎其中。[31]

> 张曰：求诗者贵平易，不要崎岖，求合诗人之情，温厚平易老成。今以崎岖求之，其心先狭隘，无由可见诗人之情。[32]

读者的温厚平易再现了作诗者"平易"的道德素养（作诗者自发地说出正确的话），并预示了读者自身人格的轻松转变。新儒学思想中乌托邦主义的一个方面在于，它主张一个人在主观上简单地转向"平易"，就可以在与文本达成的真实关系中实现至善。朱熹在一百年后发现，自我并不会轻易地发生上述那种简单转变，那种认为所有诗篇都明白易晓的（未经承认的）经解共识，也会愈加走向消蚀。这都将导致经学发生更加复杂的变化。

品味文本

程颐认为，只要学生不泥于固定的观点，也不急于对"文义"及其话语解说做学究式的探讨，那么理解就会"自然而然地"产生。因此，人们通过扫除那些阻碍理解的主观障碍就可以理解文本。与此同时，研习者也可以采取一些积极的步骤，使自己接触那些文本的鲜活意图。这方面最重要的一个词语也许是"玩味"，其字面意思是对文本进行"把玩与品尝"。

尽管该词仅仅意指"对某物进行彻底的反思"，但对"玩味"词源背景的探索，将揭示更为深刻的含义与关联。这一复合词的第一个字——"玩"，有两种彼此相关的含义。首先，它意味着"把玩（某物）"。"玩"就是在手中把玩一些东西——也许正如该字的"玉"旁所示，是在把玩玉石或珍贵饰品。这种手中的活动所提供的知识是触觉的、物理的、可感知的，而不是视觉上的，它还包括对物体的分量、弹性或三维空间的感知。

这种熟悉与"玩"的第二项意思有关。《辞海》将其定义为"研习"，并引用了《易经·系辞传》中的"玩其辞"[33]。理雅各认为，"玩"在该句中的意思是"研究"（study）[34]，而更为晚近的一位译者将其译为"rolls（in his mind）"（在脑海中反复思量）[35]。这两种意思当然是相通的。在这种诠释中，人们通过感受文本的细微差别来研究或学习，"在脑海中反复思量"，这与一个人不停地摆弄或把玩一个小物件非常类似。

该词的第二字——"味"，也有两种意思。它的第一种含义，同时也是最常见的一种含义，就是"滋味""味道"。与汉语中的许多名词一样，它也有动词的意思，即"品尝"。但在程颐的用法中，它通常指的是与"意"非常相似的东西。事实上，对于文本的终极义而不是近似义而言，它成为了优先用语（如"意""志""理"）之一。[36] 与"意"一样，言语提供了进入理解的不可或缺的手段——"将圣人言语玩味"[37]。但是，在"意/文义"对比之下，人们有可能被言语所迷惑："后学诵言而忘味。"[38]

需要注意的是，在"味"这个概念中，易进入性与困难性之间存在一种奇特的共存关系。"味"之所以有难度，是因为它有可能会被错过——不一定是在表面上。我们必须将自己引向第二种理解，不论那种诠释学如何坚持文本的明白易晓，这一概念对一种诠释学的概念和注释而言都至关重要。"味"作为理解的延伸对象，与"意涵"的概念有许多共同之处，尤其是与中国早期语言学和诠释学理论中的"意"和"志"等思想有许多共同之处。

与此同时，这种认为阅读所追求的是文本品味的观念，暗含着读者和文本之间存在一种毫无问题的特殊关系。有些东西（食物或饮料）的味道以一种特别直接的方式呈现在我们面前。我们不必为了品尝某种东西而努力，更不必放弃我们自然的品尝方式。相反，我们需要做的只是允许它对我们言说，允许它向我们呈现自身。唯一能阻挡味道呈现其自身的，就是张载与程颐所批判的那种焦虑和忧心的态度。出于同样的原因，那种放松而自然的"玩"的态度，可以让某种东西的味道呈现出来。我们立即会想起欧洲文化中与此相似的一些东西，品酒师会对精美的葡萄酒进行细致品鉴，在口中不断回味，他们的目的在于欣赏所有的微妙之处和细微差别，特别是那些不能立即呈现自己的细微之处。当运用于阅读过程时，这两个字表达了反思与谨慎的态度，笔者将其译作"savoring the text"（品味文本）。

"玩味"与吟诵

程颐经常建议他的学生"玩味文本"，但这对程颐意味着什么呢？我们可以将"玩味"的过程区分成两个维度，一个是相对理性的和内在的，另一个是更加公开的和"行为的"。我们从后一个维度开始讨论。

在《近思录》（卷三第44则）中，有一段文字出自谢显道（谢良佐，约1050—1120），内容说的是程颐之兄程颢。[39]

谢显道曰:"明道先生善言《诗》,他又浑不曾章解句释[40],但优游玩味,吟哦上下,便使人有得处。

瞻彼日月,

悠悠我思。

道之云远,

曷云能来?

'思之切矣。'

终曰:百尔君子,

不知德行。

不忮不求,

何用不臧?

'归于正也。'"

又云:"伯淳尝谈《诗》,并不下一字训诂,有时只转却一两字,点掇地念过,便教人省悟。"[41]

由于存在一些口语成分,对这段文字的阐释比较困难。然而,整段文字似乎包含了同一种说法的两种版本,处于其中的则是程颢对《雄雉》(《毛诗》第33篇)的两点评论。谢良佐对程氏解经实践所描述的两种版本,都有如下结构:

1. 程颢善于谈论《诗》/经常谈论《诗》。

2. 他从未致力于《诗》的传统经注,传统经注主要对个别字词进行详细解释。

3. 相反,他只是把某篇诗读了一遍。

4. 他的听者于是就理解了该诗。

就我们目前的讨论而言,这段文字的有趣之处在于,它告诉我们程颢"玩味文本"的相关实践,以及他的诠释学的一般做法。"玩味"似乎不一定是一种"内心"的私人活动,它可以在其他人面前公开展示。虽然程颢有可能通过此处的简短评论,澄清了文本的意思(或者,我们也可以接受陈荣捷对这段文字的理解,即改变一段文字中的一两个字,使之变得更为简单和熟悉),但他基本上是只靠诵读(通过强调和调整语气)就传达出了他的理解,也许在某种意义上他是以诵读取代了对诗的理解。因此,他恢复了文本中那种生动与决定性的鲜活声音,消除了模棱两可之处,为理解打开了大门。

程颐著作中的多处文字表明,吟诵诗篇不仅可以传达理解,同时也可以实现理解。除程颐之外,还有其他一些人引导弟子吟诵诗篇,他们著作中的大量文字可以证明此点。[42]对这些思想家而言,吟诵与记忆紧密相关:"将圣人言语玩味,入心记着。"[43]张载更是强调了此点:"经籍亦须记得,虽有舜禹之智,吟而不言,不如聋盲之指麾。故记得便说得,说得便行得,故始学亦不可无诵记。"[44]

"玩味"与反思

从其他文字来看,"玩味"显然也涉及对文本的一种理性反思。例如,《近思录》卷三第36则:

> 读《论语》者,但将诸弟子问处,便作己问。将圣人答处,便作今日耳闻,自然有得。若能于《论》《孟》中深求玩味,将来涵养成甚生气质。

在这段文字中,"深求玩味"一语重新强调,要把孔门弟子的发问想象成自己在发问,而把孔子的回答想象成当下所听到的东西。这样做不仅意味着对孔门弟子发问的情境有一番想象,而且还要努力想象这些问题与一个人自身处境的相关性——我们也可以说,努力理解这些问题的存在性力量。告诫弟子要把圣人的言语当作是自己听到的东西,这重新开启并清晰表明了,要将孔门的问答应用于自己所关切的问题。而增加"今日"一词则特别强调了圣人的言语不应当只适用于某些抽象或思辨的问题,而应当适用于自己真实、当下的处境。因而,品味文本的实践包含了对其意义的探究,它对读者存在处境的意义也在其中。我们可以说,"玩味文本"保存了程颐之言的具体维度,它在探求文本与自身经验之间的联系。

对文本的玩味,需要将其运用于读者的实际处境,这一主旨在《近思录》中得到了进一步发展。《近思录》卷三第37则:"凡看《语》《孟》,且须熟读玩味,将圣人之言语切己,不可只作一场话说。人只看得此二书切己,终身尽多也。"

我们在这段文字中再次发现,"玩味"是一种并置关系,这种关系可以让我们更好地理解该词的意思。该词在此处既有消极的意味,也有积极的意味——读者不能把文本当成"一场话说"。那样将使文本变得无足轻重,而且也会将它只视为一种重要的日常性话语,并未获得经典著作应得的那种反思和持续关注。而且,在汉语和英语中,把文本视为"一场话说"都意味着仅仅将其置于谈话的领域。这两种意思是相互联系的。正如我们上面所提到的,对程颐来说,要想充分理解文本的含义,那么不可或缺的一个要素就是重视它们的结果。事实上,我们可以说这是文本唯一的真正意义。程颐对比了可以被称为"实用主义"——"可以产生结果"——的那种理解与未能领会和实现文本结果的那种理解。只有通过真正的熟知、与文本广泛的接触,才能达成这种"实用主义"的理解。这种关系不是单向的,而是辩证的或循环的——文本的应用通过"郑重对待文本"得以可能,而"郑重对待文本"则需要尝试应用文本。

因此,对文本的玩味一方面包括吟诵与记忆,另一方面也包括对其细微之处的反思与运用。这是上述这种诠释学的核心,它在使读者与文本建立正确关系时,既未利用权威的传统注疏,也未使用方法论的"决策程序"。相反,它告诉我们,这一目标的达成,需要以一种正确的思维框架来接近文本,而这种思维是一种叫作"玩味"的轻松自如的反思。

由程颐等人所提出的新的一般诠释学,对中古时期的《诗经》诠释学既有借鉴也有改变。与中古诠释学一样,新的一般诠释学的目的在于改变研习者的人格,它以一种巧妙的方式,解决了长期以来与文本情感兴发、经义实现有关的许多困难。这是通过内化文本的动机——早期《诗经》诠释学中的"志"以及宋代诠释学中的"意"——来实现的。阅读是为了改变读书者的主体性。但在宋代诠释学中,经过转化了的主体性不仅是有效阅读的结果,同时也是有效阅读的手段。对于程颐而言,主体性的调整在很大程度上是以消极的方式进行思考的——它清除了琐碎考订文本所带来的障碍,也成功地解决了文本理解和文本感化的难题。到了一百年以后的朱熹那里,这种平和自如的"简单"教导的困境就呈露出来了,而一种更为复杂、在心理学上更有见地的观点,在朱熹的诠释学中出现了。

第八章　朱熹的新综合

> 那读书底已是第二义。自家身上道理都具，不曾外面添得来。然圣人教人，须要读这书时，盖为自家虽有这道理，须是经历过，方得。圣人说底，是他曾经历过来。
>
> ——朱熹《读书法》

12世纪是经学研究的一个转捩点，在《诗经》学上尤其如此。一方面，由欧阳修所倡导的对传统注疏的批判仍在持续，这在《诗经》领域导致了公认为正统基础的《毛诗序》的颠覆，也让人们承认了某些诗篇（如所周知的所谓"淫诗"）是在表达那种令儒家卫道士深恶痛绝的渴望、欢乐与悲伤。另一方面，由程颐和11世纪其他思想家所提出的那种新的诠释学，取得了一种具体深入而更为复杂的进展。在这两方面的发展中，新儒学大师朱熹都发挥了重要作用。正如在儒家思想其他诸多领域中一样，朱熹关于《诗经》性质和构成的观点以及他的诠释学学说，形成了一种新的正统。[1]在这一章中，笔者首先描述中古《诗经》观遭到批判以及最终在宋代被颠覆的过程。然后，笔者转向讨论朱熹的诠释学。最后，对这两种现象及其可能的联系，做了一些初步的总结。

在诗篇中发现堕落

正如我们在前两章中所看到的，11世纪中后期，欧阳修、苏辙等思想家指出了《诗序》在本质上的复合性和异质性，从而破坏了它的权威。欧阳修和苏辙都不愿全部摒弃《诗序》，他们从批判中得出的结论是相对保守的。然而，他们的批判所产生的效应却毫无保守性可言，在几十年内，一种有关《诗序》《诗经》截然不同的看法就产生了。在对《诗序》的下一阶段批判中，现存文献中最早的例证来自晁说之（1059—1129）。晁说之在四篇《诗之序论》中认为，《诗序》不可能出自诗人本身，也不可能是子夏或毛公所作。[2] 相反，他认为《诗序》有可能是卫宏拼凑史料而成，而那些史料可能源自子夏与毛公。[3] 有关晁说之的论证，我们以第四篇《诗之序论》（有可能并不完全）为例：

> 孟子、荀卿、左氏、贾谊、刘向[4]，汉诸儒论说及《诗》多矣。未尝有一言以《诗序》为议者，则《序》之所作晚矣。
>
> 孟子曰"《凯风》，亲之过小者也"，而《序》者曰"卫之淫风流行。虽有七子之母，犹不能安其室"。
>
> 是七子之母者，于其先君无妻道，于七子无母道，过孰大焉？孟子之言妄欤？孟子之言不妄，则序《诗》者非也。[5]

晁说之对《诗序》采取了"双管齐下"的策略。一方面，他纯粹从历史的角度提出，《诗序》不可能是汉代以前的文献，因为它未见于战国晚期和汉初的儒家著作之中。另一方面，他在理论的基础上论证，《诗序》中有一句阐释与相对权威的孟子学说相矛盾，因而它是无效的。

值得注意的是，这是对《诗序》阐释权威的首次摒弃，它并非出自有关《诗经》的某部注疏，而是出现于一篇文章之中。一般而言，这样的见解最初都是出现在相对"自由"的诗文等体裁中，然后历经数代，才会由某部注疏采纳并认定。与此类似，最初明确宣称某些诗篇"非正典"（non-canonical）态度的，并不是某部完整的注疏，而是晁说之堂兄晁补之（1053—1110）的一篇文章。作为苏轼门生与著名词人，晁补之在《续楚辞序》中为屈原的辞赋辩护，他说："诗非皆圣贤作也。……三百篇之杂而不可废。"[6]

晁补之此序中的语言与欧阳修的《酬学诗僧惟晤》一诗（参见第六章）非常相似。《酬学诗僧惟晤》一诗中不仅怀疑了《诗经》的统一规范性，而且还否认了这种规范性。[7]而晁补之上述观点的意义在于，在相对"严肃"的语境中坦承"诗非皆圣贤作"。也正是以这样的方式，晁补之明确表达了欧阳修诗作中隐含的意思。和欧阳修一样，晁补之也是一位词人，也许正因如此，当他看到一首情诗时，很快就能予以辨认。这一点也许是很重要的。他肯定知道他的堂弟以及这一时期的其他人都对《诗序》展开了批评。这对堂兄弟，一位首次持续攻击了整个《诗序》的权威，一位首次明确承认了并非所有诗篇都包含典范意义上的规范性态度。这恰恰是一种象征——对通行传统的批评和对诗的更为"经验"的新理解，二者中的任何一个都不具备当然的优先性。这两种动力在一种复杂的辩证关系中相互推进。

南　宋

某些诗篇包含了与儒家道德不相适应的态度，这一点得到了人们的认可，但对《诗序》的批评并没有随之结束。在南宋（1127—1278）最初几十年走向成熟的那些人的著作中，上述论断得到了进一步的加强，而且在洞察力和成熟度上开示了清代和近代批判学者的见解。此外，对《诗序》的全面摒弃以及对"淫诗"存在的承认，汇成了经学的主流，并在《诗经》整体注疏中得到了发展。

南宋早期，对《诗经》学提出修正意见的最重要人物是曹粹中和郑樵。曹粹中（1124年进士）是朝廷大员李光（1077—1155）的女婿，而李光是刘安世（1048—1125）的弟子。曹粹中因拒见恶名远播的秦桧①，导致李光遭黜。[8]此后二人隐退，李光专研《周易》，而曹粹中则致力于《诗经》。《宋史·艺文志》著录有《放斋诗说》30卷，但未能完整流传至今。[9]

据王应麟说，曹粹中曾对三家《诗》抱有兴趣。[10]尽管从曹粹中现存的

---

① 原书作"Qin Guan"（秦观），为"秦桧"之笔误。——译者

零言碎语来看,他并未背离所有诗篇都具有规范性的正统观点,但他确实批评了《诗序》。而且他对《诗序》文本构成的独到描述,不仅与西方《圣经》学者的现代理论非常相似,而且与顾颉刚等中国批判史家的观点也有着异曲同工之妙,他们的理论都有关历史传统的层累与展开。

曹粹中认为,《诗序》是汉代学者长期传承和发展的产物。他说:"要知《毛诗传》初行之时,犹未有《序》也。意毛公既托之子夏,其后门人互相传授,各记其师说,至宏而遂著之。后人又复增加,殆非成于一人之手。"[11]

曹粹中为了支持论证《诗序》在《毛诗传》之后,指出这两个文本时有不一致。如《羔羊》(《毛诗》第18篇):

羔羊之皮,
素丝五紽。

《毛诗传》谓:"古者素丝以英裘,不失其制,大夫羔裘以居。"所说仅此而已。但《诗序》谓:"在位皆节俭正直,德如羔羊也。"而且据《郑笺》所说,"退食"的意思是"减膳"。《毛诗传》对此并无注解。[12]

两个文本的不一致只能表明它们并非出自一手。但这种简单的不一致却并不能说明二者之间何者较早。例如,在我们的讨论中,可以从《诗序》和《毛诗传》的差异中得出结论,认为《诗序》是较早产生的文本(事实上,丘光庭在10世纪就已得出此论)。[13]也许,对于曹粹中而言,两个文本之间的分歧只是确认了《诗序》较晚的先入之见。然而,曹粹中的这篇文章以及另外两处文字表明,他认为《诗序》比《毛诗传》更为冗长与道德化,这似乎对曹粹中而言,能够说明《诗序》产生较晚。此外,如上文所引,曹粹中对于《诗序》撰述方式的描述包含了制度性背景,而在那种制度性背景中,传统往往会扩展自身并有意识地变得更加道德化。因此,这一论证其实展现出近现代的那种观点,即在传统发展过程中,尤其是在口头传统的发展过程中,文本发展历史(其他也都一样)有其方法论原则——两个平行文本中

"更全面"（更详尽冗长）者，可能就是后起的。然而，即使曹粹中坚持认为传统的发展和变化具有这种背景，但他对此也并未明确说明。即使在这种相对复杂和深刻的论证中，一些重要的假定仍然是默而不宣的。

在大学者兼批判史家郑樵（1104—1162）的著作中，早期《诗经》学中许多隐而不露的内容都得到了充分的发展。郑樵在几部著作中都探讨了《诗经》。他在堪称鸿篇巨制的《通志》中经常讨论这些问题，而且至少撰写了一部《诗经》注——《诗辨妄》。《六经奥论》中也有一些关于《诗经》的讨论，虽然该著的真实性值得怀疑，但也可以反映郑樵的一些思想。[14]

众所周知，郑樵对《诗序》进行过强烈批判，认为《诗序》是"村野妄人"之作。[15]郑樵为证明《诗序》出自东汉学者卫宏，列举了大量论据。我们可以将这些论证分成三种类型。

首先是历史性论证。倘若《诗序》确实出于子夏，那么何以并未出现在孔子及其弟子的故国齐鲁，而是出现在赵国？《诗序》中曾说，某些诗篇的文字已佚[16]，这说明它一定是秦火之后所写。《裳裳者华》（《毛诗》第214篇）的序文谓"古之仕者世禄"[17]，那么这也不可能作于秦朝之前，因为秦之官员并不"世禄"。这类论证显示出一种敏锐的批判意识，在郑樵之前并未有人这样对《诗序》批评。

第二种论证是，对《诗序》等文本由早期著作拼凑而成的观点，有了真正的理解。

> 作《序》者有可经据则指言其人，无可经据则言其意。
> 彼以《候人》（《毛诗》第151篇）为刺共公（前651—前617），共公之前则昭公也，故以《蜉蝣》（《毛诗》第150篇）为刺昭公。昭公之实无其迹，但不幸代次迫于共公，故为卫宏所置。[18]

但是，如果下面这段文字是真实的，那么郑樵就并未简单地假定《诗序》是由此前的文字材料拼凑而成。

225　　　或者又曰："《序》之辞委曲明白，非宏所能为。"曰："使宏凿空为之，虽孔子亦不能；使宏诵《诗》说为之，则虽宏有余矣。意者毛氏之说，历代讲《诗》之说，至宏而悉加诠次焉。"[19]

这是郑樵对传统《诗经》学观点提出反驳的第三种论证，也是最有趣的一种论证。这些论证都建基于以下这一过程，那就是随着《诗经》逐渐成为儒家文本文化和经义文化的核心，他所致力于反驳的那些误解产生了。其中的有些观点已经很熟悉了。例如他指出，《诗序》由子夏所作的说法必须追溯至《论语·八佾》第8章。在该章中，孔子赞扬子夏能敏锐理解自己对诗的阐释。其他的一些论证则更具原创性。

郑樵意识到，在文本注释制度化的情况下，会有一股强大的力量去创造"义"。他说："书生之说例是求义以为所。"[20] 由此则产生了过度解读。例如，在《关雎》（《毛诗》第1篇）问题上，学者对于"雎鸠"的形象进行了过度解读，但"雎鸠"只是作诗者的所见而已："雎在河中洲上不可得也，以喻淑女不可致之义。何必以雎鸠而说淑女也！毛谓以喻后妃悦乐君子之德无不和谐，何理？"[21]

同样地，《诗经》中的《风》《雅》和《颂》三部分的名称也被过度解读了。

226　　　凡制文字，必依形依象而立。"风""雅""颂"皆声，无形与象，故无其文，皆取他文而借用。如"风"本风雨之风，"雅"本乌鸦之鸦，"颂"本颂容之颂。奈何序《诗》者于借字之中求义也！[22]

郑樵还认为，在《论语》的《八佾》第20章、《泰伯》第15章中，孔子是在评论《关雎》的音乐，而并非其文辞。

其（孔子）曰："师挚之始，《关雎》之乱，洋洋乎盈耳哉！"此言其声之盛也。又曰："《关雎》乐而不淫，哀而不伤。"此言其声之和也。……缘汉人立学官讲《诗》，专以义理相传，是致卫宏序《诗》，以乐为乐得淑女之乐，淫为不淫其色之淫，哀为哀窈窕之哀，伤为无伤善之伤。如此说《关雎》，则洋洋盈耳之旨安在乎？

由此，郑樵说："声失则义起！"[23]

当然，郑樵《诗经》学中最重要的一点是，他在对《将仲子》（《毛诗》第76篇）直言不讳的评论中，说出了"实淫奔之诗，无与于庄公、叔段之事"[24]。至此，郑樵最明确地声明，并非所有的诗篇都代表儒家典范的言语与思想。这可能是《诗经》研究史上第一次尝试将这种见解应用到对诗篇的实际解释中。但具有敏锐批判意识和渊博学识的郑樵，对作为文学或道德实践要素的诗篇并不感兴趣。这种意识的诠释学影响后果，只能留待他人去处理。

到12世纪中叶，人们已普遍认为《诗序》不能作为阐释诗篇的指导，并且也承认有些诗篇表达了非规范性的态度。程大昌（1123—1195）在《诗论》的第九、十、十一篇文章中，对《诗序》的权威性进行了详尽的抨击。[25] 王质（1127/1135—1189）撰集了一部完整的《诗经》注——《诗总闻》，该书虽然摒弃了"上序"与"下序"，但在所有的阐释中并没有进行区分。林光朝（1114—1178）有一段评论，以一种厌倦的世俗性概括了这个时代的精神："诗之意不一。……如《春秋》中好事至少，恶事至多。"[26]这并非一个令人欣喜的发现。林光朝似乎在说，正如在很多事情上一样，这个世界比他所相信的要更加复杂。没有单一而规范性的意图或人格来统一诗篇。相反，人们面对的是一种支离破碎和令人不安的可能性，许多诗篇并非出自圣人，而是出自道德堕落的人。读诗的优先性即使没有丧失，也受到了威胁。

当然，在12世纪，并非所有人都同意对《诗序》及其代表的传统《诗经》观进行激烈批评，而且本质上较为保守的学术著作也在持续撰写。在这些著作中，最受欢迎和最具影响力的著作之一是吕祖谦（1137—1181）的《吕氏家塾读诗记》。[27]吕著之所以引起人们的兴趣，不仅因为它包含了吕氏在

《诗经》上稍显传统的阐释，而且因为它引用了一位学者的早期《诗经》注。这位学者日后将宋代的反传统主义确立为一种新的正统，他就是伟大的朱熹。[28]

朱 熹

众所周知，朱熹对《诗经》的看法发生过转变。朱氏曾多次言及，自己如何从传统经学的桎梏中挣脱出来。

> 熹向作《诗解》文字，初用《小序》，至解不行处，亦曲为之说。后来觉得不安，第二次解者，虽有《小序》，间为辨破，然终是不见诗人本意。后来方知只尽去《小序》，便可自通，于是尽涤荡旧说，诗意方活。[29]

及至撰写今本《诗集传》时，朱熹已经确信，《毛诗序》的解释非但不能作为《诗经》的指南，而且会给理解《诗经》造成实际的障碍。更重要的是，朱熹转而同意郑樵的观点，即认为某些诗篇（尤其是《郑风》与《卫风》中的篇目）确实是"淫诗"——这些诗篇不仅产生于道德沦丧的历史时期，而且作诗者本人也被暴虐的社会所侵蚀。[30]

《汉书》首次提及，由宫廷使者负责采集民间乐歌。朱熹通过发展这一观点，挽救了《诗经》的典范地位："吾闻之，凡诗之所谓风者，多出于里巷歌谣之作，所谓男女相与咏歌、各言其情者也。"[31]因此，《诗经》中的一些诗至少表明，它们并不具有统一的规范性。这些"淫诗"正是作为反面例子才被孔子编入了《诗经》之中。

> 《论语·为政》："《诗》三百，一言以蔽之，曰'思无邪'。"人多言作诗者思皆出于无邪，此非也。如《颂》之类固无邪，若变《风》、变《雅》亦有淫邪处，但只是"思无邪"一句，足以当三百篇之义。《诗》中格言固多，紧要惟此一句，孔子删《诗》，所以兼存，盖欲见当时风俗厚薄，圣人亦以此教后人。[32]

考虑到这些诗篇的异质性，人们应当如何解读它们？朱熹认为，"淫诗"的作用是警醒读者注意潜在的错误，并启发读者进行自我反思。尽管如此，朱熹并不建议对"淫诗"进行深入研究："看《诗》且看他大意。如卫之诸诗，其中有说时事者，固当细考。如郑之淫乱底诗，苦苦搜求他有甚意思？一日看五六篇可也。"[33]

虽然朱熹承认，《诗经》中有一些非规范性态度的诗，但他的诠释学并不全是指向那些诗。相反，他主要关注那些能培养、激发正确的情感与道德的诗，并且劝导弟子同样致力于此。

朱熹的诠释学学说

《朱子语类》是阐述朱熹诠释学学说的最重要材料来源。[34] 这部庞大的著作以不同的话题为基础，将朱熹的论说与谈话予以分类，编成大约140卷，涵盖了新儒学思想的全部领域。对诠释学历史而言，第十、十一卷的《读书法》特别引人注目。这两卷共包含245则内容，其中许多条目包含两个或两个以上的评论或逸事。① 这两卷内容让我们可以对朱熹诠释学进行一种详细、复杂和推论性的解释，其规模在此前的历史中是无与伦比的。

朱熹的诠释学学说在复杂性和广度上都令人生畏。但从其教学目的来讲，他经常以相对简短而又容易记忆的纲领性文字来概括自己的学说。在此下的内容中，笔者将通过关注这样的一个纲领来讨论朱熹的诠释学，并在必要时讨论相关的概念。

笔者将这一纲领称为朱熹的"三段式"，其最简洁的形式如下："少看熟读，一也；不要钻研立说，但要反复体验，二也；埋头理会，不要求效，三也。三者，学者当守此。"（10.35）这一教学纲领的三部分中，每部分都包

---

① 笔者引述这些条目时，首先标出卷次编号，然后标出该卷中的条目次序编号。例如"11.1"指的是卷十一第1则。

含一个四字短语，这种短语类型在汉语的熟语、警句和文学文本中都很常见，前两个四字短语都由语法上相近的两个双音节词语组成。这种教学形式旨在促进记忆。弟子们把这种教导当作一种口号，对它进行反思与复述，并汲取其中的内涵。³⁵

"少看，熟读"

朱熹"三段式"的第一个要素是告诫弟子要"少看"。这则简单的建议以各种形式出现，是朱熹诠释学学说中最常见的一则。

> 书宜少看，要极熟。（10.37）
>
> 读书，小作课程，大施功力。如会读得二百字，只读得一百字，却于百字中猛施工夫。（10.39）
>
> 读书不可贪多，且要精熟。如今日看得一板，且看半板，将那精力来更看前半板。（10.40）

我们需要留意朱熹此处的告诫，仔细思考一下这句简短格言的含义。"少看"并不容易，现代生活的所有规则与压力都在迫使我们快速阅读。阅读日常生活中的文本时如此，阅读那些文学或宗教文本时也是如此，而文学与宗教文本正是诠释学关注的典型对象。如果将文本视为一种工具或手段之外的东西，视为一种与阅读技术无关的东西，那么就意味着要抵制现代世界中所有的规则与压力，它们要求每种付出都必须有相应的回报。

这些力量同样存在于朱熹的世界当中。那些为学之人，不论是为了通过科举考试，还是为了儒学的自我修身，都必须面对大量的材料。弟子们（如朱熹的许多弟子）为了参加科举考试，不仅需要学习儒家经典，还要学习历代史书与诗赋。³⁶ 而那些投身于新儒学自我转变的人，为了达到目的，需要面对更为艰巨的事业。程颐曾认为，《四书》可以为经学提供一种相对简单、优先的阶梯，而朱熹也确实采纳并推进了这一建议。对于那些学习时间受境遇或职业限制的人来说，这样一个经过删减的功课也许就已经足够。[37] 然而，在朱熹看来，认真的研习者应当以《四书》为阶，继续掌握大量的材料。除了《十三经》之外，学生需要学习经学传统（11.206），甚至包括王安石的经义（11.197），以及正史和司马光的缩编著作（11.234）。[38] 面对如此汗牛充栋的文献资料，朱熹显然站在弟子的立场上说："天下书尽多在，只恁地读，几时得了。须大段用着工夫，无一件是合少得底。而今只是那一般合看过底文字也未看，何况其他！"（10.32）[39] 因此，毫不出人意表的是，宋人以一种看起来相当现代的方式，技术地处理这些问题，他们利用了考试工具和大纲，或者尝试"快速阅读"。[40]

面对这些压力，朱熹建议他的弟子应该减少而不是增加每日的阅读量。除了建议学生"少看"（10.35—37）之外，他还告诫要"小作课程"（10.39），不要"贪多"（10.40—42）。他着重谈到"仔细"阅读（10.74—79），还经常强调逐句逐章理解文本的重要性："读书须是专一。读这一句，且理会这一句；读这一章，且理会这一章。须是见得此一章彻了，方可看别章。"（10.52）

朱熹进一步强调了温习的作用，说："看文字须子细。虽是旧曾看过，重温亦须子细。每日可看三两段。不是于那疑处看，正须于那无疑处看，盖工夫都在那上也。"（10.74）这种建议通过"少看"来回应传统的强大压力，必然会令人们感到有些惊讶和违反直觉。但是，我们不得不说，朱熹执意要学生以这种方式放慢这一过程的步伐。

对于这些告诫，我们必须从朱熹诠释学学说的一个建构性主题来理解，那就是两种阅读形式间的对比。这种对比有时是明确说出的，但通常情况下都是不言而喻的。两种形式之中，一种形式是肤浅、枯燥与无用的，另一种形式则是投入其中，达到"精熟"[41]，而且可以促成人的转变。朱熹通常将第一种与文本的关系认为是"今人"的典型[42]，笔者称其为"现代阅读"（modern reading）。第二种更加令人满意的阅读，并没有明确的命名，但我们如果称它为"深度阅读"（deep reading），那么既不会扭曲这一理想，也不会对相关的词汇有所误用。[43]

对于朱熹及其弟子而言，我们很难夸大"深度阅读"与"现代阅读"对比的重要性，也很难夸大这一对比的清晰度。深度阅读是为了有效地致力于研究，这是新儒学事业的核心活动。考虑到源于中古时期《诗经》诠释学的那种阅读观点，精读（深度阅读）不仅仅是道德转变的一种手段，而且其本身也是这个目的的组成部分。尽管深度阅读者会遇到困难甚至困惑，尽管深度阅读需要弟子付出决心与努力，但朱熹还是把它描绘为一种轻松自如的理智兴趣以及自我更新的体验。如果有弟子读书读得深入，就会通过这种经历有所改变，体验到"入道"的力量与欢欣，这种力量和欢欣是新儒学最诱人的承诺。[44]

但是，"现代阅读"不仅是徒劳无益的，而且会让人感到不适与沮丧。[45]深度阅读者会发现对文本有着浓厚的兴趣[46]，与之相反，不幸的"今之读者"会发现文本枯燥无味。[47]深度阅读者会剥去文本的重重层次（10.80），对著作、段落与字句"寻根问底"，而现代阅读者与之不同，只能"轻浮"（10.14）或"泛泛然"（10.39）于文本的表面。他们在那些本应激励并改变自己生活的文本中，找寻不到任何价值。

"少看"之所以重要，是因为人们如果匆匆浏览文本，那么其体验必定是虚假和肤浅的。另一方面，在少而缓的阅读中，人们就会像深度阅读者那样阅读。这种阅读本身并不构成深度阅读，这就如同另一种阅读方式也不能确保就是对文本的肤浅经验。但是，在"少看"的过程中，人们就有可能进入文本，它创造的是一个深度阅读可以发生的空间，而理解的发生就在其中。[48]"少看"（从而缓慢、认真地看）是志向高远之人的生存赌注，他希望能像深度阅读者那样体验到文本，而就在这种希望下，他会努力克制那种急于浏览文本的欲望。

在朱熹"三段式"的第一部分中，与"少看"相关的告诫是"熟读"。"少看"之所以重要，是因为人们会沉浸于文本中，探索其深度与复杂性。朱熹有时把这一过程描绘成一种被动的过程，读者只需"等待"理解的到来。⁴⁹但读者也可以采取一些步骤促进理解。也许最重要的方式就是"读"书至"熟"。作为这一过程的结果，对文本的全面把握是非常宝贵的，因为它促进反思文本的意义，因而与圣人意志的内化密切相关，同时也因为它允许文本再生产。这一宝贵的目标既是一种象征，也具有实际的用途。

与"少看"一样，"熟读"一词是一个由副词和动词组成的复合词。第一个字——"熟"（在某些情况下也读作"shou"），有不同的译法，可以被译作"cooked"（熟的）、"processed"（加工过的）、"ripe"（成熟的，用于果实）、"sound"（熟睡的）或"very familiar"（非常熟悉，用于人或文本）。在"熟读"这个词语中，该字用作副词，意为"彻底地"或"一直到完成"。复合词的第二个字——"读"，是《朱子语类》卷十、卷十一标题"读书法"中的第一个字。朱熹的很多议论，起首语都是"读书"，这一标题即源于此。在这种情况下，"读"只是"阅读"的意思，与其他术语如"看"和"观"是一样的。不过，朱熹的"读"通常指的是"朗读""吟诵"或"背诵"："大凡读书，且要读，不可只管思。口中读，则心中闲，而义理自出。某之始学，亦如是尔，更无别法。"（10.120）⁵⁰

因此，"读"是与默读相对的诵读。朱熹认为，默读是"今人"的典型做法，而诵读则是"古人"与深度阅读者的共同特征。在朱熹那里，"今人"与"古人"的区别具有弹性，与其说是历史的不如说是神话的。然而，在口头诵读这一情况下，朱熹以一种精准的方式定位了向"今人"的转换——北宋以降，由于出现了廉价而便捷的印本，经典不再以"暗诵"的方式"相授"（10.66）。但在此之前，书籍相对稀少，而且获取不易，因而被珍视、吟诵和记忆（10.67）。与向"今人"阅读的一般转变一样，在朱熹的思想中，从吟诵文本到默读印本的转变，隐含并连接着一系列相关的二分法——公开朗诵与私人阅读相区别；家法（师法）、正统的教义与推测的经注、轻率的反传统主义相区别；外部的声音与内在的思想相区别。

在朱熹看来，文本的吟诵、内化与记忆密切相关。确实，较好地理解一篇文章最重要的标志之一就是"记得"它。由于许多原因，朱熹及其弟子都高度赞赏那种不费吹灰之力就能回忆出学习过的文本的能力。这种能力使读书者不受书本的束缚，使他们能够随时思考经典中的文字（10.69），而且它被理解为文本意图内化成功的具体证明。在科举考试中，文本记忆也是非常重要的。科举考试非常重视辨读和记忆经典中的字句以及经典的权威注解，而为这些考试所做的准备，则需要将大量的材料记入脑海之中。朱熹的弟子经常向他抱怨记不住读过的文本，或者问他如何增强记忆力[51]，而朱熹最大胆的主张就有关文本的记忆。

> 昔陈烈先生苦无记性。一日，读《孟子》"学问之道无他，求其放心而已矣"[52]，忽悟曰："我心不曾收得，如何记得书！"遂闭门静坐，不读书百余日，以收放心；却去读书，遂一览无遗。（11.110）

在这段文字中，记忆力是真正接触文本的象征。通过一个简单的转换就能实现这个目标，这种观念必然是很吸引人的，而且它暗含了达成目标所需的强度。

有趣的是，尽管人们对记忆文本有着强烈兴趣，但朱熹很少谈及或倡导"背诵"。[53]事实上，他曾对这种做法进行过谴责。[54]原因显而易见，"背诵"似乎只是对文本字句的机械复制，而"熟读"则涉及将其意图内在化。[55]对这种结构性的对比，我们已经很熟悉。与文"意"相比，"文义"是偶然的，几乎是微不足道的。对经典等重要文本的记忆如果就像为了通过考试而学习，那就是对真正学习的扭曲。相反，如果一个人对文本进行了深入而真实的接触，那么记住所读内容的能力只是其副产品而已。

朱熹通过一位商人的例子说明了这一点。这位商人虽然不识字，但把所有的账目都记在了心里。

> 旧有人老不识字，然隔年琐琐出入，皆心记口数之，既为写下，复之无差。盖其人忠实，又专一无他事，所以记得。今学者不

能记，又往往只靠着笔墨文字，所以愈忘之也。(11.182)

这位商人非常关心自己的财富，所以他记得账目。同样，一个学生如果关心他所研读的文本，那么也会记得它们。[56]记忆力如同它所代表的深度阅读一样，是学生主观态度的一种功能。

"三段式"的第一部分有关对文本的熟读。通过限制研读文本的量，学生可以让自己完全熟悉文本。学生反复诵读的过程，与其说是在记忆文本，不如说是把文本进行内化。他对文本的记忆力是对文本熟悉程度的一种反映，而不是熟悉文本的一种手段。

"反复玩味，体验"

和"三段式"中的第一部分一样，第二部分也是由在语法上相近的两个双音节词语组成。这两个词语中的第一个词——"反复"，在朱熹的诠释学学说中相对少见。在一段文字中，我们发现它与程颐诠释学的关键术语"玩味"相结合，组成了短语"反复玩味"(10.34)。[57]在其他一些地方，它与"熟读"相搭配。[58]和"玩味"一样，"反复"也暗含了对文本的细致思考，类似于了解一个物体的三维与"物性"。

"体验"是以"体"字开头的一组复合词之一，在朱熹的学说中反复出现。杜维明在《内在体验：新儒家思想的创造基础》("Inner Experience: The Basis of Creativity in Neo-Confucian Thinking")一文中讨论过这些术语。[59]他所讨论的大部分术语，包括"体验"(10.137)、"体察"(10.138)和"体认"(10.141)等，都在《读书法》中出现过。杜维明在该文中认为，在这些词语中，"体"的意思是"体证"，因而意味着"牵涉整个人"，而他认为"体会"的意思就是"体验地理解"。[60]确实，朱熹将"体验"与只是关注"书本"(10.139—140)的那种阅读相对立。[61]"体验"是一种超越表面意义的理解，它让整个人投入其中，并涉及文本对读者自身存在情境的应用。

这种对文本的探索，受到了现代读者固有观念和偏见的威胁。《读书法》

卷十的第36则给出了"三段式"的一个扩展版本，其中"反复体验"与"钻研立说"形成一组对比。"钻研"即钻入玉石之类坚硬的东西，努力钻到一个愈来愈狭窄的空间之中（我们应该说角落之中）。[62] 由于现代读者"立了"一种"说""见解"或"意"，而强使文本与之相符合，这就产生了上述理解。[63]

这些偏见可能有两种："今学者有二种病，一是主私意，一是旧有先入之说，虽欲摆脱，亦被他自来相寻。"（11.173）[64] 有关后一种，朱熹似乎指的是对传统通行的学说不加批判地予以接受。他经常告诫弟子，不应该只接受权威的解释，即使对自己的学说也不应该全盘接受[65]："不然，人说沙可做饭，我也说沙可做饭，如何可吃？"（11.167）但弟子的"私意"也会模糊文本的原意。[66] 这两种情况都是"先立己意"（11.123），然后"迁就"文本去符合（11.165、11.167）。朱熹认为，这是一种唯我论，古人的言辞和观点都根据自己的想法来解释。

> 读书，如问人事一般。欲知彼事，须问彼人。今却不问其人，只以己意料度，谓必是如此。（11.166）
>
> 今人多是心下先有一个意思了，却将他人说话来说自家底意思；其有不合者，则硬穿凿之使合。（11.164）

为了避免那种先立一个"见解"的限制效果，朱熹建议他的弟子应当"虚心"。在中国诠释学中，"虚心"一词源远流长。朱熹的直接源头可能是北宋大儒张载的学说。在张载那里，"虚心"代表了有关解经共识失坠问题的解决途径。对张载来说，这种消除了一切偏见和自我主义的思想，能够区分出哪些是经典中的真实和转化的元素，哪些是后来的篡乱与损坏。[67]

这种"虚心"的概念并非张载所创造。事实上，我们可以在古老的《荀子》和《庄子》中找到。例如，荀子在《解蔽》（第21篇）中说："不以已所臧害所将受，谓之虚。"[68]

德效骞（Homer H. Dubs）认为，道家最先提出这一概念。他提到《老子》有一段著名的文字："圣人之治，虚其心，实其腹。"[69]这是马基雅维利式的《老子》。这段文字提出的不是教育民众的计划，而是让民众保持无知的计划。庄子是道家中更具代表性的一位，《人间世》（第4篇）谓：

> 若一志，无听之以耳而听之以心，无听之以心而听之以气。听止于耳，心止于符。气也者，虚而待物者也。唯道集虚。虚者，心斋也。[70]

葛瑞汉在这段文字的注释中说，当"气"变得"虚"时，"心"就会"完全没有概念性的知识"。[71]在《渔父》篇（产生时间可能稍晚）中，"虚心"显然与"学"有关。在该故事中，孔子作为道家渔夫的陪衬形象，恳求其有所教益："丘少而修学，以至于今，六十九岁矣，无所得闻至教，敢不虚心？"[72]

对于朱熹而言，"虚心"同样与消除可能妨碍理解的偏见有关。但对朱熹来说，"虚心"与其说是将一切预设清空，倒不如说是将它们予以控制。朱熹告诫弟子不要"迫"，不要"向前"。这里的"迫""向前"似乎不仅是指那种跑在文本前的急躁心理，朱熹在劝告学生"少看"（11.171）时已经对此表示反对，而且也是指过早地把自己的观点强加于文本之上（11.173）。他将"退步"与"迫"进行了对照。

> 今人观书，先自立了意后方观，尽率古人语言入做自家意思中来。如此，只是推广得自家意思，如何见得古人意思！须得退步者，不要自作意思，只虚此心将古人语言放前面，看他意思倒杀向何处去。如此玩心，方可得古人意，有长进处。且如孟子说《诗》，要"以意逆志，是为得之"。逆者，等待之谓也。如前途等待一人，未来时且须耐心等待，将来自有来时候。他未来，其心急切，又要进前寻求，却不是"以意逆志"，是以意捉志也。如此，

只是牵率古人言语，入做自家意中来，终无进益。(11.130)[73]

朱熹的这种"虚心"理想，并不是要求解释者完全摒弃"意"。相反，解释者要抵制那种过早地把自己观点强加于文本的冲动。解释者要探索文本的意图，赋予它们一种暂时的生命。与"少看"一样，这种理想不是漫不经心或毫无强迫感，而是要控制那些不安的情绪。在朱熹心中，解释者的沉静并非空虚的沉静（尽管有"虚心"的"虚"），而是于微妙的平衡之中保持着强大能量的沉静。无偏见的理解既是情感的完善，也是理性的完善。

"不必想象计获"

朱熹与北宋大儒都认为，读书读得好的关键不在于遵循某种解释正统，而是在于读者面对文本的那种主观态度。如果读者的心是平静、安定和专注的[74]，那么这种沉静不仅能促进他们理解文本，而且更重要的是，能够使他们被经典文本所感化与转变。与此同时，朱熹的思想世界比程颐或张载更为复杂。不仅围绕《诗序》等文本的争论颠覆了有关经典正确解释的共识（未经承认），而且朱熹及其弟子还发现读者的主体性是诠释学的资源，而读者的主体性在北宋被视为诠释学问题的解决方案。事实证明，研习者的主体性是不会轻易改变的，更不会清晰地反映出研习者的意志。要简单地解决问题，其实并不简单。

朱熹对他所追求的那种沉静和专注的主体性，讨论了许多可能的歧途。[75] "三段式"第三部分中所说的"不必想象计获"中的"计获"，就是最常讨论也是最重要的一个问题。如上所述，朱熹对结果或"计获"的态度并不明晰，且不乏矛盾之处。例如，我们注意到朱熹对"记忆文本"的做法表示怀疑，但他又向弟子允诺，记住文本正是良好的深度阅读的一个结果。同样地，尽管朱熹认为"读书是第二事"（10.1—2），读书本身并非最终目的，但他仍然坚持认为一位深度阅读者应该"徘徊顾恋，如不欲去"（10.46），而急于读完文本则是达成真实理解的主要障碍之一。不要"想象计获"的告诚似乎首先坚持认为,唯一真实的(因此也是有效的)阅读是读者完全沉浸于书本之中,由其浓厚兴趣驱策而不是想着最终的收获。

然而,当我们看到《读书法》中与之相关的概念时,就会看到一种更复杂的情况。卷十第35则给出的"三段式",在同卷第36则中以稍微扩展的形式重复出现。在后者中,"三段式"的第三个要素是"埋头理会,不要求效"。在卷十第29则中,我们发现这种想法的另一种形式:"才责效,便有忧愁底意。只管如此,胸中便结聚一饼子不散。"

《诗经》在此处堪称最佳的范例。有一种十分乐观的看法认为,《诗经》的感召力不会因文本的难读而受到影响。但与此矛盾而令人不解的是,在所有文本中"最简单"的《诗经》实际上也充满了困难。这种困难不只包括那些艰深的语言学问题,更重要的是,即使弟子理解了诗,诗也没有像预期的那样对弟子有所"兴发"。

> 徐㝢(因《论语·泰伯》第8章"兴于诗,立于礼,成于乐")
> 问:"立于礼,犹可用力。诗今难晓,乐又无,何以兴成乎?"
> 问:"先生授以《诗传》,且教诲之曰'须是熟读'。尝熟读一二篇,未有感发。"[76]

有关读书能否带来真正的收获,这种焦虑实际上被加剧了,因为弟子坚信他们未被文本所"兴发",不是由于文本的固有困难,也不是由于在理性上难以理解文本。[77] 相反,正如朱熹所强调的那样,问题在于弟子自己给文本带来的主观取向——与经典建立真正关系的关键还在他们自己手中,却自相矛盾而令人懊丧地派不上用场。北宋诠释学的允诺在这里显示出了不足——如果一个人想被经典改变,只需改变自己接近它们的方式,那么如果不理解文本,就是懒惰或缺乏诚心所致。

这种失望绝不仅限于《诗经》。弟子们常在"学"中发现自己的经验与老师不符。不论是因为正在准备科考,还是因为要投身于个人和社会转型的新儒学事业，弟子们都要长期艰苦地阅读经典、注疏与史著。但他们往往觉得这只是在走过场，文本远远没有激励和改造他们，而只是让他们感到无聊甚至于感到糊涂。这种失望而无聊的经历与朱熹向他们保证的变革性欣喜之间，产生了一种张力：一方面激发他们的希望，另一方面又使他们陷入了自我怀疑。

朱熹的诠释学从许多方面解决了弟子们的上述问题。首先，他给出了进行深度阅读的承诺。朱熹告诉弟子们，少看就能读更多，也能记住读过的内容。"文字大节目痛理会三五处，后当迎刃而解。学者所患，在于轻浮，不沉着痛快。"（10.14）[78]这样的允诺以及其他方法一定是为了缓解弟子们的焦虑，因为朱熹的诠释学与弟子们面对的艰巨任务似乎构成了一组矛盾。朱熹告诉他们，放弃从阅读中获得一些东西的愿望，他们就会得到丰厚的回报。

笔者认为还有更重要的一个回应，这种回应在上文已经有所触及。在讨论朱熹"三段式"的第一步时，我们遇到了这样一个观念，那就是"少看"是要像深度阅读者那样读书的一种建议，也是一种生存赌注。以这样一种方式阅读，就是通过一种意志的行为，牵制那种走在文本之前的急切而危险的冲动，并采取深度阅读者的立场。

了解了这种复杂性，那么朱熹认为阅读是一个包含紧张甚至冲突的过程，就不会出人意表了。朱熹贬斥北宋时期"从容玩味"的理想（10.23），经常说学习是一种需要勇气和决心的斗争。读书就像"一棒一条痕"（10.24）或"捉贼"（10.27），读者须像一位"猛将"（10.2）或一个"不恕""没人情"的"酷吏"（10.25—26）。如笔者前文所说，朱熹所说的读者的沉静并不是空虚或心神的沉静，而是一种强大力量取得平衡的平静，朱熹以一个鲜明的形象来表达此意："看文字，当如高艭大舳，顺风张帆，一日千里，方得。"（10.28）

正确的主体态度是与文本建立真正联系的关键，这一不必明言但不容置疑的假定，使朱熹的诠释学紧紧融入宋代的主流之中。与此同时，朱熹的诠释学与北宋诸儒还有一个重要的不同——北宋诸儒认为主体的"平和自如可以解决诠释学问题,但对朱熹(对其弟子更是如此)而言,"平和自如"恰是问题所在。朱熹等人发现,要想做到"平和自如"其实并不简单。他们也发现,读书者看似拥有完全的自由和自主,但主体性实际上受迫于那不可预见的诸多约束,这些约束会让读书者感到懊丧与失望。战国时期是中国诠释学第一个伟大的创造性时期,与战国时期对人格的关注一样,中国诠释学的深化伴随着更为复杂的人格图景。

结　语

　　本章的两个主题——朱熹的诠释学以及他参与其中的批判性学术——之间的关系,颇为复杂,并不能简单地予以概括。从某一层面上而言,朱熹之前的学者已经发现,并非所有的诗都包含典范意义上的规范性态度,而朱熹对这一发现的反应,只能表明读者忽略"淫诗",并一如既往地继续阅读那些规范性诗篇——即把它们的规范性态度进行内化。然而,在更深的一个层面上,我们可能会对这种做法的后果表示怀疑。人们对诗中动机的信念在减弱,其影响之一可能就是缓和了北宋学者所关注的"意/义"二分。不仅"义"开始出现于此前"意"所在的语境之中,而且"意"的"意图性"特征在"意义""意思"这样的复合词中也渐趋淡化。[79]"意""义"二者对中国诠释学的后续发展都具有重要意义,但它们之间的对比已不再能引来人们的关注。

　　另一个影响可能与深度阅读者主体性的"采用"有关。《诗经》的传统允诺是,提供一种模型——中古诠释学中的"志"和宋代诠释学中的"意",读者的人格围绕它得以形成。张载将这一点归结为文本"维持此心"(11.103)。[80]然而,对朱熹来说,这种允诺已经不够了。只有在弟子的思想做足准备、平静沉着而又乐于容纳时,文本才能"支持"他们的思想,而这种使思想做好准备的过程,则涉及"借用"深度阅读者的态度和方法——深度阅读者已经获得了文本的支持。读者所采取的态度——所下的赌注——得到了文本的证实。因此,这个过程不是循环的,但它也并未像中古甚至北宋的诠释学那样,坚定地建基于文本信仰之上。

　　《诗经》诠释学的历史并未终止于朱熹。在之后的几百年间,学者们对传统的诠释学问题提出了新的解决方案,也提出了对传统全新的思考方式。例如,王夫之(1619—1692)在清初提出,尽管《诗经》作者有可能只指向某一种含义,但这种含义并不必限制读者在文本中寻找到其他意思。[81] 后来,清代学者在考据学运动中直接挑战了新儒家诠释学的主观主义偏见,认为语言和分析上的考虑在决定经典含义时占据首要地位。[82] 清代的一些学者比较强调方法论,有人认为那是现代科学方法的先导,这最终导向了将经典视为历史文献而不是神圣经文。[83] 清代对古典传统的重估,与西方历史主义的兴起同样具有重大意义,它以其自身的方式产生了深远的诠释学影响。尽管如此,新儒学的"读书法"在11世纪首次出现,并由朱熹做出了权威的系统阐述,它仍然是整个传统的核心,甚至对那些觉得不得不反对它的人也产生了影响。[84]

　　因此,新儒家的一般诠释学成为了中华帝国晚期的一种正统。虽然这样的正统观念具有影响力,但需要承认的是,过度关注于它们(例如本书)往往会轻视、低估甚至完全忽略那些在当时遭到否定和边缘化的其他进路,那些在历史的变迁中昙花一现、逝而不返的进路。以早期的一个例子来看,有关汉代《诗经》学的完整叙述,不仅要考虑到最终为《毛诗》所取代的三家《诗》,还要考虑到以阜阳和马王堆新出土材料为代表的那些传统。[85] 此外,当然可能存在一些地方性的其他隐秘传统,我们对它们并未考察。因此我们必须警惕,切勿将历史上偶然和局部的胜利视为一种自然而然、必然发生的胜利。最后,在我们所说的"儒家"进路外,佛教和道教的注释者也都研治他们自己的经典,但那种进路通常所预设的前提,似乎与此处的概述完全不同。[86]

　　由于以上这些原因,在与西方诠释学相对应的那种意义上来讨论典型的中国诠释学,恐怕还为时尚早。在中国传统之中,阅读、研习和注解的进路林林总总,本书所讨论的也只是其中最具影响力的一种。那些进路除了都相信从文本出发是至关重要的之外,可能不存在任何共同的特征。

注 释

此下文献中的作者名、论著名、出版信息等如有省称，请参看本书参考文献。

书前题记：Stevens, pp. 358–359; Bishop, pp. 188–189; 董仲舒，卷三，第9a页。

第一章

1 对自然异象与预兆的早期记录，在《周易》最早层次的文本以及《诗经》之中尚有留存。这些文本（尤其是《周易》）中所残存的民间宗教的作用，可参看Kunst, pp. 62–81。有关商代甲骨文，参Keightley。

2 近来有学者将教义（doctrine）定义为"关于信仰和实践的共同的权威教导，那些信仰和实践对一个群体的身份认同或利益而言至关重要，……（而且）……它可以表明什么才是对该宗教共同体的忠实依存"（Lindbeck, p.74）。林贝克（Lindbeck）所讨论的是基督教教义，但教义文化（doctrinal culture）的概念可以推广到许多法律传统之中，笔者认为它也可以推广到儒学传统之中。教义文化有许多特点。首先，它源自某些基本教义，且不断回溯至这些基本教义，这些教义通常是文本，但也有例外。这些基本教义是该传统中的权威性最重要的来源。教义解说（doctrinal exposition）和争论集中在对基本教义的阐释上，因而往往具有诠释学的特征。其次，在该种文化中所进行的解释，并非公正无私或纯粹历史学的，而是自我辩护的。例如，在法律传统中，解释结果（经法庭认证）对解释者本身和其他社会成员都具有约束力。在宗教传统中，解释可能旨在发现上帝的律法，或者实现解释者的道德转变。然而无论如何，解释都不是没有价值的，而是致力于维护整个传统。最后，教义传统往往会书写自己的历史。有关它的理解的最重要来源，不是传统"外"的著作，而是作为教义争论一部分的历史讨论。

3 经学研究的文献浩如烟海。与多数教义传统一样（西方的法律传统就是一个良好例证），经学对自己的过去不断进行阐释与再阐释。因而对于经学史而言，最佳的资料就在中国传统之内。有些著作试图为这一传统的历史进行概述，笔者认为下述研究者的著作尤其可资利用：范文澜、本田成之、蒋伯潜、影山诚一、马宗霍、诸桥辙次(《经学研究序说》)、皮锡瑞(《经学历史》与《经学通论》)、泷熊之助。对《诗经》学史做专门而有益探究的研究者有蒋善国、诸桥辙次(《诗经研究》)、徐澄宇、朱自清。

4   对读者参与作用的强调,通常与"读者反应批评"(Reader-response criticism)有关。最著名的代表人物是罗曼·英伽登(Roman Ingarden)、汉斯·罗伯特·姚斯(Hans Robert Jauss)和沃尔夫冈·伊瑟尔(Wolfgang Iser)。但实际上这是当代一种广泛的批评理论。参见Culler, pp. 31–43。

5   当然,文本阅读的规范与这些文本本身之间的关系是复杂而有疑的。被明确表述出的诠释学可能绝不是单纯的。相反,它们总是试图为阅读立法,排除某些可能性,使其他的可能性看起来是必要的甚至是不可避免的。甚至一种不言而喻的诠释也可能与其试图理解的文本出现不一致。总的来说,一种文化中的文本被书写下来,就会被期待以该时空下那种主导型的诠释学进行阅读。它们期待并渴求这种阅读。

6   有关讨论可参Bleicher, pp. 1–5; Mueller-Vollmer, pp. ix–xi。"Hermeneutics"在中国传统文献中并没有直接对应的词汇。今日汉语中习称的"诠释学",是诸桥辙次《大汉和辞典》未收的一个新词。"经学"一词虽然有严正的脉络,但只涉及经典文本的研究与注解,而缺少将注解进行理论化的意涵,同时也不涉及非经典文本的研究。"读书法"一词似乎是与"Hermeneutics"最为接近的一种传统表达,它的意思接近"阅读的方法",但它直到宋朝才出现,应用也相对有限。

7   Grant, *Letter*。该书概述了古代和早期基督教世界的诠释和注解。

8   有关西方诠释学学科的早期历史,参见Mueller-Vollmer。

9   有关19世纪与20世纪初诠释学的支持者,参见Mueller-Vollmer。伯恩斯坦(Bernstein)的著作叙述了20世纪七八十年代笔者所称的那种"程式化"诠释学的复兴,pp. 109–114尤可参看。

10 最后一点至关重要。威廉·狄尔泰最先倡导这一点,他认为作为诠释学的"理解"(*verstehen*)可以取代"说明"(explanation),"说明"被认为是自然科学的特征(Mueller-Vollmer, pp. 23–28)。"程式化"诠释学在当代的追随者,如保罗·利科、理查德·罗蒂(Richard Rorty)等人,也支持人文科学应当有适合自己的方法与进路。可能由于自然科学在传统中国从未像在近代西方那样受到尊崇,所以这种"程式化"诠释学从未作为一种可能的方法在中国语境下得到发展。

11 Ricouer, pp. 43–44.

12 Heidegger, pp. 36–37.
13 Ibid., pp. 61–62.
14 Gadamer, pp. 235–274, pp. 267–274尤可参看。
15 这一界定排除了那种单纯工具化的解释，如商朝的甲骨文；也排除了文本不再具有权威性的那种历史主义的学术。
16 Culler, pp. 279–280.
17 《荀子·劝学》卷一，第4a—4b页。《毛诗》有很多版本，笔者主要利用哈佛燕京的《毛诗引得》和《毛诗注疏》。有关后者的详细内容，参第五章。翻译和研究方面，笔者主要利用了 Legge, *She King*; Waley, *Book of Songs*; Karlgren, *Book of Odes*; *Glosses on the Book of Odes*; 以及白川静。有关周王室乐师在采集和保存诗篇的作用，参见白川静，第1页；霍克思（Hawkes）在他翻译的《楚辞》(*Ch'u Tz'u*) 第1页以及对桀溺（Dieny）著作的书评（第153页）中有简短精当的评论。汉代乐府可能发挥了类似的功能，有关汉代乐府的创作、活动与历史，参见Loewe, pp. 340–351。
18 Dobson, "Linguistic Evidence," pp. 322–343. 诗篇的年代问题因其口头程式化的特点而变得复杂，即使是最晚产生的诗篇也可能包含一些相当早的句式和主题。出于同样的原因，涉及某些历史事件且可能在之后不久就成型的诗篇，经常在之后的传承中被修改。关于后一种现象，参见C. H. Wang, pp. 95–96。
19 在通行本《诗经》中，宋国的颂诗与被周废黜的商王的颂诗相关，因而该部分名为"商颂"。宋国是商朝的遗民之国。《国语》叙述了商颂如何转变至此，参见 Legge, *She King*, p. 632。
20 "Lauds"（颂）和"Elegantiae"（雅）的翻译，来自方志彤（Achilles Fang）为埃兹拉·庞德的《诗经》译本所作的《导言》，第xiv页。
21 《小雅》中有几首诗明确说明了它们的创作机缘。例如《诗经》第191篇《节南山》："家父作诵，以究王訩。"作诗者的目的在这些陈述中得到彰显，这意味着诗篇往往是由宫廷大员以影响国家政策而"作"或"陈"的。
22 例如，白川静讨论了《关雎》(《毛诗》第1篇)，在今天来看它是一首情诗，但其中的一些要素最初与家族祖先祭祀有关（第456—458页）。
23 高本汉在其《国风译注》(*Glosses on the Kuo-feng Odes*) 的"导言"中，认为这些诗篇一定是"受过良好训练和教育的贵族成员"所作，理由在于它们用韵严整而规律，用词复杂且"高级"（pp. 75–76）。顾颉刚在20世纪20年代也得出了相近的结论，参见顾氏《论〈诗经〉所录全为乐歌》，第639—657页（引自Schneider,

pp. 177-178）。尽管《风》甚至"文学"作品是如此创作的，但笔者认为，大多数学者都会认可，它们具有特色的主题和意象（以及它们可能辅助的音乐）肯定都源于民谣。

24 诺布洛克（Knoblock）认为，在汉朝对孔子确立国家崇拜之前，"Confucian"（儒家）一词不应当使用。但是从孟子、荀子等人对孔子的尊崇来看，笔者觉得该词的使用是合理的。诺布洛克还认为，中国古代不存在孔子"学派"。作为独立的孔子学派，当然是没有的，但正如诺布洛克自己所说，许多互相竞争的学派，当他们传承给弟子之时，都声称自己代表着孔子的权威教义（参见Knoblock, pp. 52-53）。有关儒家学派的政治活动，参第二章。

25 Waley, *Book of Songs*, p.21.

26 Karlgren, *Book of Odes*, p.61.

27 有关《雅歌》解释史的概况，参见Pope, pp. 89-229。

28 笔者将《诗经》视为周王室乐师的曲目"概貌"，这一想法受惠于哈佛大学的傅君劢（Micheal Fuller）教授。1986年春季学期，他在哈佛大学讲授《诗经》课程时提出了这一观念。

29 这一观点可能最早出现于郑樵的思想中（参见第八章），朱自清、何定生等人在20世纪将其发展起来。

30 例如，在《国风》中有另一首诗，传统上也将其命名为《谷风》（《毛诗》第35篇）。该诗使用了与《毛诗》第201篇相同的语言和意象，也是一位弃妇形象。在此类控诉和讽刺中存在民歌与文学的因素，有关二者的关联，参见Watson, *Early Chinese Literature*, pp. 219-222。

31 Hightower, "*The Han-shih wai-chuan*", p. 267.

32 参见Knechtges。正如康达维所指出的，在汉赋中要保持这两个要素的平衡，通常被证明是不可能的，而汉赋中的说教要素经常为它的对象——皇帝所忽略。可参看康达维著作对司马相如赋的讨论（第40页）。

33 当然，押韵和韵律只有在与周王室和孔子产生联系而获得威望之后，才能用来固定诗篇的文本。在这之前，尤其是诗篇还保持着口头程式的传统时，它们一定是不固定的。而且，在先秦文献中，所引诗句多不统一，它们往往是在这种口头传播文本中的语音变体，无论如何它们都不能反映对文本进行"改进"（即道德化）的愿望。

34 当然，包括情歌在内的民间歌谣，在中国后来的时期中也被采集。所谓的"乐府诗"（参见前文注17）就是一个很好的例子，只是它们并未像《诗经》那样走向经典化。
35 有关引用《诗经》更充分的讨论，参见第三章。
36 参见Heidegger, p. 185。然而，儒家的"志"成为主题，可能与海德格尔式的"筹划"（entwerfen, Entwurf）有不同的方式。
37 参见第七章中对程颐有关这一话题的讨论。
38 高本汉将"志"与"之"划归为一类（*Grammata Serica Recensa*, #962）。
39 参见第四章末尾对《孟子·公孙丑上》第2章的讨论。
40 虽然公元1世纪出现的"抒情诗"与《诗经》中的诗篇都被称为"诗"，但它们在形式特征上截然不同。
41 对有关抒情诗体裁的那些假定的详细说明，参见Owen, *Traditional Chinese Poetry and Poetics*; Pauline Yu, *The Reading of Imagery*。刘若愚（James J. Y. Liu）概述了一种他所谓"决定与表现"（deterministic and expressive）的文学理论，参见James J. Y. Liu, *Chinese Theories of Literature*, pp. 63—87。
42 参见Cahill。

第二章

章首语：引自Kelber, p. 1。

1 Soulen, p. 114.
2 Grant, *Historical Introduction*, pp. 105–117. 并非所有的学者都同意"Q"代表书面资料，例如此处所引书就对此表示怀疑，同前，第116页。
3 自"格拉夫-威尔豪森假说"（Graf-Wellhausen hypothesis）出现以来，一百多年间对它的诸多修订和批评，参见Noth，尤其是第4章，以及译者的补充。
4 "形式批判"始于赫尔曼·冈克尔（Hermann Gunkel）对《创世纪》和《诗篇》所做的研究。有关《新约》的研究，马丁·狄比流和鲁道夫·布尔特曼的著作具有开创性。
5 对这种方法的批评，参见Gerhardsson，尤其是第9—15页。
6 例如，《韩非子》卷19（第7b页）对相互攻毁的墨家和儒家学派有过描述。
7 《孟子·滕文公上》第4章。
8 儒家修辞形式源于教学的另一个标志是，儒家学说一般被称为"教"。
9 如后文中会讨论的《先进》第26章、《季氏》第13章。本书所有对《论语》的引述，皆依据杨伯峻在《论语译注》中所给出的传统编号，而不是哈佛燕京汉学引得系列中的《论语引得》，也不是亚瑟·韦利的《论语》译本。笔者在自行翻译时，依据了亚瑟·韦利和刘殿爵（D. C. Lau）的《论语》译本。

10　所谓"动机性"特征，笔者指的是被一种传统的道德化关切所结构化的特征，其形式和内容在某种意义上都由这种道德化关切所决定。当然，只要是有意义或有价值的话语，在某种意义上都是有"动机"的。但是，我们有可能区分出传授者可以充分理解的那些材料和要素，以及那些不能充分理解的材料和要素。这种区别类似于高本汉在《传说与迷信》（"Legends and Cults"）一文中对"自由文献"（free texts）和"系统化文献"（systematizing texts）的区分。在笔者看来，后者具有"动机性"，而前者则不具备，或至少不完全具备。高本汉乐观地认为，文本可以被明确地归为某一类，艾博华（Wolfram Eberhard）在一篇书评中曾对此进行批评。惠德礼（Wheatley）则对这场争论进行了总结，参见 Wheatley, pp. 151–152。

11　有关"相异性标准"（criterion of dissimilarity），参见 Perrin, pp. 405–406。新近的一项研究也强调了这种方法，参见 Breech。

12　有学者指出，至公元前6或前5世纪，《周易》已经作为一种"哲学文本"被解读（参见 Shchutskii, pp. 192–193）。但他所引用的《左传》段落，几乎都出自冗长的、修辞性的言语，而这些言语几乎可以确定是4世纪晚期编订者所作。值得注意的是，《孟子》中根本没有提到过《周易》，《论语》（参见 Dubs, "Did Confucius Study the Book of Changes?"）中只提到过一次（或是后人增入），《荀子》中也只有少数几处提及。如果《周易》在战国时期确曾作为权威的学说文本，那么它在儒家主流传统中也只是处于一种边缘地位。《论语》中引述《尚书》两次（《为政》第21章、《宪问》第40章），有所提及一或两次（《述而》第18章、《颜渊》第25章。后者并不明确）。

13　孔子的一些言谈由亲炙弟子记载下来，这并非不可能。《论语·卫灵公》第16章对此有所描述。但《卫灵公》肯定包含了后来的材料。

14　参见崔述，以及 Creel, *Confucius*, p. 291。

15　有些学者会将其他篇章也纳入这最早的一组中。例如亚瑟·韦利认为《泰伯》《子罕》也属于最早的篇目，而刘殿爵则认为《子罕》以及《先进》至《卫灵公》都属于最早的篇目。刘殿爵的《论语》译本（pp. 227–233）给出了他认为《学而》《为政》《泰伯》是后起篇目的原因。笔者此处采取了尽可能严格的策略，只考虑了那些公认较早的篇目。关于《论语》系年的其他重要研究，参见武内义雄、津田左右吉以及木村英一。

16　译文见刘殿爵译本《论语》，第130页。其中引用的诗句见第34篇诗《匏有苦叶》。

17 然而需要注意的是,在《史记·孔子世家》(第1925页)中,未见荷蒉者引诗,也未见孔子作答。相关讨论参见王安国,"Poetry and the Legend", p.16。该文对早期文本尤其是《诗经》文本如何构建孔子的不同叙述做了考察,眼光独到,令人信服。然而,有关《宪问》第39章的解释,笔者与该文看法不同。原因在于笔者相信下一个注释所引用的引文。

18 类似的例子还有《论语·微子》第6、7章,儒家学者增改了那些讽刺孔子的道家故事。虽然这种修改不一定是在口头传统的背景下发生,但关键是当这些章节出现的时候,传统的要素基本上仍是不稳定的,尚未作为文本书写下来。

19 《墨子·公孟》。译文改自Shih-Hsiang Chen, p.13。

20 Waley, *Book of Songs*, #224(《毛诗》第282篇)。

21 参看《论语·八佾》第1章。也可参看同篇第6、10章。

22 这一观点最早见于司马迁的《孔子世家》(《史记》,第1936页)。

23 何定生,第124—125页。

24 这一点为《关雎》的《毛诗序》提供了基点。参见本书第四章。

25 也可参埃兹拉·庞德的翻译:"When Music Master Chy began the ensemble finale of the fishhawk song, came wave over wave an ear-full and how!" 引自方志彤为其所作的《导言》。参见Pound, p. x。

26 在这两章中,孔子都提到了"郑声"而并不是"郑风"或"郑诗"。"声"在后来的文献中,如《诗序》和《乐记》,通常指音乐或人声。在《阳货》第10章中,孔子建议其子"为"《周南》与《召南》,但该章可能是晚期文本。参见下文注释55。

27 例如,《论语》的《学而》第15章、《八佾》第8章、《子罕》第27和31章、《颜渊》第10章、《宪问》第39章。在提到《诗》或某一首诗时,关注的也是其言辞。参见《泰伯》第3章、《子路》第5章、《季氏》第13章、《阳货》第9章。尤其是在《泰伯》第8章中,《诗》与乐对举。在《先进》第6章中,南容"复"(或即"赋"?)《白圭》(中的诗句)是一则特例。

28 有关人格尽善与乐律之间的关联,可再比较如下几例:《八佾》第3章、《述而》第13章、《泰伯》第8章、《阳货》第11章。

29 墨家称《诗经》的第三部分为"大夏",而不是通常所说的"大雅"。Waley, *Analects*, pp. 242–243.

30 Waley, *Book of Songs*, #86. 现存的《诗经》中并没有最后一句。

31 传统认为《毛诗序》为子夏所作,这一判断的依据几乎可以肯定就是这一章。

32 有关区分的标准,参看上文。

33 在《韩非子・显学》（卷19，第7b页）和《荀子・非十二子》（卷3，第13a页）中，有对儒家各派争论的描述与记载。有关荀子对各家批评的翻译与讨论，参见Knoblock, 1: 219–220, 229。其中一些学派可能声称得到了孔子的秘传，参见笔者在下文中对《论语・季氏》第13章的讨论。

34 在建立学派的孔门弟子中，子夏是地位突出的一位。其他尚有子张、子游、曾子，另外还有孔子之孙子思，以及子弓（不是《论语・学而》第15章中的子贡，而是孔子的另一位弟子，荀子认为他代表了儒家正统）。参见Knoblock. 1: 52–53。

35 《诗经》第55篇，译文见Waley, *Book of Songs*, #42。

36 《论语》中以这种方式引《诗》或论《诗》的章节有：《学而》第15章、《为政》第2章、《八佾》第8章、《泰伯》第3章、《子罕》第27和31章、《颜渊》第10章、《宪问》第39章。除了《八佾》第8章，上述所有章节都是属于《论语》的第二或第三层次。笔者倾向于认为《八佾》第8章源于同样的环境，原因已见前文。另一方面，从语境和结构来看，《宪问》第39章可能比上述大多数章节出现要晚。

37 笔者认为，历史上的孔子以这种方式引诗是可能的，但我们应该意识到，这些章节的产生环境可能与孔子相对较远，不太能够反映历史上真实的孔子。因此，后来所提到的"孔子"，应该被理解为这些章节所描绘的孔子，这个孔子与历史上的孔子只有一种间接而不无问题的关联。

38 Waley, *Analects*, p. 191n1. 有关这首诗的理解，参见Riegel, "Poetry and the Legend," pp. 15–16。

39 有关《毛诗传》中"兴"的意思，以及作为《诗经》元素的"兴"的意思，参见Shih-Hsiang Chen, pp. 16–41，也可参看下文的讨论。

40 可以比较《泰伯》第2章，该章中有在语法上类似的一种表达——"兴于仁"。

41 这一争议在朱熹那里得到了发展，参见本书第八章。

42 Waley, *Analects*, p. 44–46. 韦利以这样的方式翻译《为政》第2章（p. 88），目的是明确将"思无邪"一词用于孔子自己的学说（而不是《诗》）。

43 这也是刘若愚的观点，他认为孔子在这里沉溺于"一种双关语"。参见James J. Y. Liu, *Language*, p. 95。

44 这种活动在《国语》（与《左传》密切相关的一种文献）中也有记载，但在先秦的其他文献中并未见到。参见Tam, p.1。该文将《左传》中所有有关"赋诗"的段落都汇集在一起。

　　虽然《左传》记录了公元前722—前468年的史事，但该书可能迟至公元前300年才成书。参见Karlgren, "Authenticity," pp. 64–65; Maspero, pp. 137–208; Hsu, pp. 184–185; C. S. Gardner, pp. 11–12n8。即使我们用《左传》中的赋诗内容来反映战国时期儒家所关心的问题，而不是反映春秋时期的历史事实，它们也是非常重要的，因为它们可以展现战国时期有关诗篇及诗意的那些假定。笔者所译《左传》文基于 Legge, *Ch'un Ts'ew*。

45 《左传》将此节叙述系于僖公二十三年。"佐天子"一语源于《六月》第2章。

46 Tam, pp. 14–15. 有关表演的这种形式和其他形式的讨论，参见 Yuen Ren Chao, pp. 52–59（见 Tam, p. 15）。

47 《毛诗》第183篇。在《左传》中，这首诗的诗题为"沔水"。杜预认为这是一首"佚诗"，但正如韦昭所指出的，"沔"字可能是"河"字漫漶所致。参见 Tam, p. 165n4，译自 Waley, *Book of Songs*, #280。

48 例如可参看《老子》第66章："江海之所以能为百谷王者，以其善下之，故能为百谷王。"参见 Waley, *Way*, p. 224。

49 例如，襄公二十七、二十九年中的庆封之事，以及昭公十二年中的华定之事。

50 改自 Waley, *Book of Songs*, #133。

51 《毛诗序》将它与周宣王（约前826—前781）抗击北方部落之事相联系。

52 引自 Tam, pp. 61–62。

53 Holzman, p. 33.

54 有关"观""群""怨"的例证，见下文对《左传》襄公二十七年的讨论。在《论语》中，"观"经常被用来作为对性格的诠释学观察和分析。例如《论语》的《学而》第11章、《为政》第10章、《里仁》第7章、《公冶长》第10章、《泰伯》第11章、《颜渊》第20章。

55 《周南》和《召南》是《国风》最开始的两个篇什，传统上认为它们与周代早期的德性转变有关。尽管在《子罕》第15章中提及了《雅》和《颂》，但《周南》与《召南》在《论语》中的其他章节中并未提到。无论是《左传》《孟子》还是《荀子》，都没有引述过《二南》。《论语》中的这次引述可能是相对晚期的发展。

56 这一章引起关注的部分原因，可能在于它牵涉那类对权威的诉求（可能也包括对秘传的诉求）。笔者认为这些诉求推动产生了《学而》第15章、《八佾》第8章。

57 在《论语》早期层次中，陈亢让我们想起另一个善会其义之人——樊迟（《论语·为政》第5章）。

58 参见 Hawkes, *Ch'u Tz'u*, p.6; DeWoskin, pp. 93–94。据前者推测，南方之乐的"慢调比较缠绵哀婉，快调则不免亢奋躁动"。

59 《礼记训纂》，卷19，第16b页。译自 DeWoskin, p. 94。《孟子·梁惠王上》第2章中有类似内容。
60 这点已被公元前433年的曾侯乙墓编钟证实,该墓1978年发掘于湖北。有关这次考古发现里音调的意义,参见DeWoskin, p. 25。
61 可参见《论语·卫灵公》第11章:"……放郑声,远佞人。郑声淫,佞人殆。"
62 DeWoskin, p. 92。

第三章

1 Graham, *Later Mohist Logic*, pp. 15–18.
2 然而有趣的是,作为美德的"诚"字在《论语》中并未出现。
3 刘殿爵引据《学而》第2、6章与《雍也》第26章,作为"仁"读为"人"的其他例证。参见Lau, *Analects*, p. 234。
4 译文改自Karlgren, "Book of Documents," p. 21。有关这句话,还可参见Karlgren, *Glosses on the Book of Documents*, #1437(p. 187)。《盘庚》可能作于公元前771年周王室东迁前后,参见Wheatley, pp. 13–14。有关《盘庚》这篇文字,也可参见Creel, *Origins*, p. 448; Waley, *Analects*, p. 53。故说《盘庚》作于公元前8世纪,显然过早。
5 该词借用自Schwartz. pp. 263–278。
6 有关该章,参见Riegel, "Reflections on an Unmoved Mind"。
7 《论语》中有一些确定无疑属于早期的章节,但在具有诠释学意义的章节中,并未出现"志"字。这一点很重要。在《论语》的早期章节中,"志"在大多数情况下是一个动词(如《里仁》第4、9章,《述而》第6章),或者不具有诠释学意义(《里仁》第18章)。一个例外是《公冶长》第26章,但这一章是该篇的倒数第3章,很有可能是晚期追记。在《周易》中,"志"字并未出现于最古老的文本层(经文),但在较晚的《彖传》和《象传》中相当普遍。
8 Waley, *Analects*, p. 86.
9 武内义雄(第219—225页)指出该章产生时间较晚,原因在于:该章中直接称呼孔子为"夫子"(有关此点,参见Lau, *Analects*, p. 224);该章明显依托《公冶长》第26章、8章而成;曾皙在《论语》其他处未见,而在《孟子》中被提及了三次,这是曾皙地位的一种提升;该章包含"道家"的内容。我们或许还可以找出其他原因:该章中的叙事手法较为复杂;该章位于一个晚期章节的最末;子路的鲁莽程度有所降低。王充(27—约97年)《论衡》关于此事提供了一种看法(Forke, 1: 520, 2: 335)。《论语》此章似乎为《韩诗外传》卷七第25章、卷九第

15章（Hightower, *Han Shih Wai Chuan*, pp. 248-249, 303-304）以及《左传》襄公二十七年垂陇之会的叙述（下文有论）提供了原型。然而，《论语》此章与后者的相似之处尤为微妙，而且我们不能保证在《左传》叙述成型之时，这则故事已经是现在这种样貌。

10 参见陈荣捷（Wing-tsit Chan）对这一段的解释。Wing-tsit Chan, *Source Book*, p. 38.

11 这种详细阐述是整章叙述的特点，当然也是《论语》中最复杂的叙述之一。值得注意的是，在曾皙回应之前，鼓瑟把这一故事推向高潮。

12 曾皙在《论语》的其他篇章中并未出现（他是《先进》第26章中唯一一位未见于《公冶长》第8章的人物），但在《孟子》中被提到了三次。在《离娄上》第19章、《尽心下》第36章中，曾皙作为儿子——著名的曾子之父——展现出典型的孝心；在《尽心下》第37章中，他是"狂者"之一。对于"狂者"，孔子（《论语·子路》第21章）和孟子（《尽心下》第37章）做出了一个温和的认可。在同一章中，"狂者"的特征是"其志嘐嘐然"（胸有大志、言辞夸张）。王充《论衡》将曾皙与舜父瞽瞍相提并论，曾皙成了一位不善良或不值得尊敬的父亲（Forke, 2: 137）。也可比较《韩诗外传》卷八第26章（Hightower, *Han Shi Wai Chuan*, pp. 280-281）。

13 一个人的性格最准确地体现在决心和品味上，这一观点在《论语》第二层次的一章中也可见到："子曰：'视其所以，观其所由，察其所安。人焉廋哉？人焉廋哉？'"（《论语·为政》第10章）与《论语》中的许多章节一样，该章的三段结构就是一种完整结构。"视其所以"就是观察一个人追求目标时所用的方式；这是他行动的表层文本。"观其所由"就是检视那些行为的背景与缘由；这是将他的行为纳入语境。"察其所安"就是通过观察其快乐所在而发现其终极动机，这种终极动机在任何背景下都能塑造其行为。

14 陶潜的诗在这方面堪称典范。参见 Owen, "The Self's Perfect Mirror"。

15 Waley, *Book of Songs*, #92.

16 同前，#269。

17 有关他的覆灭，参《左传》襄公三十年、昭公七年。

18 上述故事告诉我们，赵孟是在"观"郑国大夫之"志"，而伯有是在"怨"。其他郑国大夫的诵诗似乎是为了"群"。在《论语·阳货》第9章所说诗的作用中，只有"兴"没有出现。

19 《孟子·公孙丑上》第2章。孟子的道德修养指的是"（心灵）道德能力的完全实现"（Schwartz, p. 266）。

20 我们也许对这种经义背景有疑问。应当留心的是，这段文字是否如实地表现了它所描绘的历史真实。与《左传》中其他预言故事一样，这个故事旨在表明儒家道德对人的历史有一种决定作用——即可以预言，善人自会善终，恶人自有恶报。这种联系并非源起于春秋时期的某些独特相合，而是源起于儒家先师的说教兴趣。这些儒家先师一遍遍地讲述那些逸事，通过对某些元素的塑造、增补、强调与淡化，而使其呈现现在的样貌。正是在这种经义解说与施教的过程中，《诗经》的神话和诠释形成了。它是儒家学派及其特殊关注点的产物。

叙述者意欲展现，伯有的性格会导致其迅速走向覆灭（并且属于咎由自取）。这种说教的兴趣不仅构造了赵孟和叔向的预言（我们可以认为，这些预言是编订者出于后视者的视角而截取的），而且还构造了这段叙述的主体内容，因而也就塑造了伯有所诵之诗的明显不妥。事实上，故事的整个结构都是由这些儒家思想所搭建的。它显然属于说教式的逸事，而不是一种历史的如实呈现。

因此，笔者认为，无论我们在垂陇之会的真实性上得出什么样的结论（没有证据表明此事并不存在），赵孟与叔向的解释都一定是经义解说（道德想象）的产物，而此处所描述的诵诗活动也可能同样如此。我们虽然不能确定这些增补内容是在何时加进去的［不论是"子展其后亡者也"的预言，还是有关伯有的预言，都不能表明这段文字晚于子展家族覆亡的大概时期（约公元前5世纪中叶？）］。但可以猜测它们的出现相对较晚，可能与《论语》后期章节大致同时。

21　改译自 Waley, *Book of Songs*, #285。
22　Karlgren, *Book of Odes*, p. 225.
23　参见 Riegel, "Reflections on an Unmoved Mind", p. 450n4。
24　Waley, *Book of Songs*, #285.
25　同前，p. 320n1。
26　例如可参见《孟子·公孙丑上》第4章。据该章记载，孔子说《毛诗》第155篇的作者"知道"。
27　关于"文"的这种意思的其他例子，见《孟子·离娄下》第21章、《左传》襄公二十五年。
28　正如《左传》襄公二十五年孔子所言。此点在第四章中有讨论。
29　有关荀子思想概况，参见 Dubs, *Hsüntze* and *The Works*; Knoblock。除非另有说明，本书所引《荀子》皆据《四部备要》本。
30　即使我们保持传统观点，承认《论语》在大体上是符合历史的，孔子也只是多把《诗经》看作一本修辞之作，很少提及其他"经典"。
31　《孟子·尽心下》第3章。译文参见 Legge, *The Works of Mencius*, p. 479。

32　参见 Karlgren, "The Early History," p.19; Knoblock, 1: 49。
33　有关这些不同文本在荀子时代的地位，参见 Knoblock, 1: 42–49。
34　荀子引《诗经》约82次，而孟子只有30次。即使考虑到《荀子》的篇幅更大，这也是一个巨大的增长。
35　Knoblock, 1: 139. 该书在这段文字的一个注释中（1: 270n39）指出，此处所"诵"之"经"为《诗经》，但杨惊认为还应包括《尚书》。
36　参见上文注34。荀子引用《尚书》共计12次（Knoblock, 1: 43）。
37　《荀子》卷四，第7a页。
38　朱熹提出了另一种策略。朱熹认为孔子编撰了《诗经》，但之所以收录那些表达不规范情感和志向的诗篇，是为了将它们当作反面例证。这一理论见第八章。
39　参见《论语·卫灵公》第11章、《阳货》第18章。然而，在这两章中，孔子说的是郑"声"，而不是郑"风"或郑"诗"。在后来的文献如《毛诗序》《乐记》等中，"声"指的是乐器或人的声音。

　　《左传》（迟于公元前375年）中有一则著名的故事。公元前543年，南方吴国的公子季札出访鲁国。鲁国是孔子的母国，也是著名的礼乐之国。据《左传》记载，公子季札请求观赏完整的诗乐表演，并对每一部分的诗篇都有评论。他对《郑风》进行了单独的评论，尽管并未明确说其"淫"。公子季札说："美哉！其细已甚，民弗堪也。是其先亡乎？"（译改自 DeWoskin, p. 22, 原文见襄公二十九年）我们可以很肯定地说，公子季札说的是今本《诗经》中的《郑风》。而且，既然这些诗篇是唱给公子季札听的，那么我们也可以确定他听到了唱词，而不仅仅是音乐演奏。不过，公子季札也有可能是在批评诗的音乐，而不是言辞。因为用来描述《郑风》的词语"细"，很适合于描述韵律与节奏。参见 DeWoskin, pp. 24–25; Picken, "The Shapes," p. 103。
40　《荀子》卷四，第7a页。
41　同前，卷十九，第13a页。可比较卷一，第4b页："诗者，中声之所止也。"
42　《荀子》卷一，第4b页。
43　同前。
44　同前，卷十四，第1a页。也可参见卷十四，第1b页："故听其《雅》《颂》之声，而志意得广焉。"在《乐论》这段文字以及其他地方，荀子说的是诗在"雅乐"中的作用。"雅乐"是一种与诗相联的合礼之乐，它在荀子的时代已经受到"新乐"的威胁，并可能在很大程度上已被后者取代。"新乐"就是孔子在《论语·卫灵公》第11章、《阳货》第18章中所斥责的那种音乐。

第四章

章首语:《二程集》,第1046页;郑樵,第3页。

1. 秦朝是否真的要毁灭儒家及其典籍,目前并不清楚。据说,秦始皇曾向儒家学者们问询许多问题,而且他有70名博士,其中可能就有儒家学者。参见王国维,第1b—2a页;Hsiao, pp. 469-470。然而,秦朝政令以及秦朝兴亡期间的社会动荡,确实破坏了儒家传统的延续性。

2. 《史记》,第2692页。

3. Schwartz, p. 239; Tu, "The 'Thought of Huang-Lao'".

4. Tjan, 1: 84-89;王国维,第2a—28a页;钱穆,《两汉博士家法考》,《两汉经学今古文平议》,第165—233页。

5. 王国维,第13b页。

6. Fung, 2: 18.

7. 这些文献应当是以先秦"蝌蚪文"书写,因此称为"古文"。尽管有关今古文孰优孰劣的朝堂争论直到西汉末才正式开始,也尽管有些关于古文发现的事件实属传言,但是产生于先秦的这两种版本确实于公元前2世纪流传开来。有关汉代今古文之争,参见Tjan, 1: 137-145;周予同;钱穆,《两汉经学今古文平议》。

8. 《汉书》,第2410页。

9. 例如《史记》(第2035页)记载,一位神秘老父将《太公兵法》传授给了张良。有关神秘文本的其他早期故事,参见Seidel, pp. 297-302。

10. 尽管在起源上,《毛诗》与三家《诗》的经文并无不同——都是在秦朝之后依靠人们的记忆而写定,但《诗经》还是被人认为有今古文之分。其实,与这一区别相关的是制度性原因和这些学派的诠释取向。

11. 有关这些资料的辑佚,参见陈乔枞、王先谦。蒋善国(第38—76页)对此进行了很好的探讨。要确定某条材料归属哪家学派并不容易,海陶玮对此有过讨论,参见Hightower, "The Han-shih wai-chuan," pp. 232-253。申培公、辕固生、韩婴传记的译文,可参看pp. 268-278。

12. Hightower, "The Han-shih wai-chuan," pp. 251-253.

13. Ibid., p. 253. 作为齐学经注的一个例子,参见蒋善国讨论《诗纬汜历枢》时的引语(第47—51页)。有关翼奉的思想,参见Hsiao, pp. 508-513。

14. 《韩诗外传》,海陶玮有译本。韩婴是汉文帝时期的博士,参见Hightower, "The Han-shih wai-chuan," p. 253。

15 Hightower, "The *Han-shih wai-chuan*," p. 264.
16 这一文本在汉代也被称为《毛诗故训传》。与《诗序》一样,《毛诗传》也被收于《十三经注疏》本《诗经》。
17 《汉书》,第88页。
18 郑玄,《诗谱》,引自《毛诗注疏》卷一,第2页。
19 引自 Karlgren, "Early History," pp. 12–13。
20 Ibid., p. 33.
21 胡平生、韩自强,第19页。
22 《马王堆汉墓帛书》,第1册,第17—27页。
23 与大多数早期传注一样,《毛诗传》最初可能与《诗经》别行。但在下文的翻译中,笔者遵循常见的编排方式,将《毛诗传》散附于所释诗句之后。
24 在传统的描述中,"兴"与"比"的区别在于,"比"贯穿全诗,而"兴"只出现于数句之中,通常位于全章或全诗的开头。因而,"兴"的特征结合了"比"与"赋"。有关传统传注对"兴"的大体解释,参见 Shih-Hsiang Chen, pp.16-20。王靖献(C. H. Wang, pp. 6-22)总结了近现代对"兴"的一些解释,并在有关口头程式的"帕里—洛德"理论(Lord and Parry theory)基础上,提供了一种新的解读。另可参见 Pauline Yu, "Allegory, Allegoresis";胡念贻。
25 《史记》,第3115页。皮锡瑞《经学通论》(第4—7页)给出了汉代其他文献中的许多例证。但需要注意的是,薛士龙认为那些传注并不是在说《关雎》产生之时的情况,而是在说征引或吟诵《关雎》时的情况。参见王应麟:《困学纪闻》,第4册,第224页。
26 司马迁曾说:"《关雎》之乱,以为《风》始。"(引自郭绍虞,第1册,第66页)
27 《四库全书总目提要》卷十五,第1页。朱彝尊《经义考》卷九十九保存了传统关于《诗序》争论的代表性观点。近现代学者比较认同范晔的观点,即《诗序》全部或部分由卫宏(公元1世纪)所作(《后汉书》,第2575页)。代表性的研究有高葆光,《毛诗序再检讨》和《三论毛诗序》;顾颉刚,《毛诗序之背景与旨趣》;张西堂、郑振铎。较保守的学者对《诗序》由卫宏所作的观点进行猛烈抨击,例如黄节;潘重规,《诗序明辨》;苏维岳。至于子夏作《诗序》之说,今天仍有学者支持,如朱冠华。
28 这一描述是《诗谱》的一段佚文,由北周学者沈重提及,此后为陆德明(556—627)《诗经》注所引。参见《毛诗注疏》卷一,第4页。
29 《毛诗注疏》卷九,第837页。

30　沈重在注28所引的内容中提到了"大序"。但不同学者对《大序》的称呼并不一致。有关此点的研究，参见蒋善国，第80—81页。蒋善国指出，称《关雎》序为"大序"的做法始于陆德明（第80页）。据唐代的成伯玛说，《关雎》序在萧统（501—531）的《文选》中就被命名为"大序"（引自朱彝尊，卷九十九，第1b页）。但今版《文选》以"毛诗序"为题，见《文选》卷四十五，第29b页。

31　朱熹：《诗序辨》，第1b—2b页。理雅各遵循了这种排列顺序，参见Legge, *The She King*, "Prolegomena," pp. 34–37。

32　如最为常见的《十三经注疏》本《诗经》。

33　正如上文郑玄的描述。据笔者所知，将《诗序》系统地分为两层的观点首先由唐代成伯玛提出，此后成为了宋代《诗经》学中的普遍之论。有关成伯玛，参见第五章。宋人对《诗序》分层性质的认识，参见第七章。

34　蒋善国对这些名称有很好的讨论，第79—83页。

35　这六首诗只有标题与"上序"。其中三首位于《毛诗》第169和170篇之间，其余三首分别位于第170、171、172篇之后。

36　在《关雎》序中，"下序"包括所有"大序"，再加上第2—3、19—21节。

37　这种重新阐述绝非不符合"传统主义"（即不符合经义文化中的"传统"至上原则），它更像间接引用，而不是直接引用。因此，这样的学说既不受限于一种文本，自身也不会成为一种文本。

38　"上序"是一种需要阐释的文本，并不只是被复述。这一点体现在"下序"在某一首诗的问题上要弥缝《毛诗传》与"上序"之间的许多矛盾（例如参见魏佩兰）。最突出的例证就是那些《诗序》认为是"刺"的诗，《毛诗传》却认为是"美"，《静女》（《毛诗》第421篇）就是如此。对于这些不一致，"下序"认为这首诗之所以"陈古"，是为了讽喻当下。也就是说，这首诗对一位先王进行赞誉，是为了批评当代的统治者。因此，尽管"上序"与《毛诗传》似乎彼此不相知，或至少并不关心对方的不同，但"下序"却在努力维护两个文本的完整性，并以某种方式对它们进行综合与弥缝。这种综合的诉求与想法，以及保存和评论（而不是剔除）早期文本的倾向，对"大序"的修辞非常重要。下文对此会有讨论。

39　它们在理雅各的版本中被分为两段，这反映出宋代对"上序"与"下序"的区分。笔者并未发现宋代之前有这样的区分。

40　这种现象的一个著名例子是《水经注》。该书由清儒全祖望（1705—1755）发现。参见C. S. Gardner, pp. 20–21n8。

41　"前文本"（pretextual）修辞、"原文本"（proto-textual）修辞以及"文本"（textual）

修辞之间的区别,并不与历史进程逐一对应,也不当关联口头创作和书面文本的区分,尽管这两种联系明显普遍存在。经义解说者所采用的特定话语形式,可以反映基础文本、社会情境等的权威程度。从很早的时候开始,这三种话语形式中的每一种都已存在。

42　此序文可能注意到了《仪礼》卷四,第10a页;卷六,第12b页。

43　第11节中似乎是这同一对比的另一版本。

44　与第5—7节的相似段落可以在《乐记》(《礼记训纂》卷十九,第2a、26a页)中找到。有关第5节,也可参见《孟子·离娄上》第27章。

45　这节文字开头的"故"字,是转向一个新话题的标志,并非逻辑连接词。见下文注51。

46　参见《周礼》卷六,第13a页。

47　由于它们可以感化(风)听者,所以被称为"风"。

48　字面意思是,他们"从得失(即成败。——作者注)记录中得到领悟"。"国史"究竟为何人,并不明晰。《诗序》说有一些诗是"史"所作(如《駉》——《毛诗》第297篇),但大多数诗还是出自春秋时期的各种历史人物,或者是匿名人士和贵族。例如,《诗序》说《民劳》(《毛诗》第253篇)是召穆公所作,《黄鸟》(《毛诗》第131篇)是"国人"所作。参见《正义》对第13节的讨论(《毛诗注疏》卷一,第14—15页)。《正义》认为,"史"之所以被提到,是因为他们得到这些诗后转呈给了乐师,这个字可以指任何有文化之人,不仅仅指史家。

49　即《周南》的最后一篇《麟之趾》(《毛诗》第11篇)。《麟之趾》小序云:"《麟之趾》,《关雎》之应也。《关雎》之化行,则天下无犯非礼,虽衰世之公子,皆信厚如麟趾之时也。""麟"的出现预示着昌明时代的来临。

50　《鹊巢》(《毛诗》第12篇)和《驺虞》(《毛诗》第25篇)分别是《召南》的第一篇和最后一篇。周、召分别是周公、召公的封地,周文王德教转变的大业在此二地开启。

51　例如,第8、10、19和21节。"故"只是两个独立单元间的连接词,参见Lau, *Tao Te Ching*, pp. 172–173; Henricks, pp. 511–512。

52　尽管《关雎》序的其他部分似乎认定后妃就是文王夫人太姒,但正如上文所论的《毛诗传》所说,这一身份并不明确。我们必须承认,"上序"有可能对这种历史身份并未做出明确判断,因为它在公元前2世纪时是单篇别行的(尚未被"下序"中的观点所充实)。

53　可比较第3节。

54 参见《礼记·王制》,《礼记训纂》卷五, 第6b页;《汉书》, 第1708页。有关朱熹的描述, 参见第八章。

55 这种连接见第6节。在该节中, "动"与情感有关。

56 参见上文注42。

57 这些材料也出现在司马迁的《史记》之中。在《荀子》中, 这些材料的名称与形式略有不同。今本《礼记》中的《乐记》篇, 一般认为编定于河间献王处, 河间献王同时也推动了《毛诗》的编撰 (参见本书第83页)。有两点可以证明《诗序》此段文字可能源自《乐记》(或《乐记》的史源): 首先,《诗序》经常有引用; 其次, 在第5至7节中汇聚的材料, 散见于《乐记》。《诗序》将它们汇聚在一起, 为了使转折顺畅而改动了一些字句, 为了使它们形成更连贯和流畅的叙述对次序也进行了调整。

58 《左传》襄公二十五年。在这段文字中, "志"的意思有所削弱, 也引据了权威文本, 同时将此言归于孔子。这些都说明它的年代较晚。

59 有关这一术语及其历史, 参见第五、六章。

60 Owen, *Traditional Chinese Poetry and Poetics*, p. 58.

61 《庄子》第十三篇《天道》, 第36页。

62 同前。译文参见 Graham, *Chuang-tzu*, p. 139; James J. Y. Liu, *Language*, p. 9, 后者第一章 (pp. 3–37) 讨论了中国传统在语言和文本上的怀疑与矛盾。

63 《系辞上》, 第12章 (《周易》卷七, 第10b页)。

64 参见第三章中荀子的评论。

65 因而也就有了"乐 (yue) 即乐 (le)"这一双关定义。二者是同一个汉字。

66 《左传》昭公二十五年。

67 诗的特殊优长在于能够促发"志", 这一观点在汉代及汉代以前的许多文献中都有体现。

> 故听其《雅》《颂》之声, 而志意得广焉。(《荀子》卷十四, 第1b页)

> 君子知在位者之不能以恶服人也, 是故简六艺以赡养之。《诗》《书》序其志,《礼》《乐》纯其美,《易》《春秋》明其知。六学皆大而各有所长,《诗》道志故长于质,《礼》制节故长于文。(董仲舒:《春秋繁露》卷一, 第8b—9a页; 译文改自 Chow, p. 159)

周策纵 (Chow Tse-tsung) 将这里的"道"译为"expresses"(表达), 但笔者

认为，它与下一句中的"节制"相对应，那么可以相信有更为积极的理解。《庄子·天下篇》中有一段可相印证的文字："《诗》以道志，《书》以道事，《礼》以道行，《乐》以道和，《易》以道阴阳，《春秋》以道名分。"（《庄子引得》，第91页；译文改自 Graham, *Chuang Tzu*, p. 275）《礼记·经解》中的一段话也反映了这样一种观点，即诗可以转变那些习诗之人的情感："孔子曰：'入其国，其教可知也。其为人也温柔敦厚，诗教也。'"（《礼记训纂》卷二十六，第1a页）有关这段文字，以及汉代以前有关诗、志、情关系的其他文献，参见朱自清，第285—291页及各处；Chow, pp. 155-160。

第五章

章首语：Berman, p. 131.

1　《五经正义》（包括《周易》《尚书》《诗经》《礼记》《左传》）奠定了阮元（1764—1849）《十三经注疏》的基础。

2　阮元本《正义》（题《毛诗注疏》）也包含陆德明的训诂。有关郑玄，见下文注8。

3　参见皮锡瑞：《经学分立时代》，《经学历史》，第170—192页；本田成之，第183、206页。

4　有关3至6世纪儒学衰落的社会背景，参见 Balazs, "Political Philosophy" and "Nihilistic Revolt"。

5　皮锡瑞，《经学历史》，第178—179、182页。

6　有关这一时期经学的重构，参见简博贤。

7　《北史·儒林传》，第2709页。

8　郑玄（郑康成）是东汉时期影响最大、著述最多的一位学者。他对当时的多数经典都做了注，但只有《诗经》《仪礼》《礼记》和《周礼》的注完整地保存了下来。对郑玄著述及其问题的详细讨论，参见洪业，第74—134页；皮锡瑞，《经学历史》，第141—142页，尤其是第146页周予同注20。郑玄《诗经》学的最重要文献是《毛诗笺》，《毛诗正义》将其收录并为之作疏。他的《诗谱》也有一定影响，该著在《郑氏遗书》中得以部分恢复。郑玄在《诗经》学史上的意义在于：（1）试图将某些三家《诗》学纳入到《毛诗》文本中，形成一种合编本（因而使那些文献的存在显得不必要，逐渐走向消亡）；（2）确立并详细阐述了《毛诗》注。有关郑玄的《诗经》学，参见大川节尚。

9　即《仪礼》《周礼》与《礼记》。

10　刘义庆，卷四，第2则。据这一故事说，郑玄在客舍无意中听到服虔在谈论《左传》，因觉得服虔的解释甚佳，于是将自己未完成的《左传》注赠予了服虔。参见 Mather, pp. 93–94。

11　Yen（颜之推）, pp. 64–65. 在下文中，颜之推讥讽同时代的学者不能利用郑注之外的任何文献。有关颜之推的经学以及南北学术的差异，参见 Dien, pp. 51–54。

12　《无求备斋论语集成》，第22—26册，重印1923年怀德堂本。

13　皮锡瑞，《经学历史》，第177页注5。

14　汤用彤，《言意之辨》，第26—47页。

15　《诗经》第241篇《皇矣》。译文来自 Karlgren, Book of Odes, p. 196，有改动。

16　《论语·先进》第12章。

17　参见汤用彤，《魏晋玄学论稿》; Pauline Yu, The Reading of Imagery, pp. 41–42。

18　《论语·八佾》第16章。

19　皮锡瑞，《经学历史》，第196页。

20　有关这些问题的讨论，参见 Hightower, "The Han-shih wai-chuan," pp. 259–264。

21　下文的讨论多沿袭这些学者的研究。

22　已有学者提出，最早的经义解释就是对这些讨论的初期注释。牟润孙（第357—358页）认为"义疏"的"疏"字，意思就是"记"，因而"义疏"就是"议论的记或录"（"义"与"议"相通）。由学生或旁观者完成，或者由讲者本人提前备好。后来的人们效仿这些注释，于是作为一种文献形式的阐述就诞生了。然而需要注意的是，在书面形式的经注产生后，对经典的口头解说必定还在继续。这就在注释的口头形式与书面形式之间，形成了一种复杂而持续的互动。

23　引自 Wright, "T'ang T'ai-tsung," p. 241。

24　有关唐代经学（包括《正义》编纂过程）更具体的描述，参见 David McMullen, pp. 67–112。

25　这一描述基于诸桥辙次，《经学研究序说》，第61—68页；潘重规，《五经正义探源》。

26　吴兢，第220页。

27　俞正燮。

28　正如麦大维（McMullen, pp. 76–79）所指出的，唐代的皇帝以及士人群体对背离《正义》正统的学说都相对能够包容。但是，尽管不同的解释没有被压制，《正义》仍然有效主导了下一世纪的经学世界（同前, pp. 83–84）。

29　没有"序说"的段落，参见第6节。这些用来指称《正义》疏文的术语都是笔者自己提出的。不论是"序说"（Sequence）、"改述"（Paraphrase），还是"议题"（Topic），这样的明确指称方式在《正义》文本中都不存在。

30　但并非一成不变。参见第10节。
31　《毛诗注疏·〈关雎〉序》，第4节第1行，第5节第4行，第7节第1行。与"序说"一样，这些"改述"在经注史上都有渊源。它们非常类似于东汉流行的"章句"——赵岐（卒于公元203年）《孟子章句》是其中的著名佳作。有关这部著作及其宗旨的简介，参见Dobson, *Late Han Chinese*, pp. xix-xx.
32　《礼记》中的《乐记》是这方面的典型例子。参见《毛诗注疏·〈关雎〉序》，第7节第17—26行。
33　但我们必须意识到，这一体系的各个要素之所以能够粘合在一起，并不是靠逻辑蕴含的各种联系，而是由于更加广阔的一种理想。
34　这类扩展的例子，见《毛诗注疏·〈关雎〉序》，第8节第5—8行；第10节第4—6、7—8、13—14行；第11节第5—7行；第13节第3—10行；第14节第8—12行；第15节第7—8行、第17节第3—4行。
35　《毛诗注疏·〈关雎〉序》，第10节第17—20行；第11节第7行。
36　《毛诗注疏·〈关雎〉序》，第15节第7—8行。
37　有学者对中国早期的论证形式进行过一次满怀信心的研究尝试，参见Cikoski。
38　汉语诗词韵律的书籍中，提到了很多这种分类，以及某一类别中的细目。例如可参见王力，第153—166页。
39　有关中国传统诗歌的这一现象，一个不错的讨论可参看Frankel, pp. 165-167。
40　即先有礼仪和道德为基，而后才是政治。参见《毛诗注疏·〈关雎〉序》，第12节第4行。
41　《毛诗注疏·〈关雎〉序》，第10节第16—17行。
42　《毛诗注疏·〈关雎〉序》，第17节第14—16行。
43　《毛诗注疏·〈关雎〉序》，第11节第7—8行，第17节第14—16行。
44　《正义》所认为的《诗经》编定者，并不很明确。"毛诗·国风"题下的《正义》疏文说，周代的乐师负责编排《国风》的次序，但他们的编排可能经过了孔子的更改（第24行）。在这些篇章中，笔者并未看到任何有关《风》的次序的论述。
45　《毛诗注疏·〈关雎〉序》第2节第1—2行。《正义》认为这就是郑玄对《关雎》的解释。在郑玄的解读中，《关雎》是在颂扬后妃无嫉妒之心，她乐于为文王娶来另一位贤妻——"淑女"。参见《关雎》第二句的郑笺。
46　《毛诗注疏·〈关雎〉序》第2节第2行。

47　Karlgten, *Grammata Serica Recensa*, # 976.

48　如果与西方诠释学的一般发展历程相对比，就会带来一些启发。这些文本实际上通过隐喻的方式"免于"沦为无意义与琐细的文本。上述引文通过显示出更大的意义而获得了"补救"。但在此处，文王与后妃的关系似乎并不是"细事"。它确实是一件小事，但通过一个有机增长的逻辑，对文王更宏伟的历史计划产生了一种至关重要的作用。

49　《毛诗注疏·〈关雎〉序》，第2节第3—4行。

50　参见余宝琳（Pauline Yu）关于《诗经》在中国传统文化中的作用的评论（*The Reading of Imagery*, pp. 79-80）。她将《诗经》与西方的史诗做比。哈夫洛克（Havelock）认为，古希腊早期的史诗是口头文化中社会化和道德教育的载体。上述联系可相印证。

51　比较《论语·阳货》第19章："余欲无言。"另可参见《学而》第3章、《公冶长》第4章、《雍也》第14章、《先进》第20章、《颜渊》第3章、《宪问》第29章、《卫灵公》第40章。

52　《毛诗注疏·〈关雎〉序》，第6节第10—11行。

53　《毛诗注疏·〈关雎〉序》，第6节第11—12行。

54　《毛诗注疏·〈关雎〉序》，第6节第1—2行。

55　《毛诗注疏·〈关雎〉序》，第6节第6—9行。

56　郑樵认为，所有诗篇（少数几篇除外）的表演传统在晋朝时已经失传（引自蒋善国，第325页）。宋代朱熹在《仪礼经传通解》中记载了十二首诗的乐律。它们应当源于唐开元时期（713—742），但并不确定。参见Picken, "Twelve Ritual Melodies"。魏侯玮（Howard J. Wechsler, pp. 117-118）说隋朝的音乐曾在唐高祖（618—627年在位）时期演奏，而唐太宗（627—650年在位）诏令制作新乐，用于宫廷典礼，被称为"大唐雅乐"。《正义》认为，周代乐师知道作诗者的终极动机（不确定是否只有周代乐师知道）。参见《毛诗注疏·〈关雎〉序》，第6节第7、12行。

57　Metzger, p. 179.

58　当然，朱熹深受《诗序》影响，笔者此处说的是朱熹对自己的诠释学处境的认识——他可以"直接地"解经。参见第八章。

59　《孟子·尽心下》第3章。引自 Legge, *The Works of Mencius*, p. 479。

60　Pulleyblank, "Chinese Historical Criticism," pp. 143, 147.笔者以为，该文太过轻视郑樵（同前，pp. 150-151）。有关郑樵，参见第八章。

61　笔者对这些思想家的描述主要基于 E. G. Pulleyblank, "Neo-Confucianism and Neo-

Legalism"。
62 同前，p. 89。
63 同前，p. 90。
64 这段文字并没有出现在韩愈的著作集中，只见于《（音注）韩文公文集》的《外集》（卷一，第3b—4a页）。有关这篇文字，参见村山吉广与加藤实。
65 依加藤实校订（第24页）。
66 同前。
67 最后这句话是要表明，作《诗序》的"汉之学者"在描述诗篇背景之时，有赖于《左传》和《史记》。
68 但晁说之提及了韩愈。有关晁说之，参见第八章。
69 朱彝尊，卷一百〇三。
70 此处文字据《通志堂经解》，第9103—9110页。
71 《毛诗指说》，第1a—2b页。
72 同前，第7b—8b页。
73 有关高子，参见王应麟《困学纪闻》卷三，第218页。

第六章

章首语：欧阳修：《欧阳永叔集》卷八，第71页。

1 关于欧阳修的生平和思想，英文世界中最佳的叙述是刘子健的《欧阳修：11世纪的新儒家》(*Ou-yang Hsiu: An Eleventh Century Neo-Confucianist*)。它是刘子健《欧阳修的治学与从政》的翻译和修订本。有关欧阳修的经学与史学，参见何泽恒。

2 欧阳修的文学著作，参见Egan, *The Literary Works*。

3 《新唐书》与《新五代史》。参见James T. C. Liu, *Ou-yang Hsiu*, pp. 105-109；《欧阳修的治学与从政》，第47—60页；何泽恒：《欧阳修之经史学》，第105—166页。

4 有关欧阳修在谱牒学领域的革新，参见James T. C. Liu, *Ou-yang Hsiu*, pp. 112-113；何泽恒，《欧阳修之经史学》，第194—197页。欧阳修的《集古录》是对金石铭文的第一次整理和研究。参见竺沙雅章（Chikusa Masaaki）的相关介绍，见Hervouet, p. 199；何泽恒，《欧阳修之经史学》，第177—189页。

5 欧阳修经学的概况，参见James T. C. Liu, *Ou-yang Hsiu*, pp. 85-99；《欧阳修的治学与从政》，第19—46页。欧阳修的《周易》学、《春秋》学，参见何泽恒，《欧阳修之经史学》，第37—49、77—87页。

6 　有关11世纪儒学复兴的多元化特征，参见Tillman, pp. 30-52。

7 　还有一种说法与此稍有不同，参见D. K. Gardner, pp. 9-14。笔者所说的"制度性"（institutional）和"形而上学"（metaphysical）的进路大致相当于加德纳（D. K. Gardner）的"程式性"（programmatic）和"哲学性"（philosophical）的进路。加德纳的"哲学性"进路包括笔者所说的"个体/修证"（personal/devotional）的那种文本和进路。

8 　有关孙复与胡瑗，参见de Bary, "A Reappraisal." pp. 88-93; James T. C. Liu, *Ou-yang Hsiu*, pp. 88-89；《欧阳修的治学与从政》，第20—22页；D. K. Gardner, p. 11。

9 　参见de Bary, "A Reappraisal." pp. 100-106。王安石的《三经（新）义》包含《诗经》注，今已佚。王安石由于在政治上声名显赫，也由于在11世纪70年代欲把自己的注释立为正统，所以在经学史上的地位被过度放大了（典型的叙述见本田成之，第307—308页）。实际上，王安石对经学的影响微乎其微。在宋学的反传统运动中，他应当被视为一部分，而不是发起者。此点由皮锡瑞揭示，参见皮锡瑞，《经学历史》，第221页；另可参同书有关《三经（新）义》部分，周予同注7，第222页。

10 　有关这些思想家所利用的众多史料来源，参见Henderson, pp. 120-126。

11 　《春秋》特别容易受到某种解释的影响，这种解释只能被描述为对时事的隐微评论。这种对经典的"误用"在南宋一些著作中表现得异常明显，一个著名的例子就是胡安国（1074—1138）的《春秋传》。有关这部著作，参见本田成之，第311—312页；皮锡瑞，《经学历史》，第250页以及第254页注6。

12 　王应麟，《困学纪闻》卷八，第22a页；引自皮锡瑞，《经学历史》，第220页。现代学者普遍认为孔安国（活跃于前126—前117年）《尚书》注为伪作，可能出于晋朝（265—419）。参见Hung, pp. 102-103。但也有人捍卫其真实性，如宋代的陆游。根据皮锡瑞的说法，陆游的"排《系辞》"指的是欧阳修，"毁《周礼》"指的是欧阳修、苏轼（1037—1101）、苏辙（1039—1112），"疑《孟子》"指的是李觏（1009—1059）、司马光（1019—1086），"讥《书》"指的是苏轼，"黜《诗》之《序》"指的是晁说之（1059—1129）。有关以上这些内容，参见皮锡瑞，《经学历史》，第225—228页，周予同注19—23。

13 　宋代对《诗序》的批评，参见第八章。欧阳修对《系辞传》的批判，参见Shchutskii, pp. 65-71。曹粹中（活跃于1124年前后）与郑樵在《诗经》学研究中，对解经传统的制度性背景进行了详尽的描述，曹粹中还率先使用了汉代三家《诗》的材料。

关于他们的学术，参见第八章。王应麟在《诗地理考》之外还撰写了一部研究三家《诗》的著作——《诗考》。蔡卞（1058—1117）撰写了关于"鸟兽草木之名"的一部集注——《毛诗名物解》。辅广（活跃于1210年前后）的《诗经协韵考异》可能是最著名的宋代《诗经》音韵学著作。

14　由日本文化历史学家内藤湖南所提出的"宋代变革论"，极大影响了日本与西方的汉学研究，中国学者也受到了一定影响。代表性的论文可参见James T. C Liu and Golas。唐末宋初的主要重组范式，在文学史尤其是宋诗史上得到了广泛的应用。参见Yoshikawa，尤其是pp. 14-19。宋代的山水画展现了一种写实观察和描绘的新力量，有学者认为它有"近乎科学的特质"，参见Max Loehr, p. 192。这种经验主义者的气质似乎在宋代自然和数学领域的卓越成就中也得到了反映，参见Elvin, pp. 179-199。

15　皮锡瑞，《经学历史》，第280页；Twitchett, pp. 31-32。佛教和道教经典也都迅速被刊刻，参见Twitchett, pp. 35-38。

16　参见Kasoff, pp. 4-5。据宋代一些学者说，印本的现成可用性导致了人们越来越少地记诵经典，并从大声朗读转向了默念。参见第八章。

17　直到1064年，才允许私人印刻儒家经典。Twitchett, p. 32。

18　邢昺为《论语》《孝经》《尔雅》所作的疏都依照《正义》形式。有关邢昺和同一时代学者孙奭（962—1033）的注疏，以及宋初的经学概况，参见马宗霍：《中国经学史》，第109—110页。

19　引自James T. C. Liu, *Ou-yang Hsiu*, p. 86, 译文有改动。另可参见王旦任考官之事，见皮锡瑞《经学历史》，第220页。宋初经学家拘泥字句的其他例证，见Liu, *Ou-yang Hsiu*, pp. 86-87。

20　皮锡瑞认为，孙复的《春秋》注受到了啖助、赵匡和陆淳的影响。见《经学历史》，第250页。

21　James T. C. Liu, "An Early Sung Reformer," pp. 109-110.

22　正如王应麟与陆游的叙述，见皮锡瑞《经学历史》所引，第220页；另可参见James T. C. Liu, *Ou-yang Hsiu*, p. 88。胡瑗和孙复在京师中的影响一直延续到范仲淹去职之后，部分原因是得到了欧阳修的支持。Liu, *Ou-yang Hsiu*, pp. 88-89。

23　刘敞是宋代反传统的怀疑学者中的早期人物之一，参见皮锡瑞《经学历史》所引王应麟语，第220页，以及同书第221页的周予同注6。也可参本田成之所引晁公武和陈振孙语，第307页。《通志堂经解》收录了刘敞的《七经小传》。

24　梅尧臣撰《毛诗小传》20卷，朱彝尊列为"已佚"。《经义考》卷一百〇四，第

4a—b 页。

25 丘光庭，第15页；引自蒋善国《三百篇研究》，第119页。

26 程元敏，《王柏之诗经学》，第34页。

27 有关王安石之学以及此前宋代学者对《诗经》的质疑，参见程元敏。

28 朱熹的《诗经》注以及其他经注，在元代时成为了正统学说，这一过程也关系到新儒学是如何胜利成为官方正统的过程。参见 de Bary, *Neo-Confucian Orthodoxy*, pp. 1–66, 尤其是 p. 56; James T. C. Liu, "A Neo-Confucian School"; 皮锡瑞，《经学历史》，第281—282页（有关元明两代的朱学流衍，见第283—290页）。

29 清代"本源主义"（foundationalist）运动的一个特殊演进是，相对于稍晚的古文经学，它转向了汉代今文经学的研究。有关此点，参见 Elman, pp. 22–26。经学传统的伟大史家皮锡瑞就出自今文学派，他特殊的关怀与问题意识贯穿了整部著作。他叙述了清代"本源主义者"上溯传统注疏的历程，见《经学历史》，第341—342页。梁启超的著作中也有类似的叙述，见 Liang Ch'i-ch'ao（梁启超）, pp. 21–27。

30 有关清代学者普遍都有的这种宗派主义虔诚，以及陈奂、陈乔枞的经学著作，参见皮锡瑞，《经学历史》，第320—321页；Karlgren, "Glosses on the Kuo-feng Odes," pp. 73–74。

31 《诗本义》作于1059年，欧阳修53岁。见何泽恒，《欧阳修之经史学》，第66页。（按中国传统，一个人的年龄要在实际生存年数上再加1"岁"。）笔者所见《诗本义》各版本似源于同一祖本。本书采用《四部丛刊》本。

32 有关郑樵，参见第八章。

33 "意"与"义"的对比虽然在王弼的诠释学中已经出现，但它并未发挥宋代学者中的那种功能，重要性也不可同日而语。见 Fung, 2: 186; 唐君毅，《中国哲学原论》，第2册，第343页。

34 例如在《说文解字》中，"意"训为"志"。见《说文解字注》，第506页。

35 但并非是存在主义或观念主义所说的"观念"（idea）。参见 Graham, *Later Mohist Logic*, pp. 213–214; Review of Chad Hansen, pp. 697–698。

36 Graham, *Later Mohist Logic*, p. 21, 35–36.

37 Fung, 2: 184–186. 一般来说，认为"意"是一种精神意象的墨辩者和王弼等人，会乐观地认为"意"可以通过语言获得充分表达。

38 《系辞上》，第12章。笔者在第五章中提到了南北朝初期有关这一话题的激烈争论。

39 《庄子》第二十六《外物》，引自 Watson, *Complete Works of Chuang Tzu*, p. 302，译文有改动。

40 《诗本义》卷十四，第6b页；卷二，第1b页；卷一，第9b—10a页。

41 总体而言，"文义"相对而言更加普遍。"文义"的例证见《诗本义》卷一，第3b页；卷二，第6b—7a页。"意"与"义"起初发音并不相同，在11、12世纪时成为同音字，并沿用至今。在司徒修（Hugh M. Stimson）重建的旧官话（Old Mandarin，即宋末与元代的语言）中，这两个字（司徒修将其罗马化）都标作"ii5"（这种"音素表示法"的音韵价值，参见Stimson, pp. 14-24。有关汉语音韵的历史分期，参见Norman, p. 23）。然而，据司徒修说，在以《切韵》为代表的中古汉语发音中，这两个字的发音并不相同。司徒修将"意"字标为"qi5"，将"义"字标为"nj"。那么，从6世纪（这一时期的发音由《切韵》所代表，Stimson, p. 10）到14世纪上半叶（《中原音韵》产生于此时，Stimson, p. 6），"意"与"义"的发音差异消失于何时？

依据《切韵》与《中原音韵》等著作来判断音韵变化发生于何时，这种做法并非没有问题。这些著作可能旨在让方言使用者了解其他地区（通常是京师地区）的发音（司徒修认为《中原音韵》就是如此，Stimson, pp. 5-6）。而另一方面，它们致力于保存和区分的是那些已经不再使用的规范发音（如《切韵》，参见Norman, p. 24）。如果《切韵》中所保留的中古汉语发音具有这种功能，那么它所区分的发音有可能在11世纪以前就已经过时，甚至在公元600年以前（《切韵》大概产生于此时）就已经过时。

然而，笔者认为，程颐及其11世纪的同代人确实做了区分（其12世纪的后继者也许并非如此）。这不仅体现在他们的著作中，也体现在他们的语录中，这些语录由弟子所记录，是我们研究这些思想家学说的主要文献。我确信这两个字构成了一组对比，因为程颐等人在使用它们时具有明显的一致性，而在以下这段文字中，这两个字的发音区别似乎可以确定此事："先生（刘安世）与仆（马永卿）论《诗》至《国风》，先生曰：'读诗者当求其意，不当求其义。'"（引自程元敏，第37页）

在笔者印象中，这两个字的细致区分并未在11世纪持续很久。此后，在许多文献和复合词中，它们大体上可以互换使用。在11世纪的文献中，"意""义"的异常使用相对较少，这种异常大概源于这两个字后来在语音和语义上日益模糊，导致文献发生了损坏。不同版本的很多文献都包含这样的异常使用，可以证明此点。例如，在《托跋廛丛刻》本刘安世《元城语录》的一段逸事中，有一处应当作"意"，但该本作"义"（卷二，第26a页），然而《元城语录解》中的同一段文字却作"意"（卷二，第7b页）。

42　在这种情况中，该字通常写作言字旁的"议"。

43　《诗本义》，《麟之趾》(《毛诗》第11篇)，卷一，第10a页。应当是乐师将诗篇编辑并整理成今天的样子。有关这段文字更多的分析，见下文。

44　Waley, *Book of Songs*, #89(p. 83).

45　Ibid.

46　据《诗序》，《周南》前八首诗都与后妃有关，《鹊巢》与其后的三首诗与"夫人"或"大夫妻"有关。但其中没有任何一首诗明确与著名的文王后妃太姒有关。在许多情况下，提及文王的只是"下序"(如《毛诗》第9、22篇)，但"上序"没有提到后妃或夫人。只有《羔羊》(《毛诗》第18篇)的序文似乎把《鹊巢》中的"夫人"与文王联系在一起。但《正义》认为夫人和后妃都是指的太姒(参见《鹊巢》序的《正义》疏文；《毛诗注疏》卷一，第77页)。

47　同前，卷一，第76页。

48　《诗本义》卷二，第1b—2a页。

49　由该字的"水"旁所示，"淫"意味着一个人行为放荡，不知道自己的行为边界，因而译为"abandoned"(无约束)、"excessive"(过分)、"dissolute"(放荡)或"debauched"(堕落)。

50　程元敏全面探讨了宋代"淫诗"观念的发展与盛行。

51　Waley, *Book of Songs*, #22.

52　参见《雄雉》(《毛诗》第33篇)序及《匏有苦叶》(《毛诗》第34篇)序。

53　参见程元敏，第34页。

54　朱熹，《诗集传》卷二，第24a页。

55　欧阳修有读词、作词的经历，这或许使他更容易分辨诗中角色的口吻与作者的人格，因为词人经常采用一种受冷落的妻妾口吻。诗中人物与作者的关系颇为复杂，而且实际上不确定。这种诗中角色与作者人格的区别，在《诗本义》中相当常见。参见欧阳修对《野有死麕》(《毛诗》第23篇)一诗的相关评论。《诗本义》卷二，第6b页。

56　然而，在欧阳修的其他作品中，并没有那么谨慎。欧阳修曾为一位仰慕者纠缠不休，不得已而写了一首诗——《酬学诗僧惟晤》(《欧阳文忠公集》卷四，第2a—b页；《欧阳永叔集》卷二，第2页)，其中就暗含了诗篇中有道德堕落的那种意图。但另一方面，这首诗的很多语言都源自中古注疏传统，这一传统着重强调了诗在典范意义上的规范性特征。

57　朱熹，《诗传遗说》，第13a—b页。关于这一段，参见第八章。

58　参见程元敏。

59　这是一种古老的策略，正如笔者在第一章中提出的，诗可能从一开始就包含这种策略。欧阳修完全能够欣赏这样的乐趣，并创作了许多包含男女之情的词作。艾朗诺指出，这些词作的真实性无可怀疑（参见 The Literary Works, pp. 161-195, esp. pp. 192-195）。词认可对情爱的探索，而且它与诗（lyric）的特征不同，它可以暂时搁置作者的自我。这也是作词的部分乐趣所在。

60　《诗本义》卷十四，第5a—7b页。

61　《诗本义》卷十四，第6b页。

62　《诗本义》卷一，第10a页。

63　《诗本义》卷十四，第6a—6b页。

64　这与第五章中所讨论的《正义》诠释学问题的表述正好相反。在《正义》中，对诗的引述是清晰的，但作诗者的倾向却很模糊。在此处，作诗者的倾向是明晰的，但诗的历史背景则必须由注释传统提供。

65　《诗本义》卷十四，第6b—7a页。

66　《诗本义》卷十四，第7b页。

67　《诗本义》卷十四，第11b页。关于《诗序》作者，参见第四章。

68　《诗本义》卷十四，第11b页。

69　《诗本义》卷十四，第12a页。

70　《诗本义》卷十四，第12a页。

71　《诗本义》卷二，第2a页；卷一，第4b页。

72　《诗本义》卷一，第9b页。

73　《诗本义》卷十四，第7a页。

74　《诗本义》卷六，第7b页。

75　《诗本义》卷一，第1b页。

76　欧阳修，《欧阳永叔集》卷三，第36页。

77　《诗本义》卷三，第2a页；卷十四，第1b页；卷一，第10a页；卷二，第9b—10a页；卷二，第2a页；卷三，第2a页。

78　《诗本义》卷一，第1b、2b—3a、7b—8a页；卷二，第2a页；卷四，第1a页。参见何泽恒，第50页。

79　对于欧阳修而言，问题不在于一种公允的《诗经》解读能否证实《诗序》或"毛郑"（即能否证明《诗序》或毛、郑对《诗经》的解读是正确的），而是在官方解释的基础上，《诗经》能否得到合理解读。

80 这篇文章是欧阳修编订《诗谱补亡》后,附于《诗本义》之中的,未标明卷数。
81 《诗本义》,《后序》,第15a页。
82 同前。
83 众家之力的有效性与权威性是单独的个人所无法比的。在欧阳修的另一段文字中,这一话题再次出现,他设想了自己更加反传统的观点在这样一种条件下可以获得有效性:"使学者各极其所见,而明者择焉。……聚众人之善以补缉之,庶几不至于大谬。"(《欧阳永叔集》卷六,第10页①)
84 《诗本义》,《后序》,第15b页。
85 而且,毛、郑等汉代学者与宋人相比更接近于孔子的时代,所以有可能接触到相对完整的经学传统。在另一段文字中,欧阳修这样评价司马迁的解读:"司马迁……去周秦未远,其为说必有老师宿儒之所传。"(《诗本义》卷十四,第3b—4a页)
86 《诗本义》,《后序》,第15a页。
87 欧阳修经常批评毛、郑《诗》学"自相抵牾"。例如,《郑笺》认为《七月》(《毛诗》第154篇)包含了风、雅、颂三种形式。但欧阳修指出,这种说法与郑玄对"雅"和"颂"的定义(这些定义实际上是《关雎》序第15—17小节的定义,但欧阳修认为郑玄接受此说。)自相矛盾(《诗本义》卷十四,第8a—b页)。再如,《诗序》中说文王的道德变革只影响及殷亡之前他所统治的六州,但《周南》和《召南》的其他序文中说文王的影响延伸至整个天下。二说不同。(《诗本义》卷二,第5b—6b页)
88 例如,欧阳修对《关雎》的解释,就建基于《论语·八佾》第20章中孔子有关《关雎》的著名评论。欧阳修认为,孔子之言指的是《关雎》"先勤其职而后乐,故曰'乐而不淫'","其思古以刺今,而言不迫切,故曰'哀而不伤'。"(《诗本义》卷一,第2b页)。因而欧阳修认为,《关雎》并非作于周室的全盛期,而是作于衰落期——诗人回忆文王与太姒是为了"刺今"。欧阳修还引用了司马迁所说的"周道缺而《关雎》作"(《史记》,第3115页)。
89 "阙",见《论语·为政》第18章。欧阳修对《鹿鸣》(《毛诗》第161篇)的解读可能有助于说明此点。在《时世论》中,欧阳修认为《鹿鸣》与《雅》《颂》中其他几篇的产生年代必然较传统所言为晚(《诗本义》卷十四,第4a页)。但在整部《诗本义》中,《鹿鸣》都与文王有关(《诗本义》卷六,第1a—1b页)。欧阳修认

---

① 引文在该卷第9页。——译者

为，汉代学者未能自律，因而导致了注疏传统的衰败和淆乱。如果他们对于自己所不理解的东西只"阙"而不编造解释，那么注疏传统的要素就会稳立于孔子学说基础之上，而不会淆乱不清。

90 这不是对这段文字唯一的理解方式。可以设想的是，传统解释中的"自相抵牾"和孔子学说的积极引导，这两种条件的关系应该被理解为"或"而不是"和"。《时世论》的另一段文字说，上述两种条件可以并存，并不是非此即彼（《诗本义》卷十四，第5a页）。在讨论了郑玄有关雅、颂时代的矛盾认识之后，欧阳修说：

> 余于《周南》《召南》，辨其不合者，而《关雎》之作，取其近是者焉。盖其说合于孔子之言也。若《雅》也，《颂》也，则辨之而不敢必，而有待焉。
>
> 夫毛、郑之失，患于自信其学而曲遂其说也。若余又将自信，则是笑奔车之覆而疾驱以追之也。然见其失，不可以不辨，辨而不敢必。使余之说得与毛、郑之说并立于世，以待夫明者而择焉可也。
>
> （《诗本义》卷十四，第5a页）

91 Gadamer, pp. 268-269. 以下这段引文适用于欧阳修："历史高于有限人类意识的力量在于，凡在人们由于信仰方法而否认自己的历史性的地方，效果历史就在那里获得认可。"（p. 268）虽然视域由历史来限定，但对伽达默尔而言，它并不是封闭的，而是变化和运动的（pp. 270-274）。

92 何泽恒，第68页。

93 James T. C. Liu, *Ou-yang Hsiu*, pp. 70-71. 此外，欧阳修在1070年撰写《后序》之时，关于王安石经学是否制度化的争论正如火如荼进行，而正统学说与保守主义似乎是反对王安石新说的坚固壁垒。

94 《宋人轶事汇编》卷八，第356页；引自何泽恒，第66页。

第七章

章首语：引自 Hacking, p. 5.

1 程颐、程颢的学说都收于《二程集》中。这本书由许多各自独立的部分组成（该书内容参见 Graham, *Two Chinese Philosophers*, pp. 141-151; Ts'ai, pp. 29-61）。《二程集》中的资料非常繁杂，我们往往不能确定某句话是程颐所说还是程颢所说。参见 Graham, *Two Chinese Philosophers*, p.142.《诗解》(《二程集》卷四，第1046—1085页）是程颐的《诗经》评注。与《二程集》中大多数的题名一样，它并不是程颐的一部完整著作，而是由弟子所记的程颐语录。关于《诗经》与阅读、解释的评论，散见于《二程集》整本书中。有关二程诠释学的最佳、最易获取同时也是最具代表性的文献（据笔者对《二程集》的阅读），是朱熹与吕祖谦在12世纪70年代编撰而成的《近思录》，尤其是该著的卷三《致知》。本章关注的大部分评注都源出《近思录》卷三，笔者在引用这些评注时都依据该卷中的条目次序。因此，注释中的"卷三第39则"指的是《近思录》卷三的第39则评注。在阅读《近思录》时，笔者发现陈荣捷的译本非常有价值。但尽管如此，笔者在翻译有关宋代诠释学术语的段落时，仍会与陈荣捷的译文时有不同。

张载的诠释学与程颐类似，都重视阅读的过程和读者的主观倾向。但与程颐不同的是，在"言""意"关系以及其他有意思的问题上，张载坚持认为"虚心"（不存偏见）是必要的。尽管笔者在本章中多处以张载为参照，也对其思想有所阐述，但张载的诠释学值得更全面的探讨。张载的思想触及了以上诸多问题，葛艾儒（Ira E. Kasoff）曾对此有过一个不错的概述，参见Kasoff。

2 有关王安石与刘敞，参见第六章。有关苏轼的《尚书》注，参见贺巧治（George Hatch）的评论，见Hervouet, pp. 13—19。苏轼的注释往往不乏猜想，具有高度的主观性，但他在很认真地讨论这些问题。有关苏辙，参见下文。

3 《诗集传》卷一，第6b页。宋代重要的《诗经》学者如严粲（生活于1250年前后）、程大昌等人，继承了苏辙的《诗序》划分。

4 同前，卷一，第6a页。

5 同前。

6 苏辙此处引用了《周易·系辞传》的第五章。参见Sung, p. 280。苏辙在《诗集传》卷一（第5a—6b页）中表达相同的观点时，也引用了这一章。

7 《上两制诸公书》，《苏子由栾城集》卷二十一，第3—6页。

8 因此，这段引语对比了"仁"与"智"，可参见《论语·雍也》第21章。

9 就程颐对解经传统的关注而言，他的观点既有革新的一面，也有传统的一面。他采信了成伯玛最先提出的《诗序》分层论（《二程集》，第1047页）。但他又坚持认为，《诗序》中那些他信以为真的元素能为理解《诗经》提供不可或缺的指导：

夫子虑后世之不知《诗》也，故敬《关雎》以示之。学《诗》而不求《序》，犹欲入室而不由户也。（《二程集》，第1046页）

10 《近思录》卷三，第28则。

11 欧阳修，《时世论》，《诗本义》卷十四，第1b页。

12 《孟子·万章上》第4章。

13　《孟子·离娄下》第21章。
14　译文依从Karlgren, *Book of Odes*, p. 225。
15　《近思录》卷三，第46则。
16　《诗本义》卷四，第1a页。
17　这是欧阳修和程颐的重要差异之一，这一差异不能归因于二者的代际差异。我们在下文将看到，程颐对"含义"（meaning）的阐述基本不感兴趣，对解经传统的批判与革新等问题也是同样。但他对文本背后"意"（intention）的兴趣另有所自。
18　引自本田成之，第293页。
19　《二程集》，第378页。在笔者看来，这句陈述似乎更接近于程颢的诠释学，而与程颐的诠释学相去较远。
20　然而，我们需要知道，上面这种陈述旨在回应某种理解方式所造成的实存威胁。那种理解密切关注文本的字面意思或意义，而在程颐及其同时代人看来，它似乎阻碍了对经注进行实质性研究的所有可能性。不用说，这种理解与位居正统的《正义》有关。
21　《近思录》卷三，第23则。
22　很明显，这种负面的读书模式具有"泥"的弊端，它与当时正统学术的传统诠释学密切相关。不论是在对权威注疏的依赖上，还是在教学实践和文本阐释中，这一点都有体现。《程子遗书》中说："读书以穷理，又以致用，如滞泥于章句之学则无用。"①《辞海》中的"滞泥"条目就引了这句话。
23　《近思录》卷三，第27则。译文见Chan, *Reflections*, pp. 98–99，译文有改动。文中引语出自《孟子·尽心下》第25章。
24　本章章首引文与这段文字十分相似，可资对比。培根与11世纪的新儒家有相似之处，他们都认为语言可能是理解的一个陷阱。但是，培根主张通过全面而彻底地规定所用词汇的含义，可以应对这一危机，而程颐认为恰是人们对整齐划一、清晰明确的词汇充满渴望，才导致了困难的出现。对于程颐而言，人们不能净化语言，而只能超越语言。
25　《近思录》卷三，第26则。译文见Chan, *Reflections*, p. 98，译文有改动。
26　可对比《左传》襄公十四年尹公佗与庾公差之事。
27　Ware, pp. 109–110; Lau, *Mencius*, pp. 132–133.
28　有关情感的兴发，参见第三章。有关这一问题的后来历史，参看Nivison。

---

①　程子此言，未能找到原文。暂结合句中关键词翻译如此。——译者

29　这段话也暗用了《论语·雍也》第20章。
30　徐澄宇（徐英），第44页。
31　这段文字见于段昌武《毛诗集解》卷首的《读诗法》。张载《张子全书》（卷四，第90页）以及《近思录》（卷三，第72则）也各有一段非常类似的文字，但并不完全相同。
32　这段文字也见于《读诗法》（参见前注）。《近思录》卷三第72则的注中也有这段文字。这段文字的语言与上面一段很相似，因而笔者同意张伯行的观点，即此段文字出自张载。但陈荣捷有不同看法（Chan, *Reflections*, p. 121n156）。
33　《系辞上》，第2章第10节。
34　亦如 Sung, p. 275。
35　Peterson, p. 96. "in his mind" 原有，此处照录。
36　在程颐的大部分诠释学理论中，"意"（meaning）的这一层次可以从个人方面来理解——我们通过某个人的痕迹或印迹来了解他，一般就是通过他最初所表达的意图。然而，"味"似乎是语言本身的一种性质。正因如此，它会使人想起"文义"。但此处的"味"首先是一种理解的产物，因而它与"意"也许并没有那么不同；从读者的文本经验的角度而言，它可以被认为就是"意"。
37　《近思录》卷三，第33则。
38　同前，卷三，第49则。
39　有关谢显道，参见 Chan, *Reflections*, p. 52n85。
40　即从未沉溺于"章句"之学。
41　这段文字可以有多种理解，另一种稍微不同的译法见 Chan, *Reflections*, pp. 105-106。
42　参见《近思录》卷三，第39则："昼诵而味之，中夜而思之。"
43　同前，卷三，第33则。
44　《张载集》，第276页。①笔者怀疑，张载这番话之所以如此强烈，是因为他担忧这一时期印本书籍的大量涌现会对记诵之学造成不利影响。有关此点，请参看下一章。

第八章

章首语：朱熹，《朱子语类》卷十，第225则。

1　有关这一过程的叙述，参见 de Bary, *Neo-Confucian Orthodoxy*, pp. 1-66。

---

① 该段引文在第277页。——译者

2 《诗之序论》第1至4篇,见晁说之《嵩山文集》(卷十一,第30b—37a页)。

3 同前,卷十一,第38a—b页。

4 传统上认为左丘明(孔子弟子)是《左传》的作者,但近代以来并不认同。贾谊(前200—前168)是西汉初年的学者和诗赋家。刘向(前77—前6)编纂并宣扬了古文经传。

5 晁说之,《嵩山文集》卷十一,第38b—39a页。

6 晁补之,《鸡肋集》卷三十六,第9a—b页。

7 参见第六章,注56。

8 黄宗羲,《宋元学案》卷二十,第53页。

9 《宋史》,第5048页。《放斋诗说》只散见于相关文献的征引中,这些佚文收于张寿镛编《曹放斋诗说》。

10 曹粹中,《曹放斋诗说》卷一,第1a页。李光的老师刘安世对汉代的其他《诗经》学文献也感兴趣。见刘安世,《元城语录》卷二,第33b—34b页。

11 曹粹中,《曹放斋诗说》卷四,第8a—b页。朱彝尊在《经义考》中也引用了这段话,卷九十九,第5b—6a页。

12 参见前注;Karlgren, *Book of Odes*, p. 10. 译文有改动。

13 朱彝尊引丘光庭,见《经义考》卷九十九,第2a—b页。

14 顾颉刚认为,《六经奥论》虽然经后世学者增补改定,但确实包含了郑樵自己的一些文字。参看顾颉刚在《六经奥论》节选开篇的注释(《诗辨妄》,第79—84页)。《诗辨妄》这部书包括顾颉刚所辑《诗辨妄》以及《通志》的相关章节,还有上文提到的《六经奥论》节选。本书的部分内容,所引《诗辨妄》都指这部书。郑樵的著作目录可参见邓嗣禹(S. Y. Teng)所撰的郑樵论文附录,邓文收于 Franke, 1: 155-156。

15 《诗辨妄》,第3页。

16 在《华黍》中(该诗位于《毛诗》第169篇与第170篇之间)。

17 《诗辨妄》,第3页。

18 同前,第3、7页。

19 《六经奥论》,同前,第96—97页。

20 《诗辨妄》,第4页。

21 同前,第13页。另见《六经奥论》,同前,第84页。

22 《诗辨妄》,第4页。

23 《通志》,前书所引,第71页。

24 《诗辨妄》，第6页。序文认为，这首诗说的是郑庄公与其弟叔段之间的著名冲突。有关这一故事，参见 Legge, Ch'un Ts'ew, pp. 5-6。

25 这几篇文章最初是程大昌《考古编》的一部分，并以《诗论》为题单独流传。

26 林光朝，卷十，第2b—3a页；引自程元敏，《王柏之诗经学》，第39页。

27 朱熹对吕祖谦著作的流传之广有过评论，见《诗传遗说》，《四库全书珍本》第75册，第513页。这部著作是朱熹之孙朱鉴（1190—1258）所编，汇集了《朱子语类》中大部分有关《诗经》的评论。下文在征引这部著作时，只标卷数及该卷中的则数。因此此处提到的这段内容即《诗传遗说》卷一，第67则。

28 朱熹在做这些解释时，仍然接受《诗序》的权威。有关这些解释，朱熹在《吕氏家塾读书记后序》（《晦庵先生朱文公文集》卷七十六，第7b页）中说："此书所谓'朱氏'者，实某少时浅陋之说，而伯恭父误有取焉。"

29 《诗传遗说》卷二，第5则。钱穆对朱熹思想的各期变化有非常好的讨论，见《朱子新学案》，第4册，第53—80页。

30 《诗集传》（笔者所据为《四部丛刊》本）可能撰于1182年之后（参见钱穆，《朱子新学案》，第4册，第57页）。朱熹在他的《诗序辨》中对小序展开了具体批评。

31 《诗集传序》，第2页。并非所有的《诗集传》版本都有这篇短序。例如《四部丛刊》本就未收此序，而香港中华（1961）版中就有。这篇序文作于1177年，根据钱穆的看法，它是为《诗集传》的一个早期版本而作（《朱子新学案》，第4册，第54页）。有学者翻译了这篇序文的全文，见 Lynn, pp. 344-346。朱熹此处利用了《礼记·王制》（《礼记训纂》卷五，第6b页）以及《汉书》（第1708页）中有关采诗的叙述。

32 《诗传遗说》卷三，第32则。

33 《诗传遗说》卷一，第32则。朱熹经常让学生缓慢而认真地读诗，参见下文。

34 有关这部著作的简介，参见陈荣捷的引书注释，见 Hervouet, pp. 225-226。

35 朱熹有时会以一种微有不同、稍有扩展的方式来进行讲解，如10.36。这种扩展的教学内容也会带有节奏感和对称性，以便学生们记忆。另可参11.121，该段对同一种思想进行了完全不同的表述。

36 有关宋代各级科考要求，参见 Chaffee, pp. 4, 189-191。

37 朱熹对那些稍有年纪的人的建议，参看10.64。有关四书（《论语》《孟子》《大学》《中庸》）在儒家核心经典中的升格，参见 D. K. Gardner, pp. 5-16。

38 《十三经》是指《周易》、《诗经》、《尚书》、《礼记》、《仪礼》、《周礼》、《春秋》、

《左传》、《公羊》及《谷梁》、《论语》、《孟子》、《孝经》、《尔雅》。①朱熹对那些不重视《礼记》和《左传》的人有过指责（11.195），而且还批评说："近日学者多喜从约，而不于博求之。"（11.191）。朱熹提醒人们不能"得少为足"（11.138）。

39 朱熹告诫学生不要只读"紧要处"，也要读"闲慢处"（11.159）。朱熹还强调了"博"的重要性（11.91）。这两处可资对比。

40 例如，一位弟子欲将所有的儒学文本"循环看"（10.42）。而朱熹反对"间看未读者"（10.39）。

41 《诗传遗说》卷一，第35则。

42 例如10.46。

43 "圣人言语，一重又一重，须入深去看。若只要皮肤，便有差错，须深沉方有得。"（10.11）另可参看10.12—13、10.22。

44 "读书之法，只是熟读涵泳，自然和气从胸中流出。"《诗传遗说》卷一，第34则。有关新儒学的最终目标——"天理流行"，可参见Metzger, p. 49。

45 "若务贪多，则反不曾读得。"（10.43）

46 例如10.8、10.49。

47 "如人相见，才见了便散去，都不曾交一谈，如此何益？所以意思都不生，与自家都不相入，都恁地干燥。这个贪多不得。"《诗传遗说》卷一，第35则。

48 朱熹有时谈到，对于文本的深用功会是一种"自然"的过程，只需要允许它发生。因此，诠释的功能就是促进或认可这种理解。例如11.130，该则在下一部分中将会引用。

49 同前。

50 此处的对比不仅在于朗读与默读之间，也在于朗读与思考之间。在10.65中，"读"与"思量"之间的对比与《论语·为政》第15章"思"与"学"的对比明显相关。《论语》这一对比的另一个版本见《卫灵公》第31章。

51 例如，"杨志之患读史无记性"（11.245）。另可参看10.39。

52 《孟子·告子上》第11章。有关陈烈，参见《宋史》卷四百五十八。

53 也有例外。朱熹会主张对史书中的某些段落进行记诵（11.244），有时称许"古人"能记诵文本（10.67）。

54 例如，"……若只恁生记去，这道理便死了"（11.117）。

55 参见10.55。

---

① 作者将《春秋》视为一经，而将《公羊》及《谷梁》并列为一经。与通行看法有异。——译者

56 与此相关的是，在11.245有一段逸事，某人通过读完一页就烧掉的方法而记住了《周礼》。

57 可比较"仔细玩味翻来翻去"（10.48）与"反复看来看去"（10.49）。

58 《诗传遗说》卷一，第22则。

59 Tu, pp. 103–104.

60 Tu, "Inner Experience," p. 103.

61 在10.142中，经验理解和为了科考的学习是相对的。可比较。

62 比较"硬穿凿之使合"（11.164）和现代汉语中的"钻牛角尖"（梁实秋，第1159页）。

63 比较"立见解"（11.205）、"先立己意"（11.123）、"先立个意"（11.205）、"硬穿凿之"（11.164）。

64 "先入之说"的"入"可能是"人"字漫漶所致。那么在这种情况下，该语是指"早先之人（即权威经师）的学说"。

65 例如《诗传遗说》卷一，第38则。

66 参见11.205，这种失败与追逐"新奇"有关，而这种对"新奇"的追逐反过来又与"专要作文字"有关。朱熹在这类文字中所反对的"意"是一种先入之见，而《论语·子罕》第4章告诉我们，孔子没有先入之见。亚瑟·韦利在解读"意"时依从了郑玄，仿佛"意"具有"人"的根基，意思是"做推测"（*Analects*, p. 139n4）。另可参见《论语·宪问》第31章（Lau, *Analects*, p. 96n1），在该章中"意"指的是"期待（某事）"。"意"的更普通的含义——瞄定一个目标，与这一意思并不矛盾，也可能与之有关。

67 Kasoff, pp. 88–89.

68 Dubs, *Hsuntze*, p. 92；《荀子》卷十五，第5a页。值得注意的是，荀子诠释学的其他两个要素都在《解蔽》篇中有阐述——"一"和"静"。在朱熹的《读书法》中也有相关内容。参见Dubs, *Hsuntze*, pp. 91–98。

69 Dubs, *Hsuntze*, p. 92. 引文出自《老子》第3章。

70 《庄子引得》，第9页；Graham, *Chuang-tzu*, p. 68。译文有改动。

71 Graham, *Chuang-tzu*, p. 69.

72 《庄子引得》，第86页；Graham, *Chuang-tzu*, p. 249。

73 所引《孟子》之文见《万章上》第4章第2段。11.172—173，也有关于"退步"的论述。

74 参见11.108—109，这两则强调了读书时"心"的重要性。

75 例如，在11.115—118和《诗传遗说》卷一第35则都提到了"走作底心"。"走作"的字面意思是"越轨"。

76 《诗传遗说》卷一，第20（参见卷二，第5则）、41则。

77 朱熹认为："诗如今恁地注解了，自是分晓易理会。""熹注得训诂，字字分明。"（《诗传遗说》卷一，第29、43则）

78 此处涉及《庄子》中庖丁之事（《庄子引得》，第7页）。在10.50、10.62、10.63和11.185中也可以看到，掌握相对少量的文本使人更易阅读。

79 例如可参见上文所引的11.130及11.164二则。

80 张载的这一说法见《张载集》，第275页；《近思录》也引及，见卷三，第74则。有关"此心"以及张载所理解的阅读，参见Kasoff, pp. 85-88。有关朱熹与"维持此心"，参见Yu Ying-shih, pp. 235-236。在早期的一些文献中，"诗"字通"持"，一些例证可参看徐澄宇（徐英），第2页。有关阅读对"心"的重要性，更多例子可参见11.104—105。

81 王夫之，第4—5页。有关这段文字的讨论，参见Siu-kit Wong, pp. 141-144。

82 戴震（1724—1777）即是如此。参见戴震，第146页；艾尔曼（Elman）曾引用和翻译此段，见Elman, p. 29.

83 Elman, p. 73.

84 例如，在上文81、82注所引王夫之和戴震的文字中，传统诠释学的词汇和范畴仍然存在。

85 有关这些内容，参见第四章。

86 关于道家文本的隐含评论，参见Seidel；有关佛教诠释学，参见Lopez。

参考文献

Austin, J. L. *How to Do Things with Words*. Ed. J. O. Urmson and Marina Sbisà. Cambridge: Harvard University Press, 1962.

Bainton, Roland H. "The Bible in the Reformation." In *The Cambridge History of the Bible*, vol. 3, *The West from the Reformation to the Present Day*, ed. S. L. Greensladde, pp. 1–37. Cambridge: Cambridge University Press, 1963.

Balazs, Etienne. *Chinese Civilization and Bureaucracy: Variations on a Theme*. Trans. H. M. Wright. Ed. Arthur F. Wright. New Haven: Yale University Press, 1964.

——. "Nihilistic Revolt or Mystical Escapism." In idem, *Chinese Civilization and Bureaucracy*, pp. 227–254.

——. "Political Philosophy and Social Crisis at the End of the Han Dynasty." In idem, *Chinese Civilization and Bureaucracy*, pp. 186–225.

《北史》，李延寿，北京：中华书局，1974。

Berman, Harold J. *Law and Revolution: The Formation of the Western Legal Tradition*. Cambridge: Harvard University Press, 1983.

Bernstein, Richard J. *Beyond Objectivism and Relativism: Science, Hermeneutics, and Praxis*. Philadelphia: University of Pennsylvania Press, 1983.

Birch, Cyril, ed. *Studies in Chinese Literary Genres*. Berkeley: University of California Press, 1974.

Bishop, Elizabeth. *The Collected Prose*. Ed. Robert Giroux. New York: Farrar, Straus & Giroux. 1984.

Bleicher, Josef. *Contemporary Hermeneutics: Hermeneutics and Method, Philosophy and Critique*. London: Routledge & Kegan Paul, 1980.

Breech, James. *The Silence of Jesus*. Philadelphia: Fortress Press, 1983.

Bultmann, Rudolf. *History of the Synoptic Tradition*. New York: Harper & Row, 1963.

Cahill, James F. "Some Confucian Elements in the Theory of Painting." In *The Confucian Persuasion*, ed. Arthur F. Wright, pp. 114–140.

蔡卞:《毛诗名物解》,《通志堂经解》本。

曹粹中:《曹放斋诗说》,《约园辑佚书》本。

Chaffee, John W. *The Thorny Gates of Learning: A Social History of Examinations*. Cambridge: Cambridge University Press, 1986.

Chan, Wing-tsit, trans. *Reflections on Things at Hand: The Neo-Confucian Anthology Compiled by Chu Hsi and Lü Tsu-ch'ien*. New York: Columbia University Press, 1967.

——, trans. and comp. *Source Book in Chinese Philosophy*. Princeton: Princeton University Press, 1963.

晁补之:《鸡肋集》,《四部丛刊》本。

Chao, Yuen Ren. "Tone, Intonation, Singsong, Chanting, Recitative, Tonal Composition, and Atonal Composition in Chinese." In *For Roman Jakobson*, comp. Morris Halle et al., pp. 52–59. The Hague: Mouton, 1956.

晁说之:《嵩山文集》,《四部丛刊》本。

陈奂:《诗毛氏传疏》,台北:台湾学生书局,1981。

陈乔枞:《三家诗遗说考》,《皇清经解续编》本。

Chen, Shih-Hsiang. "The *Shih-ching*: Its Generic Significance." In *Studies in Chinese Literary Genres*, ed. Cyril Birch, pp. 8–41.

陈振孙:《直斋书录解题》,出版地不详,江苏书局,1883。

程大昌:《考古编》,《丛书集成初编》本,第292册。

——.《诗论》,《丛书集成》本。

程元敏:《王柏之诗经学》,台北:嘉新水泥公司,1968。

Chow Tse-tsung. "The Early History of the Chinese Word *Shih* (Poetry)." In *Wen-lin: Studies in the Chinese Humanities*, ed. Chow Tse-tsung, pp. 151–209. Madison: University of Wisconsin Press, 1968.

Cikoski, John S. "On Standards of Analogical Reasoning in the Late Chou." *Journal of Chinese Philosophy* 2, no. 3 (June 1975): 325–357.

Creel, Herrlee G. *Confucius and the Chinese Way*. New York: Harper & Row, 1960.

——. *The Origins of Statecraft in China*, vol. 1, *The Western Chou Empire*. Chicago:

University of Chicago Press, 1970.

崔述:《论语余说》,《崔东壁遗书》,第5册,顾颉刚编,上海:东亚,1936。

Culler, Jonathan. *On Deconstruction: Theory and Criticism After Structuralism*. Ithaca, N.Y.: Cornell University Press, 1982.

戴君仁:《经书的衍成》,《孔孟学报》19(1970.4),第77—95页。

戴震:《戴震文集》,赵玉新注,香港:中华书局,1974。

de Bary, Wm. Theodore. *Neo-Confucian Orthodoxy and the Learning of the Mind-and-Heart*. New York: Columbia University Press, 1981.

——. "A Reappraisal of Neo-Confucianism." In *Studies in Chinese Thought*, ed. Arthur F. Wright, pp. 81–111. Chicago: University of Chicago Press, 1953.

DeWoskin, Kenneth J. *A Song for One or Two: Music and the Concept of Art in Early China*. Ann Arbor: University of Michigan, Center for Chinese Studies, 1982.

Dibelius, Martin. *From Tradition to Gospel*. New York: Charles Scribner's Sons, 1935.

Dien, Albert E. "Yen Chih-t'ui (531–591+): A Buddho-Confucian." In *Confucian Personalities*, ed. Arthur F. Wright and Denis Twitchett, pp. 43–64. Stanford: Stanford University Press,1962.

丁传经:《宋人轶事汇编》,北京:商务印书馆,1935。

Dobson, W. A. C. H. *Late Han Chinese: A Study of the Archaic-Han Shift*. Toronto: University of Toronto Press, 1964.

——. "Linguistic Evidence and the Dating of the *Book of Songs*." *T'oung Pao* 51(1964): 322–343.

董仲舒:《春秋繁露》,《四部丛刊》本。

段昌武:《毛诗集解》,文渊阁,重印本,台北:商务印书馆,1972。

Dubs, Homer H. "Did Confucius Study the Book of Changes?" *T'oung Pao* 2.4 (1927): 82–90.

——.*Hsüntze: The Moulder of Ancient Confucianism*. London: Arthur Probsthain, 1927.

——, trans. *The Works of Hsüntze*. London: Arthur Probsthain, 1928.

Eberhard, Wolfram. Review of Bernhard Karlgren, "Legends and Cults in Ancient China." *Artibus Asiae* 9, no. 4 (1946): 355–364.

Egan, Ronald C. *The Literary Works of Ou-yang Hsiu (1007–1072)*. Cambridge: Cambridge University Press, 1984.

——. "Narratives in *Tso Chuan*." *Harvard Journal of Asiatic Studies* 37, no. 2 (1977):

323—352.

Elman, Benjamin A. *From Philosophy to Philology: Intellectual and Social Aspects of Change in Late Imperial China*. Cambridge: Harvard University, Council on East Asian Studies, 1984.

Elvin, Mark. *The Pattern of the Chinese Past: A Social and Economic Interpretation*. Stanford: Stanford University Press, 1973.

《二程集》，北京：中华书局，1981。

范文澜:《群经概论》，北京：朴社，1933。

Forke, A., trans. *Lun-Heng*. 2 vols. 2nd ed. 1907. Reprinted—New York: Paragon, 1962.

Franke, Herbert, ed. *Sung Biographies*. 4 vols. Wiesbaden: Steiner, 1976.

Frankel, Hans. *The Flowering Plum and the Palace Lady: Interpretations of Chinese Poetry*. New Haven: Yale University Press, 1976.

辅广:《诗经协韵考异》，《丛书集成》本。

Fung Yu-lan (冯友兰). *History of Chinese Philosophy*. 2 vols. Trans. Derk Bodde. 1952, 1953. Reprinted—Princeton: Princeton University Press, 1973.

Gadamer, Hans-Georg. *Truth and Method*. Trans. Garret Barden and William G. Doerpel. New York: Seabury, 1975.

高葆光:《毛诗序再检讨》，《东海学报》7.1（1965.6），第15—26页。

——.《三论毛诗序》，《东海学报》8.1（1967.1），第83—94页。

Gardner, Charles S. *Chinese Traditional Historiography*. Cambridge: Harvard University Press, 1961.

Gardner, Daniel K. *Chu Hsi and the Ta-hsueh: Neo-Confucian Reflection on the Confucian Canon*. Cambridge: Harvard University, Council on East Asian Studies, 1986.

Gerhardsson, Birger. *Memory and Manuscript: Oral Tradition and Written Transmission in Rabbinic Judaism and Early Christianity*. Uppsala, Sweden: Alsmquist & Wiksells Boktryckeri, 1961.

Graham, A. C. *Later Mohist Logic, Ethics and Science*. Hong Kong: Chinese University of Hong Kong Press; London: University of London, School of Oriental and African Studies, 1978.

——. Review of Chad Hansen, *Language and Logic in Ancient China*. *Harvard Journal of Asiatic Studies* 45 (1985): 692—703.

——.*Two Chinese Philosophers: Ch'eng Ming-tao and Ch'eng Yi-ch'uan*. London: Lund Humphries, 1958.

——, trans. *Chuang-tz ŭ : The Inner Chapters*. London: Unwin, 1987.

Grant, Robert M. *An Historical Introduction to the New Testament*. New York: Harper Row, 1963.

——.*The Letter and the Spirit*. London: S.P.C.K., 1957.

顾颉刚：《论诗经所录全为乐歌》，《古史辨》第3册，第608—657页。

——.《毛诗序之背景与旨趣》，《中山大学语言历史学研究所周刊》10.120（1930.2），第18—19页。

——编，《古史辨》，7册，1926—1941，重印，上海：上海古籍出版社，1982。

Gunkel, Hermann. *The Legends of Genesis*. New York: Shocken Books, 1966.

郭绍虞编：《中国历代文论选》，2册，上海：上海古籍出版社，1979。

Hacking, Ian. *Why Does Language Matter to Philosophy?* Cambridge: Cambridge University Press, 1975.

《韩非子》，《四部丛刊》本。

韩愈：《（音注）韩文公文集》，出版地不详，文禄堂，1934。

Hansen, Chad. *Language and Logic in Ancient China*. Ann Arbor: University of Michigan Press, 1983.

《汉书》，班固，北京：中华书局，1962。

Havelock, Eric A. *Preface to Plato*. Cambridge: Harvard University Press, 1963.

Hawkes, David. Review of Jean-Pierre Diény, *Aux origines de la poésie classique en Chine* .... *T'oung Pao* 55 (1969): 151-157.

——.trans. *Ch'u Tz'ŭ: The Songs of the South. An Ancient Chinese Anthology*. 1959. Reprinted — Boston: Beacon Press, 1962.

何定生：《从言教到谏书看诗经的面貌》，《孔孟学报》11（1966），第101—148页。

何泽恒：《欧阳修之经史学》，台北：国立台湾大学文学院，1980。

Heidegger, Martin. *Being and Time*. Trans. John Macquarrie and Edward Robinson. New York: Harper & Row, 1962.

Henderson, John B. *The Development and Decline of Chinese Cosmology*. New York: Columbia University Press, 1984.

Henricks, Robert G. "On the Chapter Divisions in the *Lao-tzu*." *Bulletin of the School of Oriental and African Studies* 65 (1982): 502-524.

Hervouet, Yves, ed. *A Sung Bibliography (Bibliographie des Sung)*. Hong Kong: Chinese University Press, 1978.

Hightower, James Robert. "The *Han-shih wai-chuan* and *the San chia shih*." *Harvard Journal of Asiatic Studies* 11 (1948): 241–310.

——.*Han Shih Wai Chuan: Han Ying's Illustrations of the Didactic Application of the Classic of Songs*. Cambridge: Harvard University Press, 1952.

Holzman, Donald. "Confucius and Ancient Chinese Literary Criticism." In *Chinese Approaches to Literature from Confucius to Liang Ch'i-ch'ao*, ed. Adele Austin Rickett, pp. 21–41.Princeton: Princeton University Press, 1978.

本田成之:《支那经学史论》,京都:弘文堂,1932。

《后汉书》,范晔,北京:中华书局,1965。

Hsiao, Kung-chuan. *A History of Chinese Political Thought*, vol. 1, *From the Beginnings to the Sixth Century A.D*. Trans. Frederick W. Mote. Princeton: Princeton University Press, 1979.

Hsu, Cho-yun. *Ancient China in Transition*. Stanford: Stanford University Press, 1965.

胡念贻:《诗经中的赋比兴》,《文学遗产增刊》1(1957),第1—21页。

胡平生、韩自强:《阜阳汉简〈诗经〉简论》,《文物》1984第8期,第13—21页。

黄节:《诗序非卫宏所作说》,《清华中国文学会月刊》1, no. 2(1931.4),第5—17页。

黄宗羲:《宋元学案》,《国学基本丛书》本。

Hung, William. "A Bibliographical Controversy at the T'ang Court, A.D. 719." *Harvard Journal of Asiatic Studies* 20 (1957): 74–134.

Ingarden, Roman. *The Cognition of the Literary Work of Art*. Evanston, Ill.: Northwestern University Press, 1973.

——.*The Literary Work of Art*. Evanston, Ill.: Northwestern University Press, 1973.

Iser, Wolfgang. *The Act of Reading: A Theory of Aesthetic Response*. Baltimore: Johns Hopkins University Press, 1978.

——.*The Implied Reader: Patterns of Communication in Prose Fiction from Bunyan to Beckett*. Baltimore: Johns Hopkins University Press, 1974.

Jauss, Hans Robert. *Toward an Aesthetic of Reception*. Trans. Timothy Bahti. Minneapolis: University of Minnesota Press, 1981.

简博贤:《今存南北朝经学遗籍考》,台北:三民书局,1986。

蒋伯潜:《经与经学》,上海:世界,1948。

蒋善国:《三百篇研论》,台北:商务,1966。

《近思录》,朱熹、吕祖谦编,《丛书集成》本。

影山诚一:《中国经学史纲》,东京:大东文化大学东洋研究所,1970。

Karlgren, Bernhard. "The Authenticity and Nature of the *Tso Chuan*." Göteborg Högskolas Årsskrift, 32, no. 3 (1926): 1–65.

——. "The Early History of the *Chou Li and Tso Chuan* Texts." Bulletin of the Museum of Far Eastern Antiquities 3 (1931): 1–59.

——.*Glosses on the Book of Documents*. Stockholm: Museum of Far Eastern Antiquities, 1970.

——. *Glosses on the Book of Odes*. Stockholm: Museum of Far Eastern Antiquities, 1964.

——. "Glosses on the Kuo-feng Odes." *Bulletin of the Museum of Far Eastern Antiquities* 14 (1942): 71–247.

——.*Grammata Serica Recensa*. Stockholm: Museum of Far Eastern Antiquities, 1972.

——. "Legends and Cults in Ancient China." *Bulletin of the Museum of Far Eastern Antiquities* 18 (1946): 199–366.

——, trans. "The Book of Documents." *Bulletin of the Museum of Far Eastern Antiquities* 22 (1950): I–81.

——.*The Book of Odes*. Stockholm: Museum of Far Eastern Antiquities, 1950.

Kasoff, Ira E. *The Thought of Chang Tsai (1020–1077)*. Cambridge: Cambridge University Press. 1984.

加藤实:《韩愈诗之序议译注》,《诗经研究》1(1975),第23—26页。

Keightley, David N. *Sources of Shang History*. Berkeley: University of California Press, 1978.

Kelber, Werner H. *The Oral and the Written Gospel: The Hermeneutics of Speaking and Writing in the Synoptic Tradition*, Mark, Paul, and Q. Philadelphia: Fortress Press, 1983.

木村英一:《孔子与论语》,东京:创文社,1971。

Knechtges, David R. *The Han Rhapsody: A Study of the Fu of Yang Hsiung (53B.C.–A.D.18)*. Cambridge: Cambridge University Press, 1976.

Knoblock, John. *Xunzi: A Translation and Study of the Complete Works*. vol.1, Books 1–6.

Stanford: Stanford University Press, 1988.

Kunst, Richard Alan. "The Original *Yijing*: A Text, Phonetic Transcription, and Indexes, with Sample Glosses." Ph.D. dissertation, University of California, Berkeley, 1985.

Lau, D. C, trans. Analects. New York: Penguin Books,. 1979.

——.*Mencius*. Harmondsworth, Eng.: Penguin, 1970.

——. *Tao Te Ching*. Harmondsworth,Eng.: Penguin, 1963.

Legge, James, trans. *The Ch'un Ts'ew with Tso Chuen. The Chinese Classics*, vol. 4, 1872. Reprinted—Hong Kong: Hong Kong University Press,1960.

——. *The She King. The Chinese Classics*, vol. 4, 1871. Reprinted— Hong Kong: Hong Kong University Press, 1960.

——.*The Works of Mencius*. 3rd ed. *The Chinese Classics*, vol. 2, 1894. Reprinted—Hong Kong: Hong Kong University Press, 1960.

Liang, Ch'i-ch'ao (梁启超). *Intellectual Trends in the Ch'ing Period (Ch'ing-tai hsüeh-shu kai-lun)*. Trans. Immanuel C. Y. Hsü. Cambridge: Harvard University Press, 1959.

梁实秋等:《最新实用英汉辞典》,台北:远东,1973。

《礼记训纂》,朱彬编,《四部备要》本。

林光朝:《艾轩集》,《四库全书珍本》本。

Lindbeck, George A. *The Nature of Doctrine: Religion and Theology in a Postliberal Age*. Philadelphia: Westminster Press, 1984.

刘安世:《元城语录》,马永卿编,《托跋廛丛刻》本。

——.《元城语录解》,王崇庆注,《惜阴轩丛书》本。

刘敞:《七经小传》,《通志堂经解》本。

Liu, James J. Y. *Chinese Theories of Literature*. Chicago: University of Chicago Press, 1975.

——.*Language—Paradox—Poetics: A Chinese Perspective*. Ed. Richard John Lynn. Princeton: Princeton University Press, 1988.

Liu, James T. C. (刘子健). "An Early Sung Reformer: Fan Chung-yen." In *Chinese Thought and Institutions*, ed. John K. Fairbank, pp. 105–131. Chicago: University of Chicago Press, 1957.

——. "How Did a Neo-Confucian School Become the State Orthodoxy?" *Philosophy East and West* 23 (1973): 484–505.

——.*Ou-yang Hsiu: An Eleventh Century Neo-Confucianist*. Stanford: Stanford

University Press, 1967.

———.《欧阳修的治学与从政》,香港:新亚研究所,1963。

Liu, James T. C, and Peter J. Golas, eds. *Change in Sung China: Innovation or Renovation*. Lexington, Mass.: D.C. Heath & Co., 1969.

刘义庆:《世说新语校笺》,杨勇编,台北:洪石,1976。

Loehr, Max. "Some Fundamental Issues in the History of Chinese Painting." *Journal of Asian Studies* 23, no. 2 (Feb. 1964): 183−193.

Loewe, Michael. "The Office of Music, c. 114 to 7 B.C." *Bulletin of the School of Oriental and African Studies* 36 (1973): 340−351.

Lopez, Donald S., Jr. *Buddhist Hermeneutics*. Honolulu: University of Hawaii Press, 1988.

Lynn, Richard John. "Chu Hsi as Literary Critic." In *Chu Hsi and Neo-Confucianism*, ed. Wing-tsit Chan, pp. 337−354. Honolulu: University of Hawaii Press, 1986.

马宗霍:《中国经学史》,台北:商务,1976。

《毛诗引得》,哈佛燕京学社汉学引得丛刊,特刊(9),北京:哈佛燕京学社,1934。

《毛诗注疏》,阮元编,《国学基本丛书》本。

Maspero, Henri. "La Composition et la date du *Tso tchouan*." In *Mélanges chinois et bouddhiques*, 1: 137−215. Brussels: Institut Beige des Hautes Etudes Chinoises, 1931−1932.

Mather, Richard B. *Shih-shuo Hsin-yü: A New Account of Tales of the World*. Minneapolis: University of Minnesota Press, 1976.

《马王堆汉墓帛书》,第1册,北京:文物出版社,1980。

McMullen, David. *State and Scholars in T'ang China*. Cambridge: Cambridge University Press, 1988.

Metzger, Thomas A. *Escape from Predicament*. New York: Columbia University Press, 1977.

牟润孙:《论儒释两家之讲经与义疏》,《新亚学报》4, no. 2(1960.2),第353—415页。

诸桥辙次:《经学研究序说》,东京:目黑书店,1936。

———.《诗经研究》,东京:目黑书店,1912。

《墨子》,哈佛燕京学社汉学引得丛刊,特刊(21),北京:哈佛燕京学社,1948。

Mueller-Vollmer, Kurt, ed. *The Hermeneutics Reader: Texts of the German Tradition from the Enlightenment to the Present*. New York: Continuum, 1985.

村山吉广:《解题韩愈诗之序议》,《诗经研究》1（1975）, 第21—22页。

Nivison, David S. "The Problem of 'Knowledge' and Action' in Chinese Thought Since Wang Yang-ming." In *Studies in Chinese Thought*, ed. Arthur F. Wright, pp. 112–145. 1953. Reprinted —Chicago: University of Chicago Press, 1967.

Norman, Jerry. *Chinese*. Cambridge: Cambridge University Press, 1988.

Noth, Martin. *A History of the Pentateuchal Traditions*. Englewood Cliffs, N.J.: Prentice Hall, 1971.

大川节尚:《郑玄的诗经学》, 东京: 赤松院, 1937。

欧阳修:《欧阳文忠公集》,《四部丛刊》本。

——.《欧阳永叔集》,《国学基本丛书》本。

——.《诗本义》,《四部丛刊》本。

Owen, Stephen. "The Self's Perfect Mirror: Poetry as Autobiography." In *The Vitality of the Lyric Voice: Shih Poetry from the Late Han to the T'ang*, ed. Shuen-fu Lin and Stephen Owen, pp. 71–102. Princeton: Princeton University Press, 1986.

——.*Traditional Chinese Poetry and Poetics: Omen of the World*. Madison: University of Wisconsin Press, 1985.

潘重规:《诗序明辨》,《学术季刊》4.4（1956.6）, 第20—25页。

——.《五经正义探源》,《华冈学报》1（1965.6）, 第13—22页。

Perrin, Norman. *The New Testament: An Introduction*. 2nd ed. New York: Harcourt Brace Jovanovich, 1982.

Petersen, Willard J. "Making Connections: 'Commentary on the Attached Verbalizations' of the *Book of Change*." *Harvard Journal of Asiatic Studies* 42 (1982): 67–116.

皮锡瑞:《经学历史》, 周予同编注, 北京: 中华书局, 1959。

——.《经学通论》, 北京: 中华书局, 1954。

Picken, Laurence E. R. "The Shapes of the Shi Jing Song-texts and Their Musical Implications." *Musica Asiatica* I (1977): 85–109.

——. "Twelve Ritual Melodies of the T'ang Dynasty." In *Studia Memoriae Bela Bartok Sacra*, 2nd ed., pp. 147–73. Budapest: Aedes Academiae Scientiarum Hungariae, 1957.

Pope, Marvin H. *Song of Songs: A New Translation with Introduction and Commentary*. The Anchor Bible, vol. 7. Garden City, N.Y.: Doubleday, 1977.

Pound, Ezra, trans. *Shih-ching: The Classic Anthology as Defined by Confucius*.

Cambridge: Harvard University Press, 1954.

Pulleyblank, E. G. "Chinese Historical Criticism: Liu Chih-chi and Ssuma Kuang." In *Historians of China and Japan*, ed. W. G. Beasley and E. G. Pulleyblank, pp. 135–166. London: Oxford University Press, 1961.

———. "Neo-Confucianism and Neo-Legalism in T'ang Intellectual Life, 775–805." *The Confucian Persuasion*, ed. Arthur F. Wright, pp. 77–114.

钱穆:《两汉经学今古文平议》,香港:新亚研究所,1958。

———.《朱子新学案》,5册,台北:三民书局,1971。

丘光庭:《兼明书》,《丛书集成》本。

Ricouer, Paul. *Hermeneutics and the Human Sciences*. Cambridge: Cambridge University Press; Paris: Editions de la Maison des Sciences de l'Homme, 1981.

Riegel, Jeffrey K. "Poetry and the Legend of Confucius's Exile." *Journal of the American Oriental Society* 106, no. 1 (Jan.–Mar. 1986): 13–22.

———. "Reflections on an Unmoved Mind: An Analysis of *Mencius* 2A2." *Journal of the American Academy of Religion* 47, no. 3, Thematic Issue 5 (Sept. 1980): 433–457.

Schneider, Laurence A. *Ku Chieh-kang and China's New History*. Berkeley: University of California Press, 1971.

Schwartz, Benjamin I. *The World of Thought in Ancient China*. Cambridge: Harvard University Press, 1985.

Seidel, Anna. "Imperial Treasures and Taoist Sacraments—Taoist Roots in the Aprocrypha." In *Tantric and Taoist Studies in Honour of R. A. Stein*, vol. 2, ed. Michel Strickmann, pp. 291–371. Brussels: Institute Belge des Hautes Etudes Chinoises, 1983.

Shchutskii, Iulian K. *Researches on the I Ching*. Trans. William L. MacDonald and Tsuyoshi Hasegawa with Hellmut Wilhelm. Princeton: Princeton University Press, 1979.

《史记》,司马迁,北京:中华书局,1962。

白川静:《诗经研究》,京都:朋友书店,1981。

《说文解字注》,许慎撰,段玉裁注,经韵楼,台北:艺文出版社重印,1974。

《四库全书总目提要》,《万有文库》本。

Skinner, Quentin. "Motives, Intentions and the Interpretation of Texts." *New Literary History* 3, no. 2 (Winter 1972): 393–408.

《宋史》,脱脱编,北京:中华书局,1977。

Soulen, Richard N. *Handbook of Biblical Criticism*, 2nd rev. ed. Atlanta: John Knox Press, 1981.

Stevens, Wallace. *Collected Poems of Wallace Stevens*. New York: Alfred A. Knopf, 1968.

Stimson, Hugh M. *The Jongyuan in yunn*. New Haven: Yale University, Far Eastern Publications, 1966.

苏辙:《诗集传》,《四库全书珍本》本。

——.《苏子由栾城集》,上海:大东书局,1936。

苏维岳:《论诗序》,《国风》7.4(1935.11),第22—29页。

Sung, Z. D. *The Text of Yi King*. New York: Paragon, 1969.

武内义雄:《论语研究》,东京:岩波,1940。

泷熊之助:《支那经学史概论》,东京:大明堂,1934。

Tam, Koo-yin. "The Use of Poetry in *Tso Chuan*." Ph.D. dissertation, University of Washington, 1975.

唐君毅:《中国哲学原论》,第2册,《原道论》,台北:新亚,1976。

T'ang, Yung-t'ung(汤用彤). "Wang Pi's New Interpretation of the *I-ching* and *Lun-yü*." Trans. Walter Liebenthal. Harvard Journal of Asiatic Studies 10 (1947): 124–161.

——.《魏晋玄学论稿》,北京:人民出版社,1957。

——.《言意之辨》,同上,《魏晋玄学论稿》,第26—47页。

Tillman, Hoyt Cleveland. *Utilitarian Confucianism: Ch'en Liang's Challenge to Chu Hsi*. Cambridge: Harvard University, Council on East Asian Studies, 1982.

Tjan, Tjoe Som. *Po Hu T'ung: The Comprehensive Discussions in the White Tiger Hall*. 2 vols. Leiden: E.J. Brill, 1949, 1952.

Trilling, Lionel. *Sincerity and Authenticity*. Cambridge: Harvard University Press, 1972.

Ts'ai Yung-ch'un. "The Philosophy of Ch'eng I." Ph.D. dissertation, Columbia University, 1950.

津田左右吉:《论语与孔子的思想》,东京:岩波,1946。

Tu Wei-ming. "'Inner Experience': The Basis of Creativity in Neo-Confucian Thinking." In idem, *Humanity and Self-Cultivation: Essays in Confucian Thought*, pp. 102–110. Berkeley, Calif.: Asian Humanities Press, 1979.

——. "The 'Thought of Huang-Lao': A Reflection on the *Lao Tzu* and Huang Ti Texts in the Silk Manuscripts of Ma-wang-tui." *Journal of Asian Studies* 39 (Nov. 1979):

95-110.

Twitchett, Denis. *Printing and Publishing in Medieval China*. London: Wynkyn de Worde Society, 1983.

Waley, Arthur, trans. *The Analects of Confucius*. 1938. Reprinted—New York: Vintage Books, n.d.

——. *The Book of Songs*. London: George Allen & Unwin, 1937.

——. *The Way and Its Power: A Study of the Tao Tê Ching and Its Place in Chinese Thought*. New York: Grove Press, 1958.

Wang, C. H. *The Bell and the Drum: Shih Ching as Formulaic Poetry in an Oral Tradition*. Berkeley: University of California Press, 1974.

王夫之:《薑斋诗话笺注》, 戴鸿森注, 台北: 木铎, 1982。

王国维:《汉魏博士考》,《学术丛书》本。

王力:《汉语诗律学》, 上海: 教育出版社, 1962。

王先谦:《诗三家义集疏》,《十四经新疏》, 第2集, 杨家骆编, 台北: 世界, 1956—1961。

王应麟:《困学纪闻》,《国学基本丛书》本。

——.《诗地理考》,《丛书集成》本。

——.《诗考》,《丛书集成》本。

王质:《诗总闻》,《丛书集成初编》, 第1712—1715册。

Ware, James R., trans. *The Sayings of Mencius*. New York: Mentor Books, 1960.

Watson, Burton. *Early Chinese Literature*. New York: Columbia University Press, 1962.

——. trans. *Complete Works of Chuang Tzu*. New York: Columbia University Press, 1968. Wechsler, Howard J. *Offerings of Jade and Silk: Ritual and Symbol in the Legitimation of the T'ang Dynasty*. New Haven: Yale University Press, 1985.

魏佩兰:《毛诗序传违异考》,《大陆杂志》33, no. 8 (1966.10), 第15—21页。

《文选》, 萧统,《四部丛刊》本。

Wheatley, Paul. *The Pivot of the Four Quarters: A Preliminary Enquiry into the Origin and Character of the Ancient Chinese City*. Chicago: Aldine, 1971.

Wong, Siu-kit. "*Ch'ing* and *Ching* in the Critical Writings of Wang Fuchih." In *Chinese Approaches to Literature from Confucius to Liang Ch'i-ch'ao*, ed. Adele Austin Rickett, pp. 121-50. Princeton: Princeton University Press, 1978.

Wright, Arthur F., ed. *The Confucian Persuasion*. Stanford: Stanford University Press,

1960.

——. "T'ang T'ai-tsung and Buddhism." In *Perspectives on the T'ang*, ed. Arthur F. Wright and Denis Twitchett, pp. 239–263. New Haven: Yale University Press, 1973.

吴兢:《贞观政要》,上海:古籍出版社,1978。

《无求备斋论语集成》,严灵峰编,台北:艺文出版社,1966。

徐澄宇(徐英):《诗经学纂要》,上海:中华,1936。

《荀子》,《四部备要》本。

杨伯峻:《论语译注》,北京:中华书局,1958。

Yen Chih-tui (颜之推), *Family Instructions for the Yen Clan*. Trans. Teng Ssu-yü. Leiden: E.J. Brill, 1969.

《仪礼》,《四部丛刊》本。

Yoshikawa, Kōjirō. *An Introduction to Sung Poetry*. Trans. Burton Watson. Cambridge: Harvard University Press, 1967.

Yu, Pauline, "Allegory, Allegoresis, and the *Classic of Poetry*." *Harvard Journal of Asiatic Studies* 43, no. 2 (Dec. 1983): 377–412.

——.*The Reading of Imagery in the Chinese Poetic Tradition*. Princeton: Princeton University Press, 1987.

Yu Ying-shih, "Morality and Knowledge in Chu Hsi's Philosophical System." In *Chu Hsi and Neo-Confucianism*, ed. Wing-tsit Chan, pp. 228–254. Honolulu: University of Hawaii Press, 1986.

俞正燮:"五经正义",《癸巳存稿》,第57—58页,上海:商务,1937。

张西堂:《诗经六论》,上海:商务,1957。

张载:《张载集》,北京:中华书局,1978。

——.《张子全书》,《国学基本丛书》本。

郑樵:《诗辨妄》,顾颉刚编,北京:朴社,1933。

郑玄:《郑玄遗书》,《清代稿本百种汇刊》本。

郑振铎:《读毛诗序》,《古史辨》,顾颉刚编,第3册,第382—401页。

周予同:《经今古文学》,台北:商务,1966。

《周礼》,《四部丛刊》本。

《周易》,《四部丛刊》本。

朱冠华:《关于毛诗序的作者问题》,《文史》16(1982.11),第177—187页。

朱熹:《晦庵先生朱文公文集》,《四部丛刊》本。

——.《诗集传》,香港:中华,1961。
——.《诗集传》,《四部丛刊》本。
——.《诗序辨》,《朱子遗书》本。
——.《诗传遗说》,朱鉴编,《四库全书珍本》本。
——.《朱子遗书》,台北:艺文出版社,1969。
——.《朱子语类》,台北:正中,出版时间不详。
朱彝尊:《经义考》,出版地不详,浙江书局,1897。
朱自清:《诗言志辨》,上海:开明,1947。
《庄子引得》,哈佛燕京学社汉学引得丛刊(20),Cambridge: Harvard University Press, 1956.

索 引

[本索引中的页码为英文原书的页码，即本书边码]

A

Abandoned wife topos　弃妇主题　257
Aim　志　见 Zhi
"Airs of the States"　国风　对诠释学历史的意义　8；《孟子》所引　72；荀子有关　77；《正义》论诗之作　134；作为民谣　228, 256
Analects　《论语》　其中的志　12及下页, 56, 58–59；提到诗　17, 28–38, 43–51；性质与作诗　19–28, 50, 93；诗的注　31–33；引诗　34–44, 73；中期篇目　35–38, 43–44, 260；晚期篇目　44–48, 51, 69；意图　47；其中的音乐　48–49, 104, 260；改变　207；宋代的理解　208；宋代一般诠释学　215及下页；论及《书》　258；论及《易》　258
——passages discussed——讨论的章节　《学而》第11章　58；《学而》第15章　34–55, 262；《为政》第2章　37–38, 229, 261；《为政》第4章　54, 121；《八佾》第2章　29–30, 31；《八佾》第8章　29, 32–34, 38, 51及下页, 192, 225, 262；《八佾》第12章　54；《八佾》第20章　27–31各处, 90, 226, 283–284；《八佾》第25章　31；《里仁》第7章　55；《里仁》第20章　57；《公冶长》第8章　61, 263；《公冶长》第26章　59–60, 61, 63, 113, 262及下页；《雍也》第20章　287；《述而》第18章　29, 32；《泰伯》第8章　36–37, 44, 244, 260；《泰伯》第15章　31, 226；《子罕》第15章　30及下页；《先进》第6章　260；《先进》第26章　47, 60–68各处, 106, 110, 141, 258, 263；《颜渊》第19章　100–101；《宪问》第39章　27, 35, 259；《季氏》第13章　44, 46–48, 51, 62, 258；《阳货》第9章　36, 44–46, 48, 66, 78, 260, 264；《阳货》第10章　44, 48, 259；《阳货》第18章　31, 49, 259；《阳货》第19章　275
Analogy　比　见 Bi
Ancient Preface　古序　92
Anterior Preface　前序　92

Application　运用与理解　207-208
Arrogance　自信　180
Articulating the aim　言志　42, 59-63, 66, 68, 105
Authenticity　真实性　54, 64

B

Bacon, Francis　弗朗西斯·培根　190
Being a person　为人　55, 67
Ben/mo(fundamental/peripheral)　本末二分　173
"Benmo lun" 本末论　见 "Discussion on Fundamentals and Peripherals"
Berman, Harold J.　哈罗德·J. 伯尔曼　116
Bi　比　41, 134, 168, 268
Biblical scholarship　圣经学　18-19, 23, 222
Bibliocaust　焚书　秦火　80, 83, 185, 224
Blind Man　瞽瞍　69, 263
Bo You　伯有　64-65, 71, 264
Boshi　博士　82, 266
Boyu　伯鱼　46-47, 62
Buddhism　佛教　2, 118-125各处
Buddhist canon　佛经　278
Buddhist hermeneutics　佛教诠释学　249, 293
Bultmann, Rudolf　鲁道夫·布尔特曼　19, 258

C

Cai Bian　蔡卞　278
Cao Cuizhong　曹粹中　221-223, 278
Categorical analogies　类　134
Catholic church　天主教会　4
Chan, W.T.　陈荣捷　285
Changed Odes　变诗　49, 102, 229
Changes　《周易》　见 *Yi*
Chao Buzhi　晁补之　220-221
Chao Yuezhi　晁说之　219, 276, 278
Chapter and verse commentary　章句　见 *zhangju*
Chen Gang　陈亢　46及下页, 62, 262
Chen Huan　陈奂　161, 279
Chen Lie　陈烈　237, 291
Chen Qiaocong　陈乔枞　161, 267, 279
Cheng, King of Zhou　周成王　138, 141
Cheng Boyu　成伯玙　147, 148-150, 158, 192, 268及下页
Cheng Dachang　程大昌　227, 286
Cheng Hao　程颢　154, 191, 198-199, 213-214, 286
Cheng Yi　程颐　191-201各处；对经典的"个体修证"　154；对批判传统相对不感兴趣　154, 286；"意"和"义"的关系　202-203；"泥"于文本　203-207；运用与理解　207-209；偏爱"平易自如"的阅读方法　209-210；"玩味"　210-217；实用取向　216；主张研究《四书》　232；反对给文字做出单一定义　257；论《诗序》286
Cheng Yuanmin　程元敏　158, 281
Chonger, Prince　重耳　39-42各处

Chuilong 垂陇 64–68, 264
Chun "群" 264
Chunqiu 《春秋》 见 *Spring and Autumn Annals*
Chunqiu zhuan 《春秋传》(胡安国) 277
Ci "刺" 269
Ci 词 221, 282
Ci 辞 70, 73
Claim of perfect inscription 文本尽善的主张 104–108
Classics 经 作为类别 75
Classics studies 经学 2, 254; 制度化 46, 69, 75; 西汉 81–84; 南北朝 118–124, 127; 唐 127–130, 145–147, 274; 宋初 153–159, 277及以下诸页; 11世纪的转变 190–191; 11世纪的解经权威 191–195; 1020年代之人 192; 清代 160–161, 202, 221, 248, 279; 近代 221, 249
Codes of reading 阅读的"密码" 3, 254
Commentary, genres of 经注 124, 159, 220 另见 *Yishu, Zhangju*
Commentary on Mao's Odes 《毛诗传》 83–90各处, 161, 167
Commentary on the Appended Words 《系辞传》: 宋初的批判之学 155及下页, 211, 286
Confucian doctrinal practice, early 儒家学说活动, 早期 20–25
Confucian hermeneutic of character 儒家的人格诠释 51–68各处
Confucian schools 儒家学派 24–25, 33, 48, 256, 258, 260
Confucianism 儒家 2, 256; 道家及其追随者的批判 24, 27, 54及下页; 战国时期 53–54, 63, 70; 汉 63, 81–84, 103, 256; 南北朝 118; 宋 153
Confucius 孔子 17, 21, 25及以下诸页, 49及下页, 257, 259及下页, 265; 弟子 24, 33, 51; 和合乐之诗 28–31; 诗的"美学"欣赏 30; 编订诗 30, 149, 172, 176, 265; 被描绘为注诗 32–33; 被描绘为引诗 34–38, 42–44; 被描绘为主张习诗 44–48; 精神自述 54; 对评价人物的兴趣 55; 作为道德诠释家 64, 66; 道德至善 67; 经学史上的地位 74; 编订经典 75, 194; 作为《诗序》作者 92, 192; 南学中的描述 122; 作为注疏权威的资源 159, 176, 185; 欧阳修论 176–179
Congrong wanwei 从容玩味 朱熹所说 246
Conservative scholarship 保守派学术 12世纪 227
Consort (后妃)《毛诗传》中 87–90各处;《诗序》中 95, 99, 281;《正义》中 137, 275, 281; 确认为太姒 167, 270, 281 另见 *Taisi*
Controversy 争论 儒家内部 24及下页, 27–28, 33及下页, 50, 258, 260; 墨家中 258
Correct Significance of Mao's Odes 《毛诗正义》 孔颖达 127–129; 典范意

义上的志 76；文本评论 117；南学与北学的基础 118；"序说"段落 130–131, 136, 274；结构 130–132, 274；《大序》的分段 131；"改述"段落 131, 274；"议题"段落 131–132, 274；口语对话背景 132；对经义解说的兴趣 132及下页, 136, 139；文本的尽善假定 136, 139；文本中的等级次序 136–137；质疑语言的充分性 141–145；认识论的鸿沟 144；权威主义 153, 159, 177, 182；宋代本源主义者的批评 160；《鹊巢》阐释 168；传统神话 173；关于国史 270；《关雎》阐释 275；《诗经》排序的意见 275

Correct Significance of the Five Classics 《五经正义》 与南北朝学术的关系 117, 123, 127, 129及下页；字面主义 123, 140；编纂 127–130；作为集体的成果 129；权威主义 139及下页；唐代的批评 155；宋初的经学研究 157；作为宋学的反面 196, 287

Cosmologists 阴阳家 119

Court debates 朝堂辩论 2

Criterion of dissimilarity 相异性标准 28, 33, 258

Cui Shu 崔述 26

D

Dai Zhen 戴震 293

"Dalue" 《大略》 77

Da Mong gong 大毛公 86

Dan Zhu 啖助 146, 148, 279

Daoism 道教 2

Daoist and proto-Daoist critics of Confucianism 道家及其追随者对儒家的批评 24, 27, 54及下页

Daoist canon 道教经典 278

Daoist hermeneutics 道教诠释学 249, 293

Dasein 此在 5

"Daya" 大雅 见 Ya

Debauched Odes 淫诗 169, 281；孔子 76–77；战国 77；荀子 77–78；欧阳修 152, 171, 221, 282；王柏 172；苏辙 193；12世纪 218；晁补之 220–221；郑樵 226；朱熹 228及下页, 247

Deconstruction 解构 6

Desires 决心 263

DeWoskin, Kenneth J. 杜志豪 49

Dibelius, Martin 马丁·狄比流 19, 258

Dilthey, Wilhelm 威廉·狄尔泰 5, 255

Ding, Butcher 庖丁 292

Direct commentaries 直接的注 158, 160

"Discussion of the Preface to the Odes" 《诗之序议》（韩愈［？］）147及下页

"Discussion on Fundamentals and Peripherals" 《本末论》（欧阳修）173–181

Doctrinal conflict 经义冲突 69

Doctrinal cultures 教义文化 2, 253–254

Doctrinal exposition 经义（教义）解说 作为《正义》的目标 133, 136, 139；诗诠释学和《左传》叙事 264

Doctrinal orthodoxy： 教义（经义）正统：作为钦定者和颁行者的国家 2, 127

Documents 《尚书》《书》 32, 69, 74, 128;《论语》中 32;《孟子》中 69, 74;《荀子》中 74及下页, 265; 秦朝禁毁 80; 汉代博士 82; 南北朝学术中 119; 作为《五经》之一 128; 张载的讨论 202; 作为经义权威学说文本 258; 董仲舒的思想中 271;《庄子》中 272

Dong Zhongshu 董仲舒 82–83, 103, 271

Du 读（熟读） 235

Du Yu 杜预 119, 146

Duke of Shao 召公 97

Dushu 读书 195

"Dushu fa" 《读书法》(朱熹) 230–249

Dynastic histories 正史 232

E

Easiness 平易 182, 209–210

Eberhard, Wolfram 艾博华 258

Effective history(Wirkungsgeschichte) 效果历史 5

Egan, Ronald C. 艾朗诺 282

Elder Mao 大毛公 150

"Elegantiae" 《雅》 见 Ya

Elohim 以罗欣 18

Emotion 情 53;《论语》中的情与音乐 31; 兴发 53–54;《乐记》中的情与音乐 104, 109; 与志 109–114;《左传》中的情与气 113; 与理解 182; 由诗塑造 272

Epic 史诗 275

Erasmus 伊拉斯谟 153

Er Cheng ji 《二程集》 285

Erotic love 情爱 与诗 78

"Essays on the Odes" 《诗论》(程大昌) 227

"Essays on the Preface to the Odes" 《诗之序论》(晁说之) 219

Examinations 科举考试 朝廷 2, 128, 231及下页, 236及下页

Exegetical consensus 解经共识 11世纪的崩溃 191–195, 240

Exegetical rhetoric 注释修辞学 94, 97, 99

Exegetical tradition 注疏传统 12世纪的批评 218

Existential understanding 存在的理解 74

Exoteric Commentary on Han's Odes 《韩诗外传》 11, 85, 263

Explanation 说明 255

"Explication" 义疏 见 Yishu

Explication of characters 文字训诂 研究的第一步 199

Exposition of the classics (or "scriptures") 讲经 117, 125–127, 131

F

Fan Chi 樊迟 262

Fan Ye 范晔 268

Fan Zhongyan 范仲淹 152, 157, 189,

279

Fangzhai shishuo 《放斋诗说》(曹粹中) 222–223

Faults as hermeneutically significant 具有诠释学意义的过错 55

Female historians 女史 170

Feng 风:《大序》中 99–102; 作为"风" 100; 术语的含义 100–101; 作为风教的转变 103, 137; 字形 225; 作为风教 270 另见 "Airs of the States"

Filial piety 孝 57

Form criticism 形式批判 19

Foundationalist scholarship 本源主义学术 147, 159–162, 192

Four Books 四书 290

Free and systematizing texts 自由与系统化文献 258

Fu 赋 134, 268

Fu 复 (吟诗) 40

Fu Bi 富弼 189

Fu Guang 辅广 278

Fu Qian 服虔 119及下页, 273

Fundamental Significance of the Odes 《诗本义》(欧阳修) 159–189各处, 279, 284

Fuyang, Anhui 安徽阜阳 出土文献 86, 249

Fuzi 夫子 263

G

Gadamer, Hans-Georg 汉斯-格奥尔格·伽达默尔 5–6, 188, 284

Gaozong, Emperor of Tang 唐高宗 129

Gaozu, Emperor of Han 汉高祖 81

Gaozu, Emperor of Tang 唐高祖 275

Gardner, Daniel K. 加德纳 277

General hermeneutic of the Song 宋代的一般诠释学 作为对解经权威崩塌的回应 4, 191; "中古"诗的诠释学 15, 195–196, 217; 对转变的兴趣 174; 11世纪之前不存在 195; 读书者的主体性 196, 207, 209, 212, 217, 242–247各处; 12世纪的修正 218, 242–246; 持久的影响 248 另见 Cheng Yi; Easiness; Ouyang Xiu; Zhang Zai; Zhu Xi

Gong, Duke of Cao 共公 224

Gongxi Hua 公西华 60, 62及下页

Gongyang commentary 《公羊传》 82, 126, 146

Graf-Wellhausen hypothesis 格拉夫-威尔豪森假说 18, 258

Graham, A. C. 葛瑞汉 53

Grand Master's Art of War 《太公兵法》 267

"Great Appendix" 《系辞传》 见 *Commentary on the Appended Words*

"Greater Elegantiae" 大雅 见 *Ya*

Greater Preface 大序 92

Great Learning 《大学》 138

"Great Preface" 《大序》 81, 95–115; 对后来诠释学的重要性 81; 划分为若干小节 91, 131; 与整篇《诗序》的

关系 91–92；注释修辞 94, 97–98；翻译 95–97；定义 95, 270；性质和撰作 97–98, 103, 133；作为《关雎》的下序 98, 269；权威要素 98；《诗经》的变革性力量 99–103, 111–115；尽善的印迹要求 104–108；作为"情"的诗 108–111；《正义》的疏 133–141；对宋代一般诠释学的影响 208；名称的运用 268；早期的文本 269及下页；与《乐记》的关系 271 另见 Preface to the "Guanju"

Gu 故 270

Gu Jiegang 顾颉刚 222, 256, 289

Gu Sou 瞽瞍 69, 263

Guan 观 45, 261, 264

"Guanju" Ode 《关雎》(《毛诗》第1篇) 《论语》中 30–31, 76–77；《毛诗传》中 87–90；三家《诗》与汉代注 89–90, 268；《大序》中 95–103各处；作为道德转变的载体 100, 102–103, 138–139；成伯玙的观点 150；提及 164；郑樵的阐释 225；起源 256；《正义》的阐释 275；郑玄的阐释 275；欧阳修的阐释 284–285；司马迁的阐释 284

Guliang Commentary 《谷梁传》 126, 146

Gunkel, Hermann 赫尔曼·冈克尔 258

Guo Xiang 郭象 121

"Guofeng" 《国风》 见 "Airs of the States"

Guoshi 国史 96, 270

Guoyu 《国语》 261

Guwen 古文 267

H

Han History 《汉书》 86, 149, 228, 290

Han Qi 韩琦 189

Han school of Odes scholarship 《韩诗》学派 85

Han Ying 韩婴 85, 267

Han Yu 韩愈 147–148, 276

Hanshi waizhuan 《韩诗外传》 见 Exoteric Commentary on Han's Odes

Havelock, Eric A. 哈夫洛克 275

He Dingsheng 何定生 30, 257

He Yan 何晏 121

Heart-mind 心 56, 112

Heaven 天 53

Heidegger, Martin 马丁·海德格尔 5, 12, 19, 57, 257

Hermeneutical horizon 诠释学视域（伽达默尔） 5, 188

Hermeneutic reading 诠释学解读 出现 6, 47, 50–51

Hermeneutics 诠释学 3–6, 25, 50, 254及下页

——Chinese ——中国的 16, 249；中华文明 1–3；作为转喻 13；中国传统研究 16；与西方诠释学相比 51, 275；以人为导向 51；战国的诠释学知识 55, 68；道德修养 67；第一次明确 69, 72；汉代的兴趣 81；变革

性 217 另见 General hermeneutic of the Song
——of the Odes ——诗的 最早的 10; 诗言志 11–15;《毛诗》学派 17, 44, 46, 50, 52, 67, 86–115, 174, 208, 269; 汉代 31, 52, 81, 84–115, 272; 战国 50–51, 52, 69, 71–72, 174, 272;《孟子》中 72–74, 198–199, 206;《荀子》中 75–79, 266, 271; 中古 76; 历史为导向 76, 94–96;《正义》中 133–145, 275, 282; 韩愈 147–148; 成伯玙 148–150; 宋代一般 151; 宋代 156, 278; 宋初 158–159; 欧阳修 161–189, 201–202, 282–285各处; 苏辙 192–193; 张载 209–210; 程颢 213–214; 12世纪 218–219; 朱熹 228–229, 244–245, 247, 265, 276, 289–292各处; 董仲舒 271; 程颐 285及下页

Hightower, James Robert 海陶玮 11
Historicist scholarship 历史主义的学术 255
Histories, dynastic 正史 232
History of the Northern Dynasties 《北史》 119
Hu Anguo 胡安国 277
Hu Yuan 胡瑗 153, 157, 277, 279
Hua Ding 华定 261
Huang Kan 皇侃 38, 121–125各处
Huang-Lao Daoism 黄老道家 81
Huilin 慧琳 121
Human sciences 人文科学 255

Hypocrisy 虚伪 55, 59, 62, 142

I

Iconoclasm 反传统主义 2, 159, 181–184
Illyricus, Matthias Flacius 弗拉西乌斯 4
Imperial Academy 太学 82及以下诸页
Indirect quotation 间接引用 22, 269
Ingarden, Roman 罗曼·英伽登 254
Institutes of Zhou 《周礼》 83, 123, 155, 270
Institutional classics studies 制度性经学 153–154, 277
Intention 意 见 *Yi*
Intentions 意 在"程式化"诠释学中 4
Interpretation 阐释 24, 62–64, 68
Interpretive coda 阐释性的尾声 62, 66, 68
Interpretive pluralism 阐释多元主义 在苏辙的思想中 193–195
Iser, Wolfgang 沃尔夫冈·伊瑟尔 254

J

Jesus of Nazareth 拿撒勒人耶稣 19, 22及下页
Jia Puyao 贾普曜 129
Jia Yi 贾谊 219
Jiafu 家父 256
Jiangjing 讲经 参见 Exposition of the classics
Jie 桀 141

Jin 晋国 39, 41, 64
Jing, Emperor of Han 汉景帝 81, 85
Jing 静 292
Jing 经 2, 74
Jinsilu 《近思录》 198-217各处, 285
Jiu 鸠 167及下页
Jixia Academy 稷下学宫 81
Judging men 判断人格 儒家早期的兴趣 58

K

Kang, King of Zhou 周康王 138
Kao gu bian 《考古编》（程大昌） 289
Kaozheng 考证 144, 155, 248
Karlgren, Bernhard 高本汉 9, 86, 258
Kerygma 宣讲 19
Knechtges, David 康达维 11
Knoblock, John 约翰·诺布洛克 256
Knowing men 知人 55
Knowledge and action 知识和行动 209
Kong Anguo 孔安国 119, 155, 277
Kong Yingda 孔颖达 128及下页
"Kongzi shijia" 《孔子世家》 259
Kuangzhe 狂者 263

L

Language 语言：怀疑主义 107-108, 271, 275；中西方的理论对比 200
Laozi 《老子》 240, 261
Later Preface 后序 92
Lau, D. C. 刘殿爵 206, 259, 263
"Lauds" 《颂》 见 "Song"

Learning of the Mysterious 玄学 118及下页, 121-122
Legal traditions 法律传统 253及下页
Legge, James 理雅各 211, 269
"Lesser Elegantiae" 小雅 见 Ya
Li 理 211
Li 礼 见 Ritual
Li Gou 李觏 277
Li Guang 李光 221
Liang Qichao 梁启超 125
Liji 《礼记》 290 另见 Ritual texts
Lin Guangchao 林光朝 227
Literal meaning 字面意思 71-72, 200-203 另见 Wenyi/Wenyii
Literary theory, contemporary 当代，文学理论 3, 6
Liu Anshi 刘安世 221, 281, 288-289
Liu Chang 刘敞 157, 192, 279
Liu De, Prince Xian of Hejian 河间献王刘德 83, 86, 271
Liu, James J. Y. 刘若愚 261, 271
Liu, James T. C. 刘子健 189, 276
Liu Xiang 刘向 219
Liu Xuan 刘炫 120, 123, 129
Liu Zhiji 刘知几 146
Liu Zhuo 刘焯 120, 123, 129
Liujing aolun 《六经奥论》（郑樵）223-224, 289
Lord and Parry theory "帕里—洛德"理论 268
Lost Odes 笙诗（佚诗） 92, 150, 224, 261, 269

Lower Preface 下序 92–94, 281；作者问题 92–93, 150；作为上序的注 93, 269；《关雎》的 98, 269；在苏辙的理论中 193；《毛诗传》 269
Lu 鲁国 30, 32, 37, 224
Lu Chun 陆淳, 146, 279
Lu Deming 陆德明 137, 268, 272
Luji 陆机 86
Lu You 陆游 155, 277, 279
Lu Zuqian 吕祖谦 227–228, 289
Lunheng 《论衡》（王充） 263
Lunyu 《论语》见 *Analects*
Lunyu jijie 《论语集解》（何晏） 121
Lunyu yiishu 《论语义疏》 121, 127
Lunyu zhengyii 《论语正义》 121
Lupu Gui 卢蒲癸 42及下页

M

Majiayun 马嘉运 128
Ma Rong 马融 123
Magpie 鹊 167及下页
Mao, Master 毛公 86, 91及下页, 219
Mao Chang 毛苌 86, 119
Mao Commentary 《毛诗传》 86–90；兴 36；产生时间及真实性 86–87；与《诗序》相比 87, 89；对诗的阐释 87；相对缺乏理想主义的儒家思想 103；与《诗序》不一致 158；宋代本源主义学者的批评 160；欧阳修 185–186；曹粹中 222–223；篇题 267；传承和形式 267–268；和上序 269；并未认为后妃即太姒 270
Mao Heng 毛亨 86
Maoshi xiaozhuan 《毛诗小传》（梅尧臣） 279
Maoshi xu 《毛诗序》 见 *Preface to Mao's Odes*
Maoshi zhengyii 《毛诗正义》 见 *Correct Significance of Mao's Odes*
Maoshi zhishuo 《毛诗指说》（成伯玙） 147, 148–150
Maoshi zhuan 《毛诗传》 见 *Mao Commentary*
Mao's Odes 《毛诗》 85, 255, 267
Mawangdui 马王堆 出土文献 87, 249
Mei Yaochen 梅尧臣 158
Memorization 记忆 11, 77, 214–215, 236–238, 291
Mencius 孟子（孟轲） 69–74各处, 256 另见 *Mencius*
Mencius 《孟子》 20, 51, 69, 82, 112, 198, 205, 219, 237, 287；志 12, 56, 112–114；论辩 20；诠释学意义 55–58各处；《公孙丑上》第2章 56, 112–114；诠释学的技艺 67；《万章上》第4章 69–74；诗的诠释学 69–74, 94, 107, 206；引诗 72, 75；对《尚书》的怀疑 74, 145；提到的诗篇 74, 258；在宋初被批评 155；在宋代诠释学中 215及下页；作为经义权威 220；曾晳 263；宋代的反传统解读 278
Metaphysical classics studies 形而上学的经学 153–154, 277
Metaphysical crisis of the 4th century

B.C.E. 公元前4世纪的"形而上学危机" 53

Metzger, Thomas 墨子刻 144

Ming 名 200

Minor Preface 小序 91, 94–95, 97;《关雎》91–92;《麟之趾》270

Mo Runsun 牟润孙 125, 273

Mohists 墨家 53, 258, 260, 280

Moral-hermeneutical adept 道德诠释家 56, 63, 64–68

Moral judgment 道德评判 54

Motivated narratives 动机叙事 23, 258

Mozi 墨子 28, 163

Mu, Duke of Shao 召穆公 270

Music 音乐 15, 53；和情感 31, 104, 109, 271；《论语》中的人格尽善 31, 260；雅乐 48及下页, 108；"新乐" 48–49, 262, 266；诗 48, 108, 143, 266；理论 49；变调 49；董仲舒的思想中 82, 271；《庄子》中 272；唐代宫廷 275

Music Bureau 乐府 255

Music Bureau poetry 乐府诗 257

Music Master 乐师 142, 166, 174及下页, 180, 275及下页, 281

Mythologies of tradition 传统神话 172–181

N

Naito Torajiro 内藤湖南 278

Nan Rong 南容 260

Nature 性 53

Neoconfucianism 新儒学 145, 153, 210

New History of the Five Dynasties《新五代史》276

New Tales of the World《世说新语》120, 126

New Tang History《新唐书》276

New Text 今文学 82–85, 103, 279 另见 Old Text/New Text controversy

Ni wenyii 泥文义 204–207

Norms, internalization of 道德规范的内化 53–54

Northern and Southern Dynasties period 南北朝时期 117

Northern Learning 北学 120–121 另见 Northern Learning/Southern Learning contrast

Northern Learning/Southern Learning contrast 北学/南学对比 118–124

Notes on Reading the Odes in a Family School《吕氏家塾读诗记》227

O

"Ode" 诗 双关定义 12, 105, 108, 293

Odes 诗 本书中的指称惯例 7及下页；汇编成集 7, 228, 256；产生时间 7, 255；作者问题 7–8, 256, 270；用来劝谏 13–14；教化力量 13–14；神秘 14；作为"超文本" 14；作为修辞 43, 45, 48及下页；道德教育 14, 43, 45, 76, 89, 99–104, 111–115, 138–139；作为争论的对象 24, 33；引用 34–38, 49–51, 70–72, 43–44,

75；作为经义解说的"前文本" 35-44, 71及下页, 76；成为"刚性文本" 44-52各处, 76, 79；兴发情感的问题 54；保存规范性的志 75-79, 94, 110, 171-172；和礼 76, 256；塑造人格 78-79 111-115, 271-272；困难 244；口头程式化特征 255, 257；表现 256；固定为文本 257；不同的版本 257 另见 Hermeneutics of the Odes; Mao's Odes

——as music ——作为音乐 7-11, 255；《论语》中 28-31, 48-49, 259及下页, 265-266；《荀子》中 76, 78-79, 266；《正义》中 142-144, 275-276；郑樵 226

——cited or discussed ——引用或讨论《北山》(《毛诗》第205篇，下括号中只标明篇次) 69-71；《楚茨》(209) 141及下页；《鹑之奔奔》(49) 65；《大田》(212) 141；《蜉蝣》(150) 224；《羔羊》(18) 222, 281；《谷风》(201) 10, 257；《谷风》(35) 257；《河水》(183 ?) 39, 40-41；《候人》(151) 224；《黄鸟》(131) 270；《皇矣》(241) 92, 273；《华黍》289；《将仲子》(76) 226, 289；《静女》(42) 158, 169-172, 269；《駉》(297) 37-38, 270；《凯风》(32) 219；《麟之趾》(11) 97, 164, 175, 180, 281；《六月》(177) 39, 41-42, 92；《鹿鸣》(161) 284；《民劳》(253) 270；《匏有苦叶》(34) 27, 36, 282；《七月》(154) 283；《淇奥》(55) 34及下页；《鹊巢》(12) 97, 167-169, 270, 281；《汝坟》(10) 141及下页；《裳裳者华》(214) 224；《硕人》(57) 32；《叔于田》(77) 201；《丝衣》(292) 150；《行露》(17) 141；《雄雉》(33) 92, 213, 282；《隰桑》(228) 65；《野有蔓草》(94) 8；《野有死麕》(23) 282；《雍》(282) 29, 71；《云汉》(258) 70-71, 198；《驺虞》(25) 97, 270 另见"Guanju"

Old Text scholarship 古文学 80-81, 83-84, 93；诠释学 83-84, 90；《诗经》学 85；西汉 267 另见 Guwen

Old Text/New Text controversy 今古文之争 103, 118-119, 267；与《诗经》 267 另见 New Text scholarship; Ole Text scholarship

Opacity of the personality 人格的隐晦性 53

Oracle bones 甲骨 2, 255

Oral-formulaic composition of the Odes 诗的口头程式化创作 257

Oral transmission 口头传承 符类材料 19；儒家教义 20-22, 125-127, 269；典型的阐述 21-24, 93；叙述性展开 22-23, 223；符合的趋势 23；修订 24-25；作为"义疏"形式的背景 273

Orthodoxy 正统 2, 248, 274

Osprey 雎鸠 87, 89, 225

Ouyang Xiu 欧阳修 与淫诗 152,

169-172, 282；保守主义 152, 184-189, 191-192, 219, 283；作为谱牒学家 152, 276；经学 152, 277及下页；金石学 152, 277；诠释学 152-153, 155, 159-189, 191, 286；与汉学 161-162, 178-181, 184, 283, 284；对诗的阐释 166-171, 172, 282；批评注疏传统 171, 180, 181-184, 187, 189, 191, 218及下页；论角色 172, 282；传统"神话" 172-181, 282；与郑玄 178-180, 184-187；论《诗序》 178-181；论"自信" 180, 284；论诗的语言 182-183；论文义 183, 201-202；论保守主义 185-186, 283；论传统的改易 186-187, 284；论"阙" 187, 284；政治生涯 189；《酬学诗僧惟晤》 221, 282；作为词人 282；论自相矛盾 283 另见 *Fundamental Significance of the Odes*

Owen, Stephen 宇文所安 107

P

"Pan Geng" 《盘庚》 262
Patron-client relations "主客"关系 55
Peng Meng 逄蒙 206
Peoples of the Book 有经者 2
Persona 角色 172, 282
Personal-devotional classics studies "个体修证"的经学 154-155, 156-157, 277
Philosophic anthropology, of Warring States 战国时期的哲学人类学 56, 109
Philosophy 哲学 2
Pi Xirui 皮锡瑞 123, 152, 279
Plantain 苯菜 88
Plato 柏拉图 81
"Postface to the Supplement to the *Chronological Table of the Odes*" 《诗谱补亡后序》（欧阳修） 184-187
Pound, Ezra 埃兹拉·庞德 259
Preaching 布道 19
Preface 《诗序》 见 *Preface to Mao's Odes*
"Preface" 《大序》 见 "Great Preface"; Preface to the "Guanju"
Preface to Mao's Odes 《毛诗序》 81, 90-115；诠释学 11-15, 17, 44, 46, 50及以下诸页, 67, 86-115, 208, 269；规范性的志 76；作为古文文献 84及下页；与《毛诗传》对比 87, 89, 269；诗篇次序 90；分为两个层次 92-94, 149-150, 192-193, 269；诗的阐释 92-93, 167, 170；解经修辞 93-98各处, 225；作为自信解释的文本 144-145；依赖早期的文本 148, 224, 276；宋代的批评 160, 218；作为口头创作的产物 225；关于诗篇的作者 270 另见 "Great Preface"; Lower Preface; Minor Preface; Upper Preface

——nature, composition and authority——性质、撰作和权威 90-95, 103, 268；正统观念 91；韩愈（？）147-148；

成伯玙 149-150；欧阳修 178-181, 185；苏辙 192-193；朱熹 218, 228；晁说之 219-220；曹粹中 222-223；郑樵 224-225；程大昌 227；王质 227；范晔 268；程颐 286

Preface to the "Guanju" 《关雎》序 91, 104, 268及下页 另见 "Great Preface"

Prejudices 成见 5

Pretexts 前文本 35-44, 49, 269

Pretextual doctrinal culture 前文本经义文化 11, 18-25

Printing 印本 156-157, 236, 278, 288

Private scholars 私人讲学 118

Projection (*entwerfen, Entwurf*) 筹划 12, 57, 257

Proto-Daoists 原始道家 53

Pulleyblank, E. G. 蒲立本 146

Pure conversation 清谈 126

Q

Q (Quelle) 来源 18, 258

Qi 气 56, 112-114

Qi 齐国 85, 224

Qi school of Odes scholarship 《齐诗》学派 85

Qi Wei 齐威 128

Qieyun 《切韵》 280

Qijing xiaozhuan 《七经小传》 157, 279

Qin 秦朝 80, 224, 266

Qin 秦国 39

Qin Guan 秦观 221

Qing Feng 庆封 261

Qingli 庆历（1041-1048） 155, 157

Qiu Guangting 丘光庭 158, 223

Qu Yuan 屈原 220

Quan Zuwang 全祖望 269

"Questions on the Preface" 《序问》 欧阳修 178

R

Ran You 冉有 60, 62及下页

Reader-response criticism 读者反应批评 254

Reciprocal articulation 互言 134-135

Recitation 诵 208, 214, 288, 291

Recitation of the Odes 赋诗 7, 14, 38-44, 49, 52；诠释学 40-43, 50, 71及以下诸页, 77；志 105；历史性 261, 264；早期"阐释"的场合 268

"Record of Music" 《乐记》 见 *Yueji*

Records of the Historian 《史记》 见 *Shiji*

Reenactment: reading as 把阅读当作重演 208

Reformation, Christian 基督教，宗教改革 4, 151, 154

Reformulation, incremental 反复阐述 11, 22-24, 93

Rhapsody 赋 11, 257

Rhyme 韵 257

Ricouer, Paul 保罗·利科 5

Riegel, Jeffrey 王安国 259

Ritual 礼 82, 103, 123；《论语》中 29-30, 32, 54；被批评的 53

Ritual texts 礼学文献：《荀子》中 74

及下页；秦朝禁毁 80；南北朝时期的学术 119；《正义》中 128；在董仲舒的思想中 271；《庄子》中 272 另见 Liji

Rorty, Richard 理查德·罗蒂 255
Ru 儒 28

S

Sages 圣人 75
Sanjing (xin)yi 《三经（新）义》（王安石） 277
Schleiermacher, Friedrich D. E. 弗里德里希·施莱尔马赫 5
Scientism 科学主义 4–5
Sectarian piety 家法、师法 146, 161, 239
Self-deception 自欺 55, 62
Self-revelation 自我表露 13及下页, 57–63
Sequence passages 序说 130–131, 136, 274
Shang dynasty 商朝 2, 256
"Shang song" 《商颂》 255
Shao, Duke of 召公 270
Shao fief 封地召 270
Shao music 《韶》乐 31
Shao Yong 邵雍 153
Shaonan 召南 46, 97, 261–262, 270
Shen Pei 申培公 85, 267
Shen Zhong 沈重 268
Sheng 声 259, 265
Shi 抒情诗 15, 62–63, 128, 232, 257

Shi benyii 《诗本义》 见 Fundamental Significance of the Odes
Shi bian wang 《诗辨妄》（郑樵） 223, 289
Shiji 《史记》（司马迁） 89, 268, 276, 284 另见 Sima Qian
Shi jie 《诗解》（程颐） 285
Shi jizhuan 《诗集传》（苏辙） 192
Shi jizhuan 《诗集传》（朱熹） 228, 244, 289–290
Shi lun 《诗论》（程大昌） 289
Shipu 《诗谱》（郑玄） 268, 273
Shisanjing zhushu 《十三经注疏》（阮元） 272
Shi yan zhi 诗言志 11–15, 66, 104及下页, 107
Shizhuan yishuo 《诗传遗说》（朱鉴） 289
Shi zong wen 《诗总闻》（王质） 227
Shu Duan 叔段 226, 289
Shu Xiang 叔向 64及下页, 264
Shuijing zhu 《水经注》 269
Shun 舜 69及下页, 141, 204, 214
Si 思 38
Si wu xie 思无邪 37及下页, 229, 261
Significance 义 见 Yii
Siku quanshu 《四库全书》 90
Silent reading 默读 235–236, 291
Sima Guang 司马光 232, 277
Sima Qian 司马迁 283 另见 Shiji
Sima Xiangru 司马相如 257
Sincerity 诚 53, 262
Sitz-im-leben 生活状况 19

Six Arts 六义 96

Song 宋代 156, 278

"Song" 《颂》 7;《论语》中 30及下页, 37;《荀子》中 77及下页, 266, 271; 汉字 225; 朱熹 229

Song 诵 225

Song of Songs 《雅歌》 9, 256

Source criticism 来源批判 18

Southern Learning 南学 121–123 另见 Northern Learning/Southern Learning contrast

Spring and Autumn Annals 《春秋》 73–74, 82, 128, 147, 198, 272; 董仲舒 82, 271; 评论 126; 怀疑学术 146; 欧阳修的研究 152; 误用 277

State historians 国史 96, 270

Stimulus 兴 见 *Xing*

Study 学 50–51

Su Che 苏辙 192–195, 219, 277

Su Shi 苏轼 192, 220, 277, 286

Subjectivity 主体性 见 General hermeneutic of the Song

Sun Chuo 孙绰 121及下页

Sun Fu 孙复 153, 157, 277, 279

Sun Shi 孙奭 278

Synecdoche 提喻 55, 82

Synoptic gospels 符类福音 18–19, 22及以下诸页

T

Taisi 太姒 89, 167–169, 270, 284 另见 Consort

Taizong, Emperor of Tang 唐太宗 128

Tao Qian 陶潜 264

Teaching 学说 教义的产物 20–21, 116, 258

Teachings 教 2

"Testamentary Charge" 《顾命》 155

Texts 文本: 与诠释学 6, 50; 权威 22; 最早的 22; 一代 24–25, 50; 柔性和刚性 25, 35, 50; 行为的 55; 南学中 123; 在《正义》中 123; 神秘的 267; 维持此心 293

Textualizing 文本化 50

Thirteen classics 《十三经》 290

Three Families 三家 29

Three Forms 三体 134, 283

Three Schools 三家学派 84–85, 179, 249, 267; 诠释学 90; 研究 156, 161, 222, 278

Ti 体 238–239

Tianyi 天意 163

Tianzhi 天志 163

Tongguan yifan 《彤管懿范》 158

Tong zhi 《通志》(郑樵) 223, 289

Traditionalism 传统主义 21, 269

Tu Wei-ming 杜维明 238–239

U

Understanding 理解: 实用 216

Upper Preface 上序 270, 281; 产生时间 92; 与下序的关系 93–94, 269;

与《关雎》的关系 98及下页；志 105-106；成伯玙的理论中 149；苏辙的理论中 192；与《毛诗传》的关系 269

V

Verstehen 理解 255

W

Waley, Arthur 亚瑟·韦利 32, 38, 59, 71, 167, 259

Wan 玩 211及下页

Wan Zhang 万章 204

Wang Anshi 王安石 192；经学 153；强加的正统 194, 285；注 232；过度放大 277；诗注 277

Wang Bi 王弼 122, 163, 280；南学的代表 119-120, 121及下页；意/义对比 279

Wang Bo 王柏 160, 172

Wang, C.H. 王靖献 268

Wang Chong 王充 145

Wang Dan 王旦 157, 278

Wang Deshao 王德韶 128

Wang Fuzhi 王夫之 248, 293

Wang Yinglin 王应麟 222, 278及下页

Wang Zhi 王质 227

"Wangzhi" 《王制》 论采诗 149, 290

Wanwei 玩味 210-217

Ware, James 魏鲁男 206

Wei 味 211-212, 288

Wei 卫国 27, 30, 205, 219；音乐 49

Wei Hong 卫宏 作为下序的作者 92, 193；作为《诗序》的作者 219, 222, 224及下页, 268

Wei Zhao 韦昭 261

Wei Zheng 魏征 127

Wen 文 作为文本的字面特征 70, 72, 265；作为言语 198-199；作为单个汉字 200

Wen, Duke of Jin 晋文公 39-42各处

Wen, Emperor of Han 汉文帝 81, 85

Wen, King of Zhou 周文王 与《关雎》有关 89, 137及下页, 275, 284；作为儒家典范 89, 138, 167；风化影响 102及下页, 137, 270

Wen, Marquis of Wei 魏文侯 49

Wenxuan 《文选》(萧统) 268

Wenyi/wenyii 文意/文义 197-203；字形 165, 280；欧阳修 183, 201-202；指称 197-201；字面意思 200-201；与"意" 201-203, 237；滞泥 203-207；与学术阅读相关 209

Whitehead, Alfred North 阿尔弗雷德·诺斯·怀特海 81

Written traditions 书写传统：流动性 259

Wu, Emperor of Han 汉武帝 82及下页

Wu, Emperor of Liang 梁武帝 118

Wu, Emperor of Zhou 周武帝 118

Wu, King of Zhou 周武王 138

Wujing zhengyii 《五经正义》 参见Correct

Significance of the Five Classics

Wu music 《武》乐 31

X

Xian, Prince of Hejian 河间献王 83, 86, 271

Xianqiu Meng 咸丘蒙 69及下页, 73

Xianyun 猃狁 42

Xiao Mao gong 小毛公 86

Xiaowen, Emperor of Wei 魏孝文帝 118

"Xiaoya" 《小雅》 见 Ya

Xie Liangzuo 谢良佐（谢显道） 213

Xue Shilung 薛士龙 268

Xing 兴 36–37, 268；《论语》中 36–37, 38, 45, 50, 71及下页, 76及下页, 264；《毛诗传》中 36, 87, 89, 260；《正义》中 134；欧阳修 168；术语的含义 260, 268

Xing Bing 邢昺 121, 278

Xu Chuci 《续楚辞》（晁补之） 220

Xu Xing 许行 20

Xuan, Duke of Wei 卫宣公 170

Xuan, King of Zhou 周宣王 261

Xunzi 荀子（荀卿） 74, 86, 256 另见 *Xunzi*

Xunzi 《荀子》 56, 82, 219；与诗 7, 75–79；诗篇的历史化 51；推崇经典 74–75；影响 74；诗中志的规范性 75–79, 94, 271；引诗 75, 265；论虚心 240；与《周易》 258；关于儒家正统的观点 260；与《尚书》 265；诠释学 292 另见 Xunzi

Xuxin 虚心 240–242

Y

Ya 雅 7–8, 260；孔子编排的位置 30及下页；《孟子》引 72；《荀子》中 78, 266, 271；《正义》论其作 134；汉字 225–226

Yahweh 耶和华 18

Yan 言（说） 12, 43, 107

Yan 言：和音 141–145

Yan Can 严粲 286

Yan Shigu 颜师古 128

Yan Yuan 颜渊（颜回） 59及下页

Yan zhi 言志 见 Articulating the aim

Yan Zhitui 颜之推 120, 273

Yang Bojun 杨伯峻 258

Yang Liang 杨倞 78, 265

Yang Zhu 杨朱 53及下页

Yao 尧 69及下页, 141, 214

Yayue 雅乐 48及下页, 108

Yi 《易》 82, 119, 128, 152, 253, 258, 272；诠释学 164

Yi 意 《孟子》中 71, 73–74；与志相比 73, 106, 162–163, 164, 196–197；该术语的历史 73, 162–164；语言 107–108, 121, 163–164；《正义》中 143；定义 162–164；欧阳修 162–172, 201, 206；作为"含义" 164, 247；本 173–174；作为变革性的 174；在程颐的诠释学中 196–197, 202–203, 206–207；"平易"阅读 209；作为终极含义 211；诗中的多

样性 227；内化 236–238；王夫之 248

Yi/yii contrast 意/义对比 73；宋代诠释学中 162；欧阳修 164–172, 175–176, 201–203；张载 202 及下页；程颐 202–207；朱熹的缓和 247；对比史 279, 280–281；语音区别 280–281 另见 *Yi*；*Yii*

Yi 意 292

Yi 一 292

Yi, Marquis of Zeng 曾侯乙 262

Yi Ritual 《仪礼》见 *Yili*

Yi the archer 羿 206

Yii 义 164；脚注 73；讲经 117；《正义》中 136；《诗本义》中 164–166；术语定义 165–166；作为诗篇编排的产物 166, 175–176；作为道德兴趣所在 168–169；多样的可能 175；结合其他术语 197；作为制度化经解的产物 225–226 另见 *Wenyi/Wenyii*；*Yi/yii* contrast

Yiishu 义疏 120, 124–127, 131, 165；术语的含义 273

Yili 仪礼 82, 103, 270

Yin 淫 含义 281

Yin 音 作为含义的优先载体 142 及下页

Yingong Tuo 尹公佗 287

"Yin zheng" 《胤征》155

Yu Zhengxie 俞正燮 129

Yuan 怨 264

Yuan Gu 辕固生 85, 267

Yuanhe 元和（806—820）147

"Yueji" 《乐记》259, 265；性质和撰作 83, 271；与《诗序》104, 109, 270 及下页, 274

"Yuelun" 《乐论》（荀子）266

Yugong Zhisi 庾公之斯 205

Z

Zeng Xi 曾皙 60 及下页, 62–63, 67, 263

Zengzi 曾子 260, 263

Zha, Duke of Wu 吴公子季札 266

Zhang Boxing 张伯行 287

Zhang Liang 张良 267

Zhang Zai 张载 191 及下页, 287；"个体修证"进路 154；意/义对比 162；"平易"的阅读 209–210；吟诵 214, 288；赞成虚心 240；关于道德教育的文本 247；诠释学理论 285–286

Zhangju 章句 124, 203, 274, 288

Zhangsun Wuji 长孙无忌 129

Zhao 赵国 224

Zhao Cui 赵衰 39

Zhao, Duke of Cao 昭公 224

Zhao Hongzhi 赵弘智 129

Zhao Kuang 赵匡 146, 279

Zhao Meng 赵孟 64 及下页, 264；作为道德诠释家 66–68

Zhao Qi 赵岐 70, 274

Zhao Qianxie 赵乾叶 129

Zheng 郑国 64, 205；《风》31, 259, 266；"声"或乐 49, 77, 259, 262, 265

及下页

Zheng, Earl of 郑伯 65

Zheng Qiao 郑樵 94, 223-227；与欧阳修的对比 162；《诗经》学著作 223-224, 289；历史论证 224；关于《诗序》之作 224-225；关于注疏传统 225-226；和"淫诗" 226；关于诗的音乐 226, 275；对朱熹的影响 228；强调诗的音乐性特征 257；作为批判历史学家 276

Zheng Xuan 郑玄（郑康成）146, 155, 222；作为《毛诗》的编纂者 85；论《毛诗序》的作者 86, 91；《诗谱》 91；郑笺 117, 159-162各处, 272-273, 283；关于经注 119及下页, 272-273；作为北学的代表 120；诗的阐释 167, 170；欧阳修 185-188, 284-285；《诗经》研究 272-273；《关雎》的阐释 275

Zhenyuan 贞元 147

Zhi 志 12-14, 56-63, 70；作为诗的词源元素 12, 108；术语的含义 12, 262, 271；外部和内部维度 13-14；自我表露 41, 57-63；诗中 52, 70, 104-108, 114；作为目标 56；《尚书》中 56；作为人格的元素 56-57；术语的历史 56-57, 105-106；真实 59, 62-63, 113-114；《孟子》中 72-74；与"意" 73, 106, 162-163, 164, 196-97；作为"含义" 73；与诗整体有关 73；具有典范意义上的规范性 75-76, 94, 101-102；与"情" 109-114, 140-141；与"气" 112-114；与"心" 112-113；与道德教育 114；由诗塑造 114, 271；作为基础 173-174；作为最终意义 211；在早期文本中提及 241, 263

Zhi 挚 31

Zhongyuan yinyun 《中原音韵》 280

Zhou 周朝 42, 262

Zhou, Duke of 周公 138, 270

Zhou, tyrant of Shang 商纣王 141及下页

Zhou court 周王室 10, 29, 270；乐师 7, 9, 76, 255及下页

Zhou Dunyi 周敦颐 153

Zhou fief 封地周 270

Zhouli 《周礼》 153

Zhounan 《周南》 46, 97, 180, 259, 261-262, 270, 281

Zhu Xi 朱熹 228-249；重新排列《关雎》序 91-92, 95, 104；论诗的起源 101, 228-229；和个体修证的方法 154；直接注经 159及下页, 276；在经学研究中的地位 218-219；早期对诗的看法 228, 289；《朱子语类》 230；课程 232, 290；论印本 236；论主体性的顽固 242-245, 246；论结果 243；和诗的音乐 275；和《诗序》 276；观点变为正统 279；关于吕祖谦 289；和小序 290；论诗的清晰 292；论新奇 292；和"淫诗" 171及下页, 228-229, 247, 265——hermeneutic of ——的诠释学 诠释学信心 144-145；反对"平易" 210,

217, 246；论"思无邪" 229；"淫诗"的 229, 247；三段式 230；少看 231–233, 234, 245–246；快速阅读的对象 232–233, 290；论通行的传统 232, 239；论深度阅读 233–234, 246, 291；建议反复看 233；论现代阅读 233及下页, 236, 291；采纳主体性 234, 245–248；自然而无问题地理解 234, 291；论背诵 235及下页, 238；论掌握文本 235–238；论默读 235–236；论记忆 236–238, 291；关于存在主义的理解 238–239；论"体验" 238–239；论"反复玩味" 238–242；论"钻研立说" 239；论见解 239–240；论"虚心" 240–242；论主观态度 242, 244；论心的重要性 242；论"不必想象计获" 243–246；论作为冲突的阅读 246；与批判性学术的关系 247

Zhu Yizun 朱彝尊 148

Zhu Ziqing 朱自清 257

Zhuan 传 2

Zhuang, Duke of Zheng 郑庄公 226, 289

Zhuangzi 庄子 论《诗经》272；论虚心 240及下页

Zhuzi yulei 《朱子语类》（朱熹）230

Zi Chan 子产 64及下二页, 264

Zifan 子犯 39

Zigong 子贡 34及下页, 260

Zigong 子弓 260

Zilu 子路 33, 59–60, 263

Zishi 子石 64

Zisi 子思 260

Zixia 子夏 49；《论语·八佾》第8章 32及下页, 52, 260；作为《诗序》的作者 91及下页, 147–150, 178–179, 192, 219–225各处, 268；作为学派建立者 260

Ziyou 子游 260

Zizhang 子张 260

Zizhuo Ruzi 子濯孺子 204及下页

Zuo Qiuming 左氏（丘明）219

Zuo zhuan 《左传》21, 50；志 12及下页, 41, 56；性质和撰作 22及以下诸页, 66, 83, 146, 261；早期和晚期的叙述 23；"动机性"叙述 23, 39；预测性故事 23, 264；诵诗 38–43, 73；作为《诗序》的来源 95；南北朝时期的学术 119；提到《周易》258；与《国语》261；作为《诗序》的一个来源 276；朱熹倡导的研究 290 另见 Recitation of the Odes

译后记

与本书的结缘,始于几年前我在德国访学时。2016年夏,我从复旦大学历史学系博士毕业后,到图宾根大学交流访问。当时由于要给汉学系的研究生开设《史记》《诗经》等传统典籍的导读课程,便系统查阅西方汉学界的相关著作。导师闵道安(Achim Mittag)教授向我推荐了大量书目,其中就有方泽林先生的这部《诗与人格:传统中国的阅读、注解与诠释》。该著从诠释学的视角探讨从先秦至南宋的《诗经》学,特别是对中国经典诠释"原则"的关注让我耳目一新。闵教授的博士生赵君俊当时正致力于南宋《诗经》学的研究,她曾建议我,如有时间可以将这部书译成中文。

回国后,我于2018年春进入浙江大学历史学系从事博士后研究。也是机缘巧合,合作导师陈新教授希望我在开展研究的同时,能完整翻译一部学术著作。于是经由上海师范大学的陈恒教授联系,我向商务印书馆提交了关于本书的选题说明。很快,选题获得批准,版权也顺利购得。在接下来的近两年里,我几乎每天都留出时间翻译此书,或数行,或数段,积少成多,终于在2019年底完成初稿。次年夏秋间,我正式入职华东师范大学历史学系,优良宽松的科研环境使我得以抽出部分时间对译稿进行修订,并于2021年5月形成定稿。回想起来,这本译著竟连缀起我在图宾根、杭州、上海三座城市的生活记忆,于我个人而言,自然有着特殊而重要的意义。

翻译过程中有几个重要问题需要向读者特别说明:

1. 作者较常见的中文译名为"范佐仁",但他一般称自己为"方泽林"。译稿尊重作者意愿，统译为"方泽林"。

2. "hermeneutics"一词在中国有多种译法，如"阐释学""诠释学""解释学""释义学"等。但由于作者在一处注文中标明了拼音"quanshixue"，所以选择了"诠释学"这种译法。为了与此相区分，"interpretation"一词一般译为"阐释"或"解释"，"exposition"则多译为"解说"。

3. 作者以"the Odes"表示《诗经》中的诗篇，以"the Odes"代指《诗经》整部经典。但他同时指出，中国典籍中所说的"诗"通常很难确定指的是前者还是后者。考虑到在传统语境中二者并未明确区分，所以译者有时也会将"the Odes"直接译为《诗经》或《诗》，以更符合中文读者的阅读习惯。

4. 出自传统典籍中的引文，译者进行了全面核查。间或发现与典籍原文有出入处，皆于脚注中以译者注标明。书中所引的西文论著，如已有中译本，也都尽量参考，但会有斟酌与更订。

5. 注释部分依从原书，以尾注附于正文之后。如所引书目为中文、日文，则直接译出；如所引书目为西文，则保留原貌，以便读者核阅。参考文献部分准此。

6. 在正文与注释的行文中，汉学家如有较通行的中文名，则译出中文名，原名附于括号内。纯引文性注释则保留原貌，不附汉学家中文名。

7. 台湾学者李淑珍曾撰《当代美国学界关于中国注疏的研究》一文（收于黄俊杰编《中国经典诠释传统：通论篇》），在评述本书的过程中也涉及了部分字句的翻译。译者对其中的一些用语有所借鉴。

在译稿出版之际，我首先要感谢陈新、陈恒两位老师。陈新老师不仅对全书的翻译时时做出专业指导，而且让我在传统经史之外的新领域有了不少心得。在陈恒老师的大力支持和帮助下，译稿得以顺利出版，这让我尤为铭感于心。《导论》部分的初译稿曾在浙江大学的"史学理论月月谈"活动中逐句讲述，得到了同门学友的指正。翻译过程中我还经常与马世罕、张涛、金菊园、王维佳、归彦斌、岳跃峰等好友进行讨论，他们的意见总能给我以启发。此外，责任编辑齐凤楠女士对译稿提出了许多中肯的修改建议，复旦大学的师弟成棣曾代为校核了部分文献。在此一并向他们表示由衷的谢意。

在临近出版的一段时间内，有几件事情值得特别铭记。哈佛大学的宇文所安教授提供了有关作者的一些学术履历信息，北京大学的张辉教授润饰了书中史蒂文斯的诗句，斯坦福大学的孙朝奋教授告知了致谢部分中庄因先生的中文名。此外，我从译稿完成之日起就尝试联系作者，但直至今年5月，在图宾根大学黄菲教授的大力帮助下，才与作者取得直接联系。方泽林先生对我的若干问题逐一进行解答，于百忙之中阅读了译稿，并撰写了中文版识语。以上几位学者的热情、耐心和真诚，给我留下了非常深刻的印象，谨向他们致以最诚挚的敬意与谢忱。

最后，要感谢我的妻子王婕姗。她不仅经常与我讨论书中的内容，贡献自己的想法，而且实际参与了部分工作。参考文献和索引就是在她的协助下译制而成的。这次翻译工作虽然已是尽我所能，但由于学力所限，难免还会有错讹之处。敬请方家多予赐正，以便日后不断改进。

赵四方

2022年6月22日

"二十世纪人文译丛"出版书目

《希腊精神：一部文明史》　　　　　　　　〔英〕阿诺德·汤因比　著　乔　戈　译

《十字军史》　　　　　　　　　　　　　　〔英〕乔纳森·赖利-史密斯　著　欧阳敏　译

《欧洲历史地理》　　　　　　　　　　　　〔英〕诺曼·庞兹　著　王大学　秦瑞芳　屈伯文　译

《希腊艺术导论》　　　　　　　　　　　　〔英〕简·爱伦·哈里森　著　马百亮　译

《国民经济、国民经济学及其方法》　　　　〔德〕古斯塔夫·冯·施穆勒　著　黎　岗　译

《古希腊贸易与政治》　　　　　　　　　　〔德〕约翰内斯·哈斯布鲁克　著　陈思伟　译

《欧洲思想的危机（1680—1715）》　　　　〔法〕保罗·阿扎尔　著　方颂华　译

《犹太人与世界文明》　　　　　　　　　　〔英〕塞西尔·罗斯　著　艾仁贵　译

《独立宣言：一种全球史》　　　　　　　　〔美〕大卫·阿米蒂奇　著　孙　岳　译

《文明与气候》　　　　　　　　　　　　　〔美〕埃尔斯沃思·亨廷顿　著　吴俊范　译

《亚述：从帝国的崛起到尼尼微的沦陷》　　〔俄〕泽内达·A.拉戈津　著　吴晓真　译

《致命的伴侣：微生物如何塑造人类历史》　〔英〕多萝西·H.克劳福德　著　艾仁贵　译

《希腊前的哲学：古代巴比伦对真理的追求》〔美〕马克·范·德·米罗普　著　刘昌玉　译

《欧洲城镇史：400—2000年》〔英〕彼得·克拉克　著　宋一然　郑　昱　李　陶　戴　梦　译

《欧洲现代史（1878—1919）：欧洲各国在第一次世界大战前的交涉》
　　　　　　　　　　　　　　　　　　　　〔英〕乔治·皮博迪·古奇　著　吴莉苇　译

《古代美索不达米亚城市》　　　　　　　　〔美〕马克·范·德·米罗普　著　李红燕　译

《图像环球之旅》　　　　　　　　　　　　〔德〕沃尔夫冈·乌尔里希　著　史　良　译

《古代波斯：阿契美尼德帝国简史（公元前550—前330年）》
　　　　　　　　　　　　　　　　　　　　〔美〕马特·沃特斯　著　吴　玥　译

"二十世纪人文译丛"出版书目

《古代埃及史》　　　　　　　　　　　　　〔英〕乔治·罗林森　著　王炎强　译

《酒神颂、悲剧和喜剧》　　　　　　　〔英〕阿瑟·皮卡德－坎布里奇　著　周靖波　译

《诗与人格：传统中国的阅读、注解与诠释》　　　　　〔美〕方泽林　著　赵四方　译

《人类思想发展史：关于古代近东思辨思想的讨论》
　　　　　　　　　　〔荷兰〕亨利·法兰克弗特、H.A.法兰克弗特 等　著　郭丹彤　译

《意大利文艺复兴简史》　　　　　　　　　　〔英〕J.A.西蒙兹　著　潘乐英　译

《人类史的三个轴心时代：道德、物质、精神》　　〔美〕约翰·托尔佩　著　孙岳　译

《西方古典历史地图集》　　〔英〕理查德·J.A.塔尔伯特　编　庞纬　王世明　张朵朵　译

《中世纪与文艺复兴时期的佛罗伦萨》　　　　〔美〕费迪南德·谢维尔　著　陈勇　译

《乌尔：月神之城》　　　　　　　　　　〔英〕哈丽特·克劳福德　著　李雪晴　译

《塔西佗》　　　　　　　　　　　　　　　〔英〕罗纳德·塞姆　著　吕厚量　译

《历史哲学指南：关于历史与历史编纂学的哲学思考》〔美〕艾维尔泽·塔克　主编　余伟　译

《罗马艺术史》　　　　　　　　　　　　　〔美〕斯蒂文·塔克　著　熊莹　译

《人类的过去：世界史前史与人类社会的发展》
　　　　　　　　　　　〔英〕克里斯·斯卡瑞　主编　陈淳　张萌　赵阳　王鉴兰　译

《意大利文学史》　　　　　　　〔意〕弗朗切斯科·德·桑科蒂斯　著　魏怡　译

"二十世纪人文译丛·文明史"系列出版书目

《大地与人：一部全球史》　　〔美〕理查德·W.布利特　等　著　刘文明　邢科　田汝英　译

《西方文明史》　　　　　　　　　　　　　　〔美〕朱迪斯·科芬　等　著　杨军　译

《西方的形成：民族与文化》　　　　　　　　　〔美〕林·亨特　等　著　陈恒　等　译

图书在版编目（CIP）数据

诗与人格：传统中国的阅读、注解与诠释 /（美）方泽林著；赵四方译. —北京：商务印书馆，2022
（二十世纪人文译丛）
ISBN 978－7－100－20318－0

Ⅰ.①诗… Ⅱ.①方… ②赵… Ⅲ.①《诗经》—诗歌研究 Ⅳ.①I207.222

中国版本图书馆 CIP 数据核字（2021）第244892号

权利保留，侵权必究。

诗 与 人 格
传统中国的阅读、注解与诠释

〔美〕方泽林 著
赵四方 译

商 务 印 书 馆 出 版
（北京王府井大街36号 邮政编码 100710）
商 务 印 书 馆 发 行
山 东 临 沂 新 华 印 刷 物 流
集 团 有 限 责 任 公 司 印 刷
ISBN 978－7－100－20318－0

2022年7月第1版　　开本 640×960　1/16
2022年7月第1次印刷　印张 17
定价：78.00元